今野敏

精鋭

朝日新聞出版

精《せい》鋭《えい》

1

「柿田《かきた》、ついてこい」

巡査部長に言われて、柿田亮《りょう》は交番を飛び出した。

管内で、喧嘩《けんか》をしているという通報があった。無線を受けて現場に駆けつけるのだ。

真っ昼間に喧嘩というのは、どういうことだ。柿田は、そんなことを思いながら、自転車をこいだ。

現場は、住宅地のど真ん中だった。

え、こんなところで喧嘩……。

柿田は戸惑った。喧嘩というから、繁華街で酔っ払い同士か何かの争い事を想像していた。

巡査部長が通報者を見つけて話を聞いている。

「夫婦喧嘩なんですよ。なんとかしてください」

なんだ、夫婦喧嘩か……。

緊張感が一気に弛《ゆる》む。

だが、夫婦喧嘩をなめてはいけなかった。仲裁に入った巡査部長に、オバサンが食ってかかる。

「何よ、警察が何の用なの？　関係ないでしょう」

すさまじい形相だ。もしかしたら、街中の酔っ払いよりもずっと恐ろしいかもしれない。

夫婦をなだめるまで三十分もかかった。お巡りさんも楽ではない。柿田は、心底そう思った。


警察官は、出会いと別れを繰り返す。

柿田は、改めてそれを強く感じていた。どんな職業でも、出会いがあれば別れもある。

だが、警察官は特にそれを頻繁に経験するように思える。他の仕事をしたことがないので、ちゃんと比較することはできないのだが、おそらく柿田の印象は間違ってはいないだろう。

警察官は、転勤に加え、多くの研修や訓練を経験する。そのたびに出会いがあり、そして別れがある。


柿田は二十二歳の巡査だ。

警視庁巡査を拝命し、六カ月間の初任教養研修を終えた柿田は、都内城南地区の某警察署の地域課に配属された。

警察学校での六カ月間では、多くの同期と知り合いになった。特に同じ班になった連中は、学校でも寮でもたいてい、いっしょにいる仲間だった。

毎朝同じ時刻に起きる初任教養と違い、警察署に配属されたとたんに、三交替ないしは四交替の勤務となる。

このサイクルにまだ体が慣れていない。さらに、交番での仕事は戸惑うことの連続だ。

通信センターや署からの無線への対応に加えて、道を訊《き》きに来た人や、紛失物の届けを出す人に対処しなければならない。

通信センターから、「ゴキブリが出たので何とかしてくれとの通報あり」という無線を受けたときは、びっくりした。

一一〇番は、事件か事故のためのものだ。まさか、通信指令センターが、「ゴキブリが出た」などという通報を受理するとは思ってもいなかった。

若い柿田でも、それが非常識だということはわかる。今の世の中、常識という概念が通用しないのかもしれない。それだけ、人々の考えや感覚が多様化しているということだ。

「こんなことにまで対処しなければいけないのですか?」

柿田は、同じ班の曽根《そね》巡査部長に尋ねた。巡査部長はこたえた。

「何が緊急かは、人によって違う。通報してきた人は、ゴキブリを見たことによってパニックになったのだろう。その人にとっては緊急事態だったんだ。地域課の警察官は、その人の身になって考えなければならない」

まことに、ごもっともな教えだ。

これはたてまえで、曽根巡査部長だって本音では、ばかばかしいと感じているのではないかと、柿田は思った。

だが、いっしょに仕事をしていくうちに、それが曽根のたてまえとは言い切れないということがわかってきた。

曽根巡査部長は三十二歳だが、驚くほど真っ直《す》ぐな人だった。そして、警察にはそういう人物が多いということに、今さらながら気づいた。

昨今、警察官の不祥事が取り沙汰されることが多い。ある警察本部では部単位や署単位での大がかりな裏金事件が発覚して、大量処分に発展したこともあった。

そういうニュースばかり聞いていると、警察官は堕落したなどと思われがちだ。事実、柿田も学生時代にはそんな印象を持っていた。

警察官といったって、所詮《しょせん》人間だ。腹黒いやつもいれば、堕落するやつもいるだろう。不正をはたらくやつだって、そんなに珍しくはないはずだ。

そんなことを考えていたのだ。だが、警察学校に入り、初任教養が始まると、その考えがただちに覆された。

警察学校の校長や教場の教官、術科の担当教官などが、とにかく「熱い」のだ。正義を守るのだという熱意が、ひしひしと伝わってくる。

これには正直、ちょっと驚いた。

学生の世界とは全く違っていたのだ。柿田は、体育会のラグビー部におり、それなりに厳しい世界にいたと思っていた。

だが、警察学校は、まるで違っていた。何というか、質が違うのだ。

ただ厳しいのではない。やはり、「熱い」としか言いようがない。柿田も、初任教養が終わるころには、すっかりその「熱さ」に感化されていた。

いや、感化されたというより、安心したという言い方のほうが正確かもしれない。

柿田は、社会人になったら、正義だの、人のために尽くすだのという青臭いことは言っていられないと思っていた。

学生の頃と違い、実社会は生き馬の目を抜く世界で、簡単に人を信じてはいけないのだと考えていたのだ。

そう思わなければならないのは、少しばかり憂鬱《ゆううつ》だった。社会に出たら大人にならなければならない。大人になるというのは、どこか世間を醒《さ》めた眼《め》で見なければならないということだと思い込んでいたのだ。

だが、実はそんな必要はないのだということがわかり、ほっとしたのだ。警察官は、真っ直ぐに正義を守ることを考えていればいいのだ。

熱く真っ直ぐなのは、警察学校の校長や教官だからかとも思ったが、警察署に来てみて、やはり同じような人々がいることがわかった。

曽根巡査部長もその一人だ。この人はだいじょうぶだろうかと、たまに心配になるほど純粋だ。

ともあれ、柿田は今のところ、警察官になったことを後悔してはいなかった。

2

地域課にやってきて二カ月経つと、係長から「刑事課へ行け」と言われた。

初任教養を終えて配属となる、いわゆる「卒配」は、正式な配属ではなく、研修の一環だ。だから、二カ月くらいでいろいろな部署を経験させられるわけだ。刑事課は、この警察署では、正しくは「刑事組織犯罪対策課」だ。だが、長ったらしいので、今でも「刑事課」で通っているらしい。どうしてこんな長ったらしい名前になったかというと、警視庁本部に、組織犯罪対策部という部署ができたからだ。略して組対《そたい》と呼ぶ。

かつて生活安全部で担当していた銃器や麻薬の事案や、刑事部で担当していた暴力団などの組織暴力関係の事件を担当するのが組対部だ。刑事課と別に組織犯罪対策課がある警察署もあるが、規模によってはいっしょになっている例がある。

刑事課では、さすがに緊張の連続だった。配属されたのは盗犯係だったが、まわりの刑事たちの専門知識に驚かされた。

現場に行っても、柿田は何もできない。ただ突っ立っているだけだ。ベテラン刑事になると、一目見ただけで手口がわかり、犯人の侵入路から逃走路までがわかってしまうのだった。わずかでもミスが許されないというぴりぴりした空気が漂っている。

殺人などの重要事案を扱う強行犯係は、もっと厳しい雰囲気だった。柿田は、つくづく強行犯係に配属にならなくてよかったと思った。

刑事課で柿田の世話をしてくれたのは、四十一歳の巡査部長だった。田中義久《たなかよしひさ》という名で、年の割には老けて見えた。

彼が言うには、刑事は係によって雰囲気が違うのだそうだ。強行犯係は、行動的で颯爽《さっそう》としている。田中に言わせると、「カッコつけてるやつ」が多いのだそうだ。

知能犯係は、いかにもインテリ面をしているという。刑事というよりも、会計士とか税理士のような雰囲気になるらしい。

盗犯係は、職人のような感じになるということだ。たしかに、田中は職人のようにも見える。

強行犯係の担当する事件の犯人はたいてい素人だが、盗犯係が追っかけるのはプロの犯罪者なのだと、田中は言う。

スリや空き巣のプロは、職人気質だ。そういう連中を相手にしているうちに、刑事も次第に職人のようになるらしい。

組対係の中の暴力犯担当は、通称マル暴で、暴力団などを担当している。見かけは、暴力団員に限りなく近い人が多い。……と、まあ、こういう具合だ。一口に刑事と言っても、いろいろいるわけだ。

田中は、常にこう言う。

「世間じゃ強行犯係ばかり目立つが、実は一番忙しいのが、俺たち盗犯係だ。そして、俺たちはプロ中のプロだ。俺は、この仕事に誇りを持っている」

ここにも熱い人がいるわけだ。

たしかに、刑事課では地域課の曽根巡査部長のように真っ直ぐな物言いをする人はいなかったが、みんな犯罪者を捕まえるという情熱は、半端ではない。

二月の寒い夜に、空き巣の通報があった。被害にあったのは、城南地区の住宅街にある一戸建ての家で、外出から帰った老夫婦が異変に気づいて一一〇番通報したのだ。

柿田は、夜の十時ごろに田中からの電話で呼び出された。警察署の独身寮が、「待機寮」と呼ばれる理由がよくわかった。

警察官は、寮でくつろいでいるときも、常に待機状態なのだ。電話一本で、すぐに現場に向かって飛び出していかなければならない。

寒い夜だった。背広の上にコートを着ていたが、冷気がたちまち染みこんできた。手はかじかみ、耳が痛くなる。

その寒さの中で、田中たちは地を這《は》うように遺留品や証拠となるものを捜していた。鑑識が足跡や指紋を採取している。

「シリンダーのタケだな……」

突然、田中がつぶやいた。それを聞いた刑事たちがうなずき合った。

田中が現場を見はじめて、五分と経っていない。

別の刑事が言った。

「間違いない。玄関の鍵を最近のものに取り替えてさえおけば、被害にあわなかったかもしれないな……」

柿田は田中に尋ねた。

「あの……。シリンダーのタケって……?」

「空き巣狙いの常習犯だ。本名は、猪野武雄《いのたけお》。シリンダーキーが得意でな。まあ、最近のディンプルキーはさすがにてこずるようだが、旧式のシリンダーキーなら開けられないものはないと豪語している」

「へえ……」

手口からあっという間に被疑者を割り出してしまった。これが盗犯係の仕事なのか。柿田は、すっかり感心してしまった。

「被害者から話を聞いて、被害届を作成しておけ」

柿田は、田中にそう言われた。老夫婦から話を聞き、必要なことを記録した。それを老夫婦に読んでもらい、指印をもらった。子供でもできそうな仕事だ。だが、今の柿田は、田中たちから見れば子供も同然なのだ。

早く一人前の警察官になりたい。

実にプロらしい様子で仕事を続ける田中たちを見て、柿田はそう思った。

被疑者の目星がついたからといって、それで刑事の仕事が終わるわけではない。近所の家を訪ね、目撃情報を集める。

署に引きあげたときは、すでに日付が変わっていた。刑事たちは、パソコンに向かってせっせと書類を作成している。

今日わかったことをすべて書類にしておかなければならない。警察官の仕事の大半が書類作りなのだ。


柿田が独身寮に戻れたのは、午前二時を過ぎてからだった。風呂に入るのも面倒で、そのまま寝てしまった。

翌朝は、遅くても八時には出勤しなければならない。始業時刻は八時半だが、研修中のヒヨッコが、他の刑事よりも遅く出勤するわけにはいかない。

刑事課は、地域課の交替制とは違って基本的には日勤だが、いつ呼び出されるかわからないプレッシャーがあった。

そして、たいてい大きな事件は夜中に起きるのだ。

柿田は二カ月あまりの間でくたくたになっていた。刑事はこの生活に慣れなくてはならない。ようやくペースをつかみかけた頃、また異動になった。今度は、交通課だった。

交通課は、署内で一番女性警察官が多い部署だ。それだけで、なんだか華やいだ気分になる。だが、仕事の内容は決して楽ではなかった。

交通課も、地域課と同様に交替制だ。日勤、夜勤、非番の繰り返しだ。パトカーに乗り、駐禁やスピード違反の取り締まりも経験した。一番きついのは、やはり事故処理だった。軽い事故なら計測や事情聴取で済むのだが、怪我《けが》人が出た場合は大事《おおごと》になる。

交通課での柿田の教育係は、小西《こにし》という名の三十五歳の巡査部長だった。彼は、あるとき、こんなことを言った。

「どんなドライバーも、たいてい違反を犯している。駐停車禁止の場所で停車することもあるだろう。制限速度を超えたことのないドライバーはいない。切符を切るか切らないかは、俺たちの判断一つだ」

その話をするとき、小西はうれしそうだった。警察の中で交通課が一番意地が悪いかもしれない。柿田はふとそんなことを思っていた。

事実、小西はちょっと腹黒かった。

「取り締まりで、張り込む場所を選ぶには、ちょっとしたコツがある。曲がりくねった細い道から、直線になる道路の脇に隠れていたら、速度違反は入れ食いだぜ」

柿田も運転をするので、覚えがあった。たしかに、そういう道ではついスピードを出してしまう。

さらに、小西はこんなことも言った。

「あとは、住宅街の一時停止だな。たいてい、完全停止しないから、検挙し放題だ」

それが交通課の仕事なのだと、理解はしていても、こうあからさまに言われると、柿田はちょっと反感を覚える。

「それって、違反を作るための取り締まりじゃないですか？」

小西は、ふんと鼻で笑ってから言った。

「ばか言え。取り締まりは交通安全のためにやるんだ。交通法規を守らないと、そのうち大事故につながる」

「はあ……」

それはわかるが、どうも納得がいかない。

「割れ窓理論って知ってるか？」

「ええ、割れた窓を放っておくと、どんどん他の窓も割られてしまう、という話ですね。つまり、軽微な犯罪を放っておくと、やがて治安が悪化し、凶悪犯罪の温床になる、という……」

「交通違反も同じだ。些細《ささい》なことだと、見逃していると、次第にエスカレートして、そのうちたがが外れる。そして、大事故につながるわけだ。だから、俺たちは、せっせと違反を取り締まる」

「了解です」

そう言うしかなかった。

立場上、小西に反論することなどできない。

彼はさらに言った。

「いいか？　右折車がいるとする。そこに横断歩道がある。歩行者がいた場合、右折車は、停車してその歩行者が通過するのを待たなければならない」

「はい」

「そのとき、歩行者が車を気にして歩調を弛《ゆる》めたとしたら、おまえ、どうする？」

「どうするって……」

柿田は戸惑った。質問の意図がよくわからない。

小西は言った。

「その場合、右折車のドライバーに違反切符を切ることができる」

「えっ……」

柿田は、つい声を上げた。「どこが違反なんですか？」

「安全運転義務違反だ。道交法には、ちゃんと規定がある。歩行者優先の原則だ。ドライバーは、歩行者の安全を確保する義務がある。歩行者が車を気にして、歩調を弛めるようなことがあってはならないんだ」

「そんな……。早足になるとか、ゆっくり歩くとか、車を気にするとかは、歩行者の側の問題でしょう」

「そんなことを言っていたら、ちゃんと違反車を検挙することなんてできないぞ。まあ、今のは、そういうことも取り締まりの対象になり得るんだぞ、という一例だが……」

「なんだ……。本当にそういうのを取り締まるわけではないんですね」

「いや、実際に切符を切ったやつがいる」

柿田は、またしても驚きの声を上げた。

「本当に検挙したんですか？　ドライバーはおとなしく従ったんですか？」

小西は、意地の悪そうな笑みを浮かべて言った。

「もちろん、猛烈に抗議をしたそうだ。だがな、ここが大切なところだから覚えておけ。一度捕まえたら、絶対に逃がしちゃいけない。仏心なんて出しちゃだめだぞ。警察官は、市民と接するときは、常に毅然《きぜん》としていなければならない」

これまでの人生、ドライバーの側だった柿田は、やはり小西の言うことに納得がいかない。だが、ここは黙って話を聞いていたほうがいいと判断した。どうせ、交通課の職場実習は一カ月で終わるのだ。

小西には小西の言い分がある。そう思うしかなかった。

実際に交通違反者を取り締まってみると、正直に言って、気分がいいことも事実だった。なるほど、長いこと交通違反の取り締まりを続けていると、小西のようになるのも不思議はないと感じた。それは、危険なことかもしれないが、人間には、そうした一種の権力欲があることは否定できない。

小西のようなやり方をすれば、交通違反だけではなく、どんな人をも罪に問うことができる。誰だって、調べていけば、多少の違法行為をしているはずなのだ。

生まれてから一度も、法律を犯したことがないという人はいないはずだ。自動販売機の返却口や道に落ちていた金をネコババしたことくらいはあるだろう。チラシを郵便受けに入れるために、マンション内に入ったら、住居侵入罪になる。

柿田自身も、身に覚えがないわけではない。高校時代に煙草《たばこ》を吸ったこともあれば、大学一年のときにはもう酒を飲んでいた。当時はまだ未成年だった。

警察官は、やろうと思えば犯罪者を作り出すこともできるのだ。極端な話、気に入らないやつがいたら、罪に陥れることもできるということだ。

それは恐ろしいことであると同時に、たぶん、大きな誘惑であるはずだ。普通の人は、聖人君子ではあり得ない。心の中に必ず暗黒な面を持っている。

柿田の中にも、そういう部分があり、いつそれが暴走しはじめるかわからないのだ。

それは、今後、警察官としての人生を送るにあたって、ずっと考えていかなければならないことだと、柿田は思った。


交通課の後は、生活安全課に配属された。生活安全課は、かつては防犯課と呼ばれていた。少年犯罪を取り締まったり、風営法に関わる事案を扱ったりする。

柿田は、風俗営業係の酒井《さかい》という三十六歳の巡査部長に預けられた。酒井は、どちらかというと童顔で、背が低く、実年齢よりも若く見える。

「俺、クラブとかに顔を出すと、なめられちゃうんだよね」

初対面のときに、酒井はそう言った。無理もないと、柿田は思った。

風俗営業係は、熱心に働けば働くほど、仕事が増えるのだと、酒井は言った。

「……だからさ、あんまり入れ込まないことにしてるんだ」

「はあ……」

何とこたえていいかわからない。へたに同調すると、上司に報告されかねない。

酒井がカマを掛けているかもしれないのだ。柿田はまだ、研修中の身だ。常にテストされていると考えなければならない。

酒井について町を歩いてみて、彼が言ったことが実感された。やることが多い。管内は、住宅街が多いが、繁華街がないわけではない。飲食店も少なくない。スナックやキャバクラもある。

また、ラブホテルもあり、そういう場所も取り締まりの対象となる。最近は、店舗型の風俗店が減り、デリバリー型の風俗店が増えている。

そうした風俗店を利用するときに、ラブホテルが使用されるのだ。

風俗店は、違法だったり違法ぎりぎりだったりするので、常に情報を集めていなければならない。接待をするクラブなどは、東京都では、午前一時までしか営業を認められていない。キャバクラも本来ならば同様だ。

しかし、実際には、スナックやバーの営業許可で、キャバクラのような風俗営業をやっている店もある。そうした店は、営業時間の制限がない。

ホステスが、客の隣に座ったり、カラオケでいっしょに歌ったりすることは違法になる。そうした店の実態は、実際に足を運んで調べるしかないが、実はけっこう情報が集まるらしい。

酒井によると、そうした情報のほとんどがライバル店によるタレコミなのだそうだ。流行《はや》っている店ほど狙われるということだ。

まあ、世の中そんなものだろうと思う。

酒井は言う。

「タレコミがあっても、裏を取らないと検挙はできない。だから、客のふりをして飲みに行ったりして実態を探るわけだけど、俺たちも長年やってると、顔が売れてきちゃってさ……」

柿田は、相づちを打つ。

「そうでしょうね」

「異動で、二、三年に一回、新顔と入れ替えないと、内偵ができなくなっちゃうんだよね」

「はあ……」

「いや、はあじゃなくてね」

「え……？」

「だから、あんたの役目だと言ってるんだ」

柿田は、驚いた。

「あ、あの……、自分が内偵するということですか？」

「ちょうどね、二日前にタレコミがあったんだよ。でもね、その店の従業員に、俺顔ばれしてるんだよね。俺が飲みに行くと、実態を隠してしまう恐れがある」

「はあ……」

「じゃあ、頼んだよ」

店の名前と所在地を書いたメモを渡された。先輩にやれと言われたらやるしかない。その店は、私鉄の駅の高架脇にある飲食店街にあった。雑居ビルの二階だ。

その夜に、さっそく行ってみることにした。午前一時近くだ。

店の前で「案内」と称して客引きをやっている。これもグレーゾーンだ。東京都の条例で、客引き行為を禁止しているからだ。だが「案内」だと言われるとなかなか検挙は難しい。ホテルのポーターなどと同じだと言われたらなかなか反論できない。

柿田は、その客引きに尋ねた。

「どういうシステム？」

「最初の一時間が七千円で、飲み放題です。六十分延長が六千円、三十分延長が四千円になります」

けっこう高いが、領収書を持って行けば、酒井が何とかしてくれると思った。

「じゃあ、頼むよ」

「どうぞ、ご案内します」

クラブやキャバクラだと、この時間には新規の客を入れないはずだ。営業が午前一時までだからだ。つまり、この店はスナックかバーの営業許可でやっているということだ。

店内は、意外にも落ち着いた雰囲気だった。キャバクラは、もっとぎらぎらした内装だと思っていた。

どうもテレビドラマの影響らしい。考えてみれば、あまりぎらぎらと派手な内装だと落ち着かなくて、客が長居したがらないだろう。

もともと、キャバクラというのは、料金体系がキャバレーと同じで、雰囲気がクラブ、という飲食店のことだった。地方によっては、別の意味になると聞いたこともあるが、東京ではほぼその定義に一致する。

席に着いたのが、午前一時だ。それは確認した。さて、ここから確認が必要だ。女性が隣に座って接客をしたらアウトだ。

最初のホステスがやってきた。最近、この類いの店ではホステスとは言わず「キャスト」などと言うらしい。

これも逃げ道の一つだ。ホステスを置いているとなると、風俗営業ということになってしまい、営業時間が午前一時までとなってしまうからだ。

女性は、テーブルを挟んで向かい側に座った。これならば、適法だ。だが、他の席では、キャストが隣に座っている。

アウトだ。

柿田は、水割りを頼んでしばらく様子を見ることにした。キャストの女の子と、適当に話をする。

世の中には水商売嫌いの男性がいて、彼らが言うには、こうして見ず知らずの女性と話をするのが辛《つら》いのだそうだ。

だが、柿田は平気だった。住んでいるところや、出身地の話でけっこう盛り上がれる。十分ほど経つと、カラオケが流れた。

五十過ぎのオッサンが、キャストとデュエットを始めた。これもアウトだ。

六十分が経とうとしているが、閉店の案内などない。キャストに尋ねると、店は朝の五時までやっているという。

充分に実態を把握したと思ったので、柿田は延長はせずに店を出ることにした。結論は、「違法営業」ということだった。

翌日は、当然ながら寝不足だ。八時ごろには出勤して、酒井を待った。彼は、始業時刻ぎりぎりにやってきた。

「例の店に行ってきました」

「お、どうだった？」

「朝五時まで営業しているということです。自分は、初めてで指名なしの客だったので、女の子は向かい側に座りましたが、指名がある子は客の隣に座っていたようです。カラオケでデュエットした客もいました」

酒井がふと悲しげな顔になった。柿田にはその理由がわからなかった。

「そうか……。やっぱ、検挙しなけりゃなんないか……」

その酒井のつぶやきを聞いたとき、柿田は、「あっ」と思った。

柿田が「違法」と報告したら、酒井はその店の責任者を検挙しなければならない。営業停止などの処分が下されるかもしれない。

そうなれば、キャストや黒服など、店の従業員全員が困ることになる。決して不健全な営業をしているわけではない。女性は、隣に座って水割りなどの飲み物を作り、話をするだけだ。

カラオケのデュエットだって、カラオケボックスで誰でもやっていることだ。

ただ、違法だというだけで、摘発しなければならない。

酒井は、それが不本意なのかもしれない。

柿田は尋ねた。

「あの……、摘発するんですか?」

「違法だとわかったら、放ってはおけないよ」

「もし、自分が、すれすれだけど違法とまでは言えないと報告したら、摘発をせずに済んだんですよね」

酒井は驚いたように柿田を見た。

「何言ってんの? 風営法違反を取り締まるのが、俺たちの仕事だよ」

「実害がないとわかっていても、取り締まらなければならないんですね……」

「何が実害で、何が実害でないかなんて、判断できないじゃないか。だから法があるんだよ」

「でも、あの店は、全然猥褻《わいせつ》なこともしていませんし……」

「ホステスが隣に座って接客するような店は、午前一時に営業を終えなきゃならないんだ。それが決まりだからね。それに違反しているんなら、摘発しなけりゃならない」

「でも、酒井さん、なんだか乗り気じゃないように見えるんですけど……」

酒井は、溜《た》め息をついた。

「あそこのナギサっていう子、いい子なんだよね……」

「はあ……」

「店が営業停止なんてことになったら、収入も減るし、困るだろうなあ……」

そういうことか……。

柿田は何も言わないことにした。余計なことを言って睨《にら》まれてもつまらない。

酒井はもう一度、溜め息をついた。

気に入った子がいたり、仲のいい従業員がいたりしても、違法となれば手入れをしなければならない。

それが風俗営業係の仕事だから仕方がない。

柿田は、対象の店を、「違法」と判断したことが正しかったのかどうか、考えさせられた。

もちろん、法律や条例の条文を見れば、違法と判断せざるを得ない。だが、そこで毎日働いている人たちは悪人なのだろうか。

交通課の小西のことを思い出した。彼は、違反者を検挙することに、何の迷いも抱いていない様子だった。

交通違反者の多くは、悪意など持っていないはずだ。

近くに駐車場が見つからないから、路上に駐車してしまった。

うっかり、スピードを出しすぎてしまった。

また、車の流れに乗るためには、制限スピードで走っていては危険なことさえある。

それを、取り締まるのが交通課の仕事だ。同様に、風営法や都条例に違反している店を取り締まるのが風俗営業係の仕事だ。

そう割り切ってしまえば楽なのだろう。また、この先、警察官を続けていくためには、割り切ることも大切だということはわかる。

だが、柿田はその割り切りができるかどうか不安に思った。

刑事課の盗犯係では、そういう迷いはなかった。刑事たちは、犯罪が起きてから捜査を始める。グレーゾーンなどない。

いや、そうと言い切れるだろうか。例えば、万引きだ。最近は、貧しい老人の万引きが増えているという。

幸いにして、刑事課での職場実習では、万引き犯に関わることはなかった。もし、金がなく、やむにやまれず、食品を盗んだ老人がいたとしたら、自分は検挙できるだろうか。

柿田は自問していた。

それは、あまりに非情なことなのではないか。

こういうふうに考えること自体、警察官に向いていないという証拠なのではないか。

柿田は、ついそんなことを考えてしまった。

3

やがて、生活安全課での職場実習も終わり、一度警察学校に戻ることになった。二カ月間の初任総合教養を受けるためだ。

警察学校に戻ると、柿田はほっとした。初任教養の頃を、なつかしくさえ感じた。訓練は厳しかったが、それほど辛《つら》いとは思わなかった。

職場実習のように迷うこともなかった。学校の寮生活も、柿田にとっては苦にならない。もともと、集団行動が向いているのかもしれないと、自分で思っていた。

個室や食堂の独特の匂いもなつかしかった。もともと、一人で何かを考えるよりも、誰かといっしょに体を動かしていたいというタイプだ。

初任教養のときには、やけに厳しかった教官も、総合教養になると、雰囲気が変わったように、柿田は感じた。

規律を最重視することは変わらないが、なんだか少しだけ、親しみが増したように思える。

授業でも、職場実習の感想を言い合ったりすることが多かった。

あるとき、柿田は、ふと気づいた。

これは、同じ警察官としての共感なのではないか、と……。

初任教養のときは、まだ柿田たちは学生気分だった。講義や講習を受けながらも、どこか警察官としての自覚は薄かった。

実習を経て戻って来た柿田たちを、教官は、仲間の警察官として認めてくれたのだろう。

もちろん、まだまだ一人前の警察官とは言えない。スタートラインに立ったに過ぎない。

だが、警察官として人生をスタートさせたことは間違いないのだ。

同じ班で一番頼りなかった、伊知川《いちかわ》というやつも、ちょっとだけたくましくなって戻ってきた。

「おう、おまえは、戻って来ないと思っていたけどな」

柿田は言った。

もちろん、冗談だ。

すると、伊知川は真顔でこたえた。

「俺さ、中学校のときとか、どっちかって言うと、いじめられるほうだったわけよ」

「まあ、そうかもしれないな」

「そして、高校では目立たなくて冴《さ》えない組よ」

「わかるよ」

「いや、そこ、あまり納得してほしくないところなんだけどね。まあ、大学でもモテなくってさ、つまんないキャンパスライフだったわけよ」

「俺もモテなかったぞ」

「おまえみたいに、体育会の部活をやっていたわけでもないしさ……。正直言って、警察学校に入っても、いつ辞めようかって思ってたわけ」

「そうだったのか?」

「訓練きっついし、教官こわいしさ……。でもね、制服着て交番に立ったとき、なんてえの……。まあ、大げさに言うと、人生変わったわけよ」

柿田は、「あっ」と思った。

そして尋ねた。

「交通課はどうだった？」

「教育担当の人がさ、切符切らしてくれたんだ。そのときの気持ちは忘れられないね。相手が何を言おうが、こっちのほうが強いわけよ。もう、制服最高って感じだよね」

おいおい、それって危なくないか……。

柿田は思った。

制服は権威の象徴だと聞いたことがある。伊知川は、これまでの人生で感じたことのない、他人を支配することの快感を味わったのだ。

もしかしたら、交通課の小西も、子供の頃にいじめられていたのかもしれない。そういう連中は、権威を笠に着たがる。

いじめられていた頃の仕返しをしたいのだろう。

地域課の曽根巡査部長のように、熱くて真っ直ぐな警察官がいる。その一方で、自分自身の支配欲を満たそうとするような警察官もいるのだろう。

柿田は、伊知川に言った。

「あんまり調子に乗ってると、足元をすくわれるぞ。制服を着ているからって、何でもできると思ったら大間違いだ」

伊知川は、にたにたと笑った。

「なんだよ、教官みたいなこと言うなよ」

「いや、別に説教しようってんじゃないんだよ。おまえのためを思ってだな……」

「だからさ、俺にとっては制服ライフは、快感なわけよ。それって、俺のためじゃん」

「いや、そういうことじゃなくってさ……」

「じゃあ、どういうことなんだよ？」

「ううん……」

うまく説明できそうになかった。だから、柿田は、それ以上話を続けることができなかった。

たしかに、制服を着て交番に立つと、誇らしい気分になった。だが、柿田は、それ以上に責任を感じたのだ。

道を訊きに来た人に、「自分はわからない」とは言えない。間違った道を教えるわけにもいかない。

遺失物の届けに対して、適切な処置ができるかどうか不安だった。

もちろん、経験を積むうちに、そうした不安や自信のなさは解消されていくはずだ。一方で、交通課の小西や生安課の酒井のもとで研修をしたときに感じた疑問は、ずっと残りそうな気がした。

警察官になったからには、法律に違反する事柄はすべて取り締まりや検挙の対象になる。あらゆる違反者や犯罪者を、一律に取り締まったり検挙したりすることが、果たして自分にできるだろうか。

自分の判断で、違反者や犯罪者を見逃すことなど許されないのだ。

だとしたら、どんな場合も違反者・犯罪者は検挙しなければならないということになる。

初任教養の術科訓練などで、一番成績が悪かった伊知川のほうが、実は自分よりも警察官に向いているのではないかと、柿田は思った。

深刻に悩んでいたわけではない。だが、その疑問は心の奥にひっかかり、小さな棘《とげ》のように気になった。

教場の教官は、何か悩みがあったらいつでも相談に来いと言っていた。

初任総合教養が終わってしまったら、そういう相談をする機会もないだろうと思った。柿田は、話をしてみることにした。

教官室の戸口で気をつけをして、声を上げた。

「柿田亮、川上《かわかみ》教官にご相談があり、参りました」

担当の教官は、川上友春《ともはる》という名で、四十歳の警部補だ。

教官室は、高校の職員室とまったく変わらない雰囲気だ。ただ、高校や中学と違って、そこでは規律に則《のっと》った行動が要求される。

入退出のときには、必ず礼をして申告をしなければならない。教官の前では、基本的に気をつけだ。

そういうわけで、出入り口で大声を出しても、教官たちは気にしない。「誰に用だ？」というふうに、ちらりと視線を飛ばしてくるだけだ。

川上教官が言った。

「おう、柿田か。入れ」

「はっ」

柿田は入室し、教官の席の脇で気をつけをした。

「相談があるって？」

「はい。個人的なことで、恐縮ですが……」

「わかった」

川上教官は立ち上がった。「ついてこい」

柿田は、川上教官の背中を見ながら廊下を進んだ。研修生たちが、川上を見て気をつけをして礼をする。ついでに、柿田をちらりと見る。

これから説教されると思っているに違いない。柿田は、ただ前を向いて歩いた。

案内されたのは、図書準備室だった。大きな机があり、その周囲にパイプ椅子が六脚置いてあった。部屋は無人だった。

「まあ、座れ」

川上教官が先に腰を下ろして言った。

「失礼します」

柿田は、椅子に座り、かしこまった。

川上教官が尋ねた。

「相談したいことって、何だ？」

「職場実習では、いろいろなことを学びました」

川上教官が言った。

「初任総合教養が終わって、現場に戻っても、学ぶことはたくさんある。警察官は、日々勉強だ」

なるほど、いかにも教官らしい言葉だと、柿田は思った。

川上教官は、髪を短く刈り、よく日焼けしている。目が大きいのが特徴だ。実年齢よりも若く見える。彼も、地域課の曽根巡査部長同様に、熱い警察官の一人だ。

というか、もしかしたら誰よりも熱いかもしれない。

「いろいろと考えさせられることもありました」

川上教官が、笑みを浮かべて尋ねた。

「どんなことを考えた？」

柿田は、どう言えばいいのかわからなかったので、交通課の小西や生安課の酒井のもとで経験したことを、そのまま語った。

じっと話を聞いていた川上教官は、うなずいてから言った。

「現場では、警察官自身が判断しなければならないことがたくさんある」

「それは理解できます。でも、どうやって判断すればいいのかがわかりません。犯罪者を見逃してもいいということでしょうか」

「原則としては、見逃すことなど許されない。我々は、法に則って行動しなければならない。我々が法を無視したら、法治国家としての我が国は成り立たなくなる」

「それも理解できます。責任は自覚しているつもりです。では、警察官自身が判断する、というのは、どういうことなのでしょうか？」

「社会正義に照らして、判断するということだ。我々の仕事は違反者や犯罪者を作り出すことではない。いいか？　世の中には、法がある一方で、社会通念というものがある。常識と言い換えてもいい。警察官は、法からも、常識からも逸脱してはならない」

「常識は、人によってまちまちなのではないですか？」

「それはそうだが……」

川上教官は、ちょっとだけ困った顔をした。初任教養時代には考えられないことだった。柿田たちは、厳しく規律を叩《たた》き込まれ、時には怒鳴られた。

夜中に突然起こされて、校庭に整列させられたこともある。

へえ、こんな軍隊みたいなこと、本当にするんだ。

半分寝ぼけた頭で、柿田はそんなことを思ったものだ。そういうときの教官は、まさに鬼軍曹そのものだった。

こうして、柿田の質問に、真剣にこたえようと考え込んでいる姿など、そのときには想像もできなかった。

柿田は、さらに言った。

「社会正義に照らしてとおっしゃいましたが、正義だって、人によって解釈はまちまちなのではないですか？　それを判断の基準にするということは、判断基準自体がまちまちということになってしまうのではないでしょうか」

川上教官は、ぽかんとした顔で柿田を見て言った。

「おまえ、意外と理屈っぽかったんだな……」

「はあ……。意外ですか……？」

体育会ラグビー部出身というだけで、筋肉バカと思われていたのかもしれない。

「しかも、検挙や摘発の基準について悩むなんて……」

「自分は、警察官に向いていないのでしょうか？」

川上教官は、慌てた様子で言った。

「いや、そんなことはない。おまえは立派な警察官になれる。職場実習の期間は短い。これから、いろいろな経験を積むことによって、判断力もついてくる。だから、心配することはない」

「伊知川のほうが、ずっと警察官に向いているような気がしてきました」

「伊知川……？　あいつがどうかしたのか？」

「交通課の研修で、切符切るのが快感だったって言ってました」

川上教官の表情が、引き締まった。

「それは聞き捨てならないな」

柿田は、慌てて言った。

「あ、余計なことを言いました」

「そういうやつが、増長して、いつかは問題を起こすことになる」

「あの……。雑談中の言葉ですから気にしないでください」

「俺から一言、釘を刺しておかんとな」

「いや、それじゃなんだか、自分が告げ口したみたいになってしまいますし……。調子に乗ってると、足元をすくわれるって、自分からも言っておきましたので……」

「権限と権力をはき違えるやつがいる。警察官は、少なからず権限を持っている。だが、それは法に従って執行されなければならない」

「あ、自分はわかっていますから……。そして、権限には必ず責任が伴う」

「あの、それより、違反や違法行為は、すべて検挙や摘発をしなければならないのかという質問に……」

「そうか……。伊知川がそんなことを……」

「いや、ですから、自分が質問したいのは、さきほど教官が言われた、現場の判断ということについてで……」

川上教官は、きっと柿田を見つめた。

「正義だ」

「は……?」

「常に正義を信じるんだ」

「ですから、その正義というのは……」

「人によって違うと言ったな？　いいか？　屁理屈《へりくつ》は必要ない。より多くの人が心地よいと思うことが正義だ」

「より多くの人が心地よいと思うこと……」

「そして、自分の良心に恥じないことが正義だ」

「良心に恥じない……」

柿田は、ただ川上の言葉を繰り返すことしかできなかった。

「誰かに対して恥ずかしいと思うこと……、いや、それ以上に、自分自身に対して恥ずかしいと思うことは、正義に反している。自分を磨け。そうすれば、おのずとおまえ自身の正義が見つかる。そうしたら、その正義を信じて、それを全うしろ。それが、警察官だ」

やっぱり、この人は熱い。

そう思いながら、柿田は感動していた。

疑問が解消できたとは言えない。しかし、たしかに川上教官の言葉は胸に響いた。

この人の熱さは、伊達《だて》じゃない。そして、警察学校の教官は、まさしく適任だ。柿田は、そう思った。

「警察には、いろいろな仕事がある」

川上教官の言葉が続いた。「おまえたちの前には、たくさんの道が用意されている。そのどれもが長い道のりだ。その道を歩きながら考えるんだ。おまえのように、考えることは重要だ。その悩みや迷いは将来、決して無駄にはならない。いいな」

「はい」

悩みや迷いが払拭《ふっしょく》されたわけではない。だが、迷うことが間違いではないことを教わった。これは、柿田にとって重要なことだった。

「……そういうわけで、俺は、ちょっと伊知川と話をしてこなけりゃならない」

川上教官は席を立った。

「いや、ですから、それは……」

止める間もなく、教官は部屋を出て行った。


その後、伊知川が柿田に対して文句を言うことはなかった。川上教官は、伊知川を叱ったわけではなさそうだった。

もし、厳しく叱責《しっせき》していたら、伊知川だって柿田に対して黙ってはいなかっただろう。

ともあれ、初任総合教養も無事終了した。同期の連中、特に同じ教場、同じ班の仲間と再会を誓って、柿田は、卒配されていた所轄署に、戻ってきた。

4

配属先は地域課で、研修で世話になった曽根巡査部長の班だった。

職場実習は、慌ただしく過ぎた。今度は腰を据えて仕事をしなければならない。だが、どうもまだ実感がわかない。

職場実習のときに署の独身寮に引っ越してきたが、初任総合教養で警察学校の寮に戻されたので、落ち着かなかった。

独身寮には、「主《ぬし》」がいて、新人はなにかといじめられると聞いたことがあり、柿田は緊張していた。

大学のラグビー部では、昔ほどの上下関係はないものの、それでもやはり体育会の気質は残っていた。

先輩には逆らえない。一年生はまず、人間らしい扱いをしてもらえない。二年生になってようやく人間となり、三年生が部を支配している。四年生は、部活にはほとんど顔を出さないが、彼らは雲の上の人として崇《あが》められる。OBは、さらに偉い。

だから、柿田には長幼の序が身についている。頭ではなく、体に染みついているのだ。

部活の仲間たちは、社会に出ると、そうした序列から逃れられたに違いない。上下関係はあるのだろうが、一般企業なんかでは、そんなに厳しいはずがない。

だが、警察はどうだろう。寮に、大学体育会のような上下関係があったら、うんざりだと、柿田は思っていた。

大学なら、一年間我慢すれば、あとは楽なものだ。だが、職場の寮となるとそうもいかないだろう。何年も召使扱いされたり、理不尽なことを言われたりするのではたまらない。そうしたいじめを苦に、警察を辞めた人もいるという話も聞いていた。

柿田は、寮に入ると用心深く様子を見守っていた。

すぐに「主」や先輩に呼び出されることはなかった。いつか、その日が来るのかもしれない。そんな思いで、毎日を過ごしていた。

結局、一カ月経っても、何も起きなかった。その代わりに歓迎会のようなこともなかった。

みんな、日々を淡々と過ごしている。なるほど、警察官たちは、後輩をいじめたり、逆に歓迎したりしている暇はないのだと、柿田は理解した。

交番勤務の一カ月も、思ったより平穏だった。ただ、まだ交替制の生活に慣れない。


警視庁の交番勤務は、四交替制だ。

日勤、第一当番、第二当番、非番のサイクルで勤務する。日勤は、午前八時半から午後五時十五分までで、署内勤務だ。

第一当番は、日勤と同じく午前八時半から午後五時十五分までだが、交番に、午後四時まで詰めている。

第二当番の勤務時間は、午後二時半から翌朝の九時半までだが、第一当番と交替で、交番に午後四時から入る。そして翌朝まで勤務し、また第一当番と交替する。

このサイクルに、なかなか体が慣れてくれなかったのだ。一カ月を過ぎると、ようやく落ち着いてきた。

交番は、何かと忙しい。しょっちゅう人が訪ねて来るし、無線も聞いていなければならない。

七月の終わりのことだった。

午後三時ごろ、小学生らしい女の子三人組が交番にやってきた。そのとき、たまたま柿田しかいなかったので対応した。

三人のうちの一人が、段ボール箱を抱えている。中からミーミーという声が聞こえてきた。

「どうしましたか？」

「捨て猫です。神社の脇の公園に置いてありました」

柿田は、どうしていいかわからない。

たしか、動物遺棄は、動物の愛護及び管理に関する法律の違反に当たり、百万円以下の罰金に相当する犯罪行為だ。

だが、三人の女の子が持って来た子猫を前に、そんな知識は何の役にも立たなかった。

「ええと……。これを落とし物なんかと同じく警察に届けたいということなのかな？」

三人の女の子たちは、互いに顔を見合わせた。段ボールを持っている少女がこたえた。

「どうしていいかわからないんです。このままだと死んじゃうし……」

段ボール箱の中を見ると、三匹の子猫が鳴き声を上げながら、弱々しくうごめいている。拾得物として預かるわけにもいかない。さて、どうしたものかと、柿田は考え込んだ。

子猫を持ち帰ってもらえれば、それに越したことはない。

柿田は、三人の女の子に言った。

「お金や物じゃないんで、このまま持って帰ってもいいんだよ」

三人は、また顔を見合わせる。

また、段ボールを持った子がこたえる。

「三人とも、うちでは動物を飼えないんです」

どうやら、この子がリーダー格のようだ。ショートカットでいかにも利発そうな顔立ちをしている。

「じゃあ、学校の先生に相談して、飼える人を探したらどうかな？」

我ながら無責任だと思いながら、柿田は言った。

ショートカットの子が言う。

「学校に猫を持って行ったりしたら叱られます」

まあ、それはそうだろうなと、柿田は思った。最近の学校の先生は、面倒なことを嫌うと聞いたことがある。

彼女たちは、学校の先生も親も頼りにできないと考え、こうして交番にやってきたのだ。つまり、親や先生よりも警察が頼りにされたということだ。

その信頼を裏切りたくはなかった。巡査部長が帰ってきたら、処置の方法を相談しよう。柿田は、そう決断して言った。

「わかった。じゃあ、ここで預かろう」

少女たちは、ほっとした顔になった。ショートカットの子が言った。

「どうもありがとうございます」

段ボール箱を受け取った。

背が低く、長い髪を後ろで束ねている子が言った。

「おなかすいてるみたいです」

だから、どうしろと……。

「わかった。何とかしよう」

三人の少女は、ぺこりと挨拶《あいさつ》をしてから、おしゃべりをしながら歩き去った。おそらく、自分たちがしたことについて話し合っているのだろう。

警察に届けたのは正しい判断だったと言い合っているに違いない。そのとおりだと言ってやりたい。だが、柿田は、子猫たちを前に困り果てていた。

ほどなく、曽根巡査部長が戻ってきて、目を丸くした。

「どうしたの、これ」

「小学生の女の子三人組が、持って来まして……。神社脇の公園に捨ててあったそうです。どうしていいかわからなくて……」

柿田は、怒鳴られるのを覚悟していた。もっとも、曽根巡査部長は、熱血漢だが他人を怒鳴りつけるようなタイプではない。

曽根は段ボール箱を見つめて言った。

「困ったなあ、これ……」

「自分もどうしていいかわからずに……」

「動物愛護相談センターに預けるしかないな」

「動物愛護相談センターですか?」

「二十三区内のことなら、世田谷区八幡山のセンター本所が担当している。拾得物の届けは書いてもらったか?」

「あ、いいえ……」

「そういうことは、記録に残しておけ。後々何があるかわからない」

「わかりました」

「じゃあ、おまえが責任持ってセンターに持って行け」

「自分がですか？」

「当然だろう。誰が持って行くんだよ。次の当番の連中に引き継いだりしたら、おまえ、ぶん殴られるよ」

「はあ……」

殴られたほうが楽なのではないかと思った。

「取りあえず、ミルクとスポイトか何かを買ってこいよ。それと、ガーゼだ。親がなめるようにさすってやらないと、おしっこもウンチもしないいんだよ」

「了解しました」

ミルクはコンビニで買える。だが、スポイトがなかなか見つからなかった。商店街の文房具屋で訊いたら、習字コーナーにあるという。

薬局でガーゼを買い、交番に戻った。猫のおかげでてんてこ舞いだ。

曽根巡査部長が、スポイトでミルクを吸い上げ、まだ目が開いていない子猫の鼻先に持っていく。子猫は、ミルクを吸い始めた。

よほどおなかがすいているらしく、いくらやってもきりがない。

猫につきっきりになっているわけにもいかない。曽根巡査部長が猫にミルクをやっている間、柿田が、道を訊きに来た人に対応したり、遺失物や拾得物の届けを受け付けたりした。

やがて、ミルクをやり終えると、曽根巡査部長は、子猫を仰向けに掌《てのひら》に載せ、ガーゼでお尻のあたりをこすりはじめた。排泄《はいせつ》をさせるためだ。

柿田は感心して言った。

「手慣れてますね」

「実家で猫を飼っていたんでな……。テレビの動物番組とか、よく見るし……」

そうこうしているうちに、午後四時になり、第二当番の連中がやってきた。

第二当番の巡査部長が子猫が入った段ボールを見て言った。

「あ、何だ、これ……」

曽根がこたえる。

「拾得物だ。神社脇の公園に捨ててあったそうだ。柿田が受理したんで、動物愛護相談センターに持って行かせる」

「センターか……」

第二当番の巡査部長は、ちょっと考えて言った。「いや、それより、管内に、面倒見がいい獣医がいる。地域猫の活動もしているし、里親を見つけてくれるに違いない」

曽根巡査部長が言った。

「あ、その手があったな。柿田、センターまで行かずに済むかもしれないぞ」

柿田は、その獣医の住所を聞いて、段ボールを持って出かけた。

交番から歩いて十分ほどの距離だ。ミーミーと鳴く子猫が入った段ボールを抱えた制服姿の警察官は、通行人の目を引いた。

いや、これは拾得物でしてね……。

一人一人に、そう説明したくなった。

会いに行った獣医の院長は、まだ若い男性だった。事情を説明すると、里親が見つかるまで面倒をみると言ってくれた。

これでようやく一件落着だ。署で一日の記録をつけ、着替えて寮に戻った。

やれやれと思った。子猫でこんなに苦労するとは思わなかった。小学生たちに、「持って帰りなさい」と言うこともできた。だが、彼女らは、他に頼るところがなかったのだ。

交番というのは、そういう存在だ。地域の住民は、何かあるとまず交番にやってくる。

面倒なことは、まず交番のお巡りさんに言ってみる、という具合だ。地域課の警察官は、どんなに些細《ささい》なことでも、また、どんなに面倒なことでも、地域住民の信頼と要求にこたえなければならないのだ。

それが、柿田には重く感じられる。

俺は、そんな要求に、この先ずっとこたえていけるのだろうか……。

ふと、そんな疑問が湧いてくるのだった。


夜勤のときは、昼間と違ってかなりダイナミックだ。

八月に入った暑い夜のことだ。

私鉄の線路脇の飲食店街で、酔っ払いが暴れているという通報があった。曽根巡査部長とともに、自転車で駆けつける。

酔ってふらふらになった中年男が、路上の看板を蹴り、大声で何事か喚《わめ》いている。

うわあ、危なそうなやつだな……。

柿田は、思わず心の中でそうつぶやいていた。

「いいか。絶対に挑発に乗るな」

自転車から降りると、曽根巡査部長が言った。

「はい」

言われるまでもないと、柿田は思った。

曽根巡査部長が酔漢に近づいた。

大声を上げていた酔漢が、曽根巡査部長を睨《にら》みつける。その目は、赤く充血していて、異様な光り方をしている。

「はい、どうしました？」

曽根巡査部長が穏やかに語りかける。柿田は、さりげなく酔っ払いの右脇に移動した。酔っ払いが吠《ほ》えた。

「何だ、てめえは。お巡りに用なんかねえぞ」

「大声出したら、周りの人に迷惑になるでしょう。落ち着いてね。話聞くから」

「お巡りなんぞに話すことはねえ」

酔漢は、曽根巡査部長を蹴ろうとする。届かずにバランスを崩した。曽根巡査部長はその体を支えようと手を伸ばした。

酔漢が曽根巡査部長の手を払いのけようとした。そのはずみに、酔漢の手が曽根巡査部長の顔面を捉える。柿田は、はっとして酔漢を取り押さえようとした。

「何をするんだ」

酔漢がもがいた。意外なほど力が強かった。酔っ払いをなめてはいけないと思った。

「放せ、ばかやろう。放せってんだよ」

顔面を殴打された曽根巡査部長は、平然としている。彼は、あくまでも穏やかな声音で言った。

「いいから、ちょっといっしょに来て、向こうで休もう。酔いを醒《さ》ますんだ」

「ふざけんな。おい、若造、手を放せ。俺を誰だと思ってるんだ」

暴れるので、酔っ払いの肘《ひじ》が腹に当たったり、靴が脛《すね》に当たったりする。だんだんむかついてきた。

「おとなしくしないか」

つい口調が厳しくなる。それを聞いて、酔漢がさらに興奮してきた。

「てめえが手を放さないから悪いんだろう。若造が偉そうにしてるんじゃねえぞ」

もし、自分が警察官でなければ、いや、勤務中でなく、制服を着ていなければ、こんなやつと関わりを持たずに済んだだろう。

そう思うと、無性に腹が立ってきた。酔漢に、というよりも、この状況に怒りを覚えたのだ。

さらに口調がきつくなった。

「おとなしくしろと言ってるだろう」

「なんだと、てめえ」

酔漢が向き直り、柿田につかみかかってきた。殴りたい。柿田は、切実にそう思った。でなければ、柔道の技で投げ飛ばしたかった。

本当にやっちまおうか。

そう思ったとき、曽根巡査部長が言った。

「まあまあ……。あなたも何か面白くないことがあったから、こうして荒れているんでしょう。話、聞くから。ね、いっしょに来てよ」

そんな調子で、なんとかなだめすかし、曽根と柿田は、酔漢を交番に連れて行くことができた。柿田はほっとした。連行できたことよりも、殴らずに済んだことに、安堵《あんど》したのだ。

交番に連れて来られてからも、酔漢は大声を上げ、暴れようとしていた。曽根巡査部長は、辛抱強く話を聞こうとした。

一時間もすると、酔いが醒めてきたらしく言動が落ち着いてきた。さらに、一時間ほど経つと、男はパイプ椅子に座ってうなだれて、曽根巡査部長に自分の身の上などを話しはじめた。

昔はこの地域の町工場で働いていたという。その工場は、十五年ほど前に潰れてしまった。

その後、職業を転々としたが、なかなか生活は楽にならなかった。酒に溺れることが多くなったという。

「あそこの飲み屋で、二人組の男たちが飲んでいましてね……。話の内容から、銀行員だってわかったんです。もともと働いていた町工場が潰れたのも、銀行の貸しはがしが原因だったんです。むかついて、絡んだら、店を追い出されちまって……」

男の話に、曽根巡査部長が相づちを打つ。

「それで、暴れていたのか?」

「すいません」

「酔いは醒めたようだね」

「はい、すっかり……」

「帰るところはあるの?」

「ええ、家族もいます」

「じゃあ、あんたはまだ幸せだ。世の中にはホームレスもたくさんいるんだ」

「そうですね……」

「一人で帰れるね？」

「だいじょうぶです」

「今夜は飲み直したりしたらだめだよ」

「はい」

曽根巡査部長は、男を送り出した。交番を出るときに、男は、深々と頭を下げて言った。

「どうも、ご迷惑をおかけしました」

そしてとぼとぼと歩き去った。

曽根巡査部長が柿田に言った。

「よく我慢したね」

柿田は、恥ずかしくなった。酔っ払いの挑発になど乗るはずがないと思っていたのだ。もう少しで、相手を殴るところだった。

「すいません。酔っ払いをなめていました」

「あそこで手を出していたら、俺は君を許さなかったよ」

「はい」

柿田は言った。「部長に助けられました」

「あんなのは、酔っ払いではましなほうだからね」

「あの……。質問していいですか？」

「何だ？」

「部長は、話を聞いただけで、男を帰してしまいましたね」

「ああ」

「書類とか作成しなくてよかったんですか？　あの男の住所氏名を記録するとか……」

「書類……？」

「あるいは、署に連れて行くべきだったんではないですか？」

「あのな、一晩にどれくらい酔っ払いが出ると思ってるんだ？」

「はあ……」

「暴れたり騒いだりする酔っ払いは珍しくない。そんなのをみんな署に送り込んでいたら、署はパンクしちまうぞ。トラ箱だって限りがあるんだ。だから、よほど悪質な事案以外は、交番で対処するんだ」

「悪質かどうかの判断基準は何ですか？」

「判断基準だって？　そんなの、見ればわかるだろう」

「さっきの酔っ払いも、自分から見ると充分に悪質だと思われましたが……」

「まあ、慣れの問題だな。それと、被害届や、訴えが出ていたら、それなりの手続きをしなければならないな……。今回のケースは、どちらも出ていなかった」

「通報があったんですよね。それで、充分に悪質ということにならないんですか？」

「店で手に負えなかったり、客が怯《おび》えたり腹を立てたりすると、最近はすぐに一一〇番するんだよ。だから、通報をもってすべて悪質とは決められない」

「看板を蹴ってましたね。器物損壊罪とかにならないんですか？」

「だからさ、店が被害届を出したり、訴えたりしたら、署に連れてくよ」

柿田は考え込んだ。

曽根巡査部長の言葉が続いた。

「酔っ払いっていうのは、酔いが醒めれば、嘘《うそ》みたいにおとなしくなるもんだ。話を聞いてやるのも、警察官のつとめだと、俺は思っている」

柿田は、曽根巡査部長の言葉にうなずかざるを得なかった。

納得したわけではない。何事も臨機応変なのだなと、理解しただけだった。

だが、柿田は、その臨機応変がよくわからない。だから、判断基準がほしいのだ。警察官にとって、法律が判断基準なのは間違いない。

法を破る者を摘発し、検挙するのが警察官の役目だからだ。

だが、杓子《しゃくし》定規にそれだけ考えていればいいというわけではなさそうだ。世の中には適法か違法かでは割り切れない、グレーゾーンが存在する。

そのときに、どう白黒をつけるか、その基準がほしいのだ。

経験を積めば自然と判断できるようになるものなのかもしれない。それまでに、いったいどれくらい迷い、戸惑い、うろたえるのだろう。

いろいろなことを試して、失敗したり成功したりするのが経験というものなのだ。どんな仕事でも、実体験でしか学べないことがあるはずだ。それはわかる。

しかし、警察官に失敗は許されないと、柿田は考えている。失敗が人の死につながることもある職業なのだ。

まあ、人の生き死にに関わることは、日々の勤務の中でそれほど多くはないが、今後、刃物を持った暴漢に対処することもあるだろう。

そのときに、何かヘマをやったら、一般市民に危険が及ぶし、同僚や自分自身の身も危ない。

だから柿田は、失敗をしないための判断基準がほしいのだ。

他の警察官たちは、そういう悩みを抱えていないのだろうか。もしかしたら、自分だけが迷っているのかもしれないと、柿田は思った。

俺は頭が悪いのだろうか。

そんなことさえ考えてしまった。

5

第一当番と交替する時間が近づいてきた。さすがに、あくびが出そうになる。

曽根巡査部長が柿田に言った。

「今日は明け番だな。明日は日勤だから、仕事が終わったら飲みに行くか」

柿田は驚いた。本格的な交番勤務を始めて一カ月以上経つが、飲みに行こうなどと言われたのは初めてだった。

この警察署の人たちは、いっしょに飲みに行ったりはしないのかもしれないと思いはじめていたところだ。

「どうした？　妙な顔をして……。酒は飲まないのか？」

「いえ、飲みます」

寮で缶ビールをよく飲む。特に明け番の日は、午前中から飲むこともある。一眠りするためだ。

「じゃあ、俺と飲みに行くのが嫌なのか？」

「いえ、決してそんなことはありません。ただ、初めてのお誘いなので、戸惑っただけです」

「じゃあ、問題ないな」

「はい」

日が昇ると、急速に疲労を感じる。もうじき勤務が終わりだという安堵感というか、気の緩みのせいだろうか。

無事に引き継ぎを終えて寮に戻ると、すぐに朝食をとった。日勤や第一当番の連中が出かけた後なので、食堂はすいている。

のんびりと食事をすると、部屋に戻りビールを飲んだ。

八月になり、本格的な夏を迎えていた。寮の中は冷房が入っているものの、あまり利いていない。節電のために設定温度が高いのだ。

タオルケットを腹にかけて、二時間ほどぐっすりと眠った。ここで寝過ぎてしまうと、せっかくの非番を無駄にしてしまう。

午後一番で活動を始めないと、あっという間に休日が終わってしまうのだ。

ちなみに非番は、正式には、「第二当番勤務の勤務終了時刻から当該日の午後十二時までの時間」をいう。

午後十二時は、午前零時と同じ意味で、夜中の十二時のことだ。役所の用語は、何かと面倒臭い。厳密にいうと、休みは夜の十二時までなのだ。それから先は、待機時間ということになる。だが、たいていは十二時前に寝ているので待機という実感はない。翌日が日勤なので自然と寝るのが早くなるのだ。

柿田は、もともと出不精《でぶしょう》なほうだが、非番の日はできるだけ外出するようにしていた。寮に閉じこもっていると、警察の外と接することがなくなってしまう。警察内部の常識が世間の常識と同じとは限らない。

そのへんの感覚のずれは避けなければならないと、柿田は思っていた。

また、そうでなくても警察官はなかなか出会いのチャンスがないと言われている。交番の前に立っていると、もちろん、いろいろな人に会うが、それは出会いとは言わない。

この場合の出会いは、主に異性との出会いのことだ。

まあ、あてもなく街をぶらぶらしていて、異性と知り合いになれる、などという、うまい話が転がっているはずもない。

合コンをセッティングしたり、誰かに紹介してもらってダブルデートをするとか、積極的に動かないと、なかなか彼女などできないのだ。

合コン相手として、このところ警察官の人気が上がっているという。不景気になると、公務員の人気が高まるし、昨今の警察ドラマブームが人気を後押ししているのかもしれない。

とはいえ、柿田に合コンの誘いが来たことはない。柿田が親しくしている同僚はみな、合コンなどとは縁がなさそうだ。

手っ取り早く、女性といっしょに酒を飲みたければ、キャバクラなどに行くことになるが、警察官だということがばれると、女の子というより、店に敬遠されてしまう。

なかなか思うようにいかないものだ。

その日、柿田は映画を観《み》に行くことにしていた。本当は、部屋でのんびりとＤＶＤを観るほうが好きなのだが、「非番の日は外出する」という原則に従ったのだ。

最近、映画館はすいている。よほどヒットした映画でないと、席は埋まらない。それが、柿田にはありがたい。

すし詰めで映画を観る気にはなれない。左右の席に人がいると落ち着かないのだ。だから、たいてい一番通路側の席に座る。

ポップコーンとコーラを買って、映画が始まるのを待った。

予告編が始まると、やはり映画館に足を運んでよかったと思った。寮でＤＶＤを観るのとは、わくわく感が違う。

柿田は、スケールが大きくすかっとする、ハリウッド映画が好きだった。小難しい作品や暗い作品は好きではない。文芸大作とかいう日本の退屈な映画も嫌いだ。

警察学校の川上教官が柿田に、「意外と理屈っぽかったんだな」と言った。意外に、という気持ちはよくわかる。

柿田は本来、理屈っぽくもないし、うじうじと同じことを考えつづけるのは嫌いだ。だから、今の自分がちょっと嫌だった。

今日は、面倒なことは忘れてのんびりしたかった。映画に集中しようと思った。今日選んだのも、派手なアクション映画だった。

本編が始まる。柿田は、ポップコーンをつまみながらスクリーンを見つめた。

ストーリーはありきたりだが、主人公の俳優が好きだし、とにかく派手で迫力があるので、けっこう楽しめた。

大画面、大音響は、やはり映画館ならではだ。寮の部屋ではこうはいかない。

数列前の席で、客がごそごそと動きはじめた。若い女性のようだ。隣の席の男性と何か話をしている。

何だよ、気になるな……。映画に集中できないじゃないか。

柿田は、心の中で舌打ちをしていた。

どうせ、カップルがいちゃいちゃしてるんだろう。映画館でなく二人きりになれるところでやってくれ。

柿田は、そう思い、スクリーンに集中しようとした。

女性の動きが大きくなった。

おや、と柿田は思った。

何か様子がおかしい。女性の隣に男性が座っていたので、当然カップルだと思っていたのだが、どうやらそうではないらしい。

そういえば、さっきまであの女性は一人で座っていた。隣は空席だったはずだ。

ということは、あの男性は、女性の知り合いではないのかもしれない。

痴漢ではないか……。

過去に映画館で、痴漢を目撃したことなどない。だから、確信はなかった。もしかしたら、二人は知り合いで、何かで揉《も》めているだけなのかもしれないとも思った。

だが、たしかに普通ではない。

ついに、女性が席を立った。隣の席にいた男性も立ち上がる。

他の客はそれを、見て見ないふりをしている。二人が出て行ったので、ほっとしているのかもしれない。

柿田は、迷った。今日は非番だ。柿田も他の客と同様に、今の出来事など忘れて、映画の続きを観ればいいのかもしれない。

非番のときは警察官だって一般人と同じだ。犯罪を摘発するのは、仕事中だけで充分なはずだ。

柿田は、そんなことを考えていた。だが、気がついたら、席を立ち、男女を追ってロビーに出ていた。

女性が男に何か言っていた。厳しい表情だ。柿田は近づいて声をかけた。

「どうしました?」

若い女性と男が同時に柿田を見た。男は、冴《さ》えない中年男だった。髪が薄くなりはじめている。色あせたTシャツに、ジーパンという服装だ。

女性のほうは、ショートパンツ。タンクトップの上にシャツを羽織っている。

彼女が言った。

「痴漢です。助けてください」

男が言い訳するように言った。

「痴漢じゃないよ。ちょっとナンパしただけだよ」

「私の脚に触ろうとしたんです」

「そんなこと、してねえよ」

柿田は言った。

「とにかく、お互いの言い分は交番で聞くから」

中年男が言った。

「何だよ。ナンパしたら罪になるのかよ」

「罪になるかどうか、話を聞くと言ってるんだ」

「あんた、ナニか？　お巡りか？」

柿田は、どうこたえていいかわからなかった。だから、男の質問にはこたえず、女性のほうに言った。

「警察で調書を取ることになると思います。協力していただけますね？」

「わかりました」

「冗談じゃない。俺は帰る」

男はエレベーターに向かおうとした。柿田は、男の腕をつかんだ。

「待ちなさい」

男は、腕を振りほどこうとする。柿田は、手を放すまいと力を込めた。そして、映画館の係員たちに言った。

「警察を呼んでください」

ここは、柿田の管轄ではない。それに柿田は非番だ。男を交番や署に連れて行かなければならない義理はないと思った。

中年男が、もがいて言った。

「放せよ。俺が何したって言うんだ。声かけただけじゃないか」

柿田はこたえた。

「あのね、映画館は映画を観るところなの。知らない人に声をかけたりしちゃだめでしょう」

「俺みたいな男はな、普通のところで普通に声をかけてちゃ、彼女なんてできないんだよ」

「え、独身なの？」

「悪いかよ」

男の言い分につい、耳を貸しそうになってしまった。

いかんいかん、男が痴漢であることは、ほぼ間違いない。ナンパしようとしていただけだなんて、言い訳に過ぎない。

「何も悪いことしてないんだから、俺は帰るぞ。警察なんて行く必要はない」

「悪いことしてないんだったら、警察で話をするのは平気だろう」

「ばか言ってんじゃねえよ。警察に連れて行かれたらお終《しま》いだ。何にも悪いことしてないのに、犯罪者にされちまう。痴漢の冤罪《えんざい》を晴らすのって、たいへんなんだぞ。起訴されたら終わりだ。九十九・九パーセント有罪なんだぞ」

「あんた、妙なこと知ってるね」

「事実なんだよ。警察に行ったりしたら、俺も犯罪者にされちまう」

そんな言い合いをしていると、ようやく制服姿の警察官二人がエレベーターを降りて、駆けつけた。所轄の地域課係員だ。一人は巡査部長、一人は巡査だった。

レスポンスタイムは、六分。悪くない。だが、俺たちのほうが早いな。柿田はそんなことを思っていた。

巡査部長が尋ねた。

「どうしましたか?」

柿田はこたえた。

「痴漢の現行犯です」

中年男が言う。

「だから、俺は何もしてねえって。ちょっとナンパしようと、声をかけただけだ」

若い女性が言った。

「私、太ももを触られました」

巡査部長が言った。

「とにかく、署で話を聞くから。ちょっと来てもらうよ」

中年男が言う。

「冗談じゃないよ。警察は、無実の人間を痴漢にでっち上げちまうんだ。警察署に行ったりしたら、俺の一生は終わりだ」

柿田は言った。

「大げさだな。話を聞くだけだ」

巡査部長が柿田に言った。

「あなたは、この女性の彼氏か何かですか?」

柿田がこたえるまえに、女性がきっぱりと言った。

「違います」

そんなに力を込めて否定しなくてもいいのに……。

柿田は、少しばかり傷ついて言った。

「たまたま居合わせただけです」

「あなたも、交番に来てください」

「いや、俺はいいでしょう」

「状況を詳しく知る必要があるんです。あなたからも話を聞きたいのです。お願いします」

「はあ……」

結局、柿田は警察官たちについて行くはめになった。

映画館の外にパトカーが停《と》まっていた。やはり、繁華街を抱えるマンモス署は違うと、柿田は思った。

柿田が勤めている警察署だったら、痴漢くらいでパトカーを使うなど、考えられない。パトカーはそれくらいに貴重なのだ。

後部座席に巡査部長と中年男、そして柿田が乗った。若い女性が助手席だ。通常は、被害者と加害者を同じ車に乗せたりはしない。だが、パトカーが一台しかないので仕方なくこういう乗り方になった。柿田も、別にそれを責める気はなかった。

警察署に着くと、マンモス署の規模に圧倒される思いだった。何もかもが大きく感じられる。柿田は、自分の署にいるときはいつも窮屈な思いをしているので、広いこの警察署がつくづくうらやましいと感じた。

中年男が取調室に連れて行かれた。柿田は、被害を訴えている若い女性とは別個に、地域課係員から事情を聴かれることになった。

担当は映画館に駆けつけた若い巡査だ。

「ええと、氏名、年齢、住所を聞かせてくれる?」

柿田は、素直に訊かれたことにこたえた。

「職業は?」

「あの……」

口ごもると、パソコンのディスプレイを見つめていた巡査が、柿田の顔を見た。

「どうしたの? 警察に言えない仕事? それとも、無職?」

「同業者なんです」

「同業者? 公務員?」

柿田は、右手の人差し指と親指で輪を作り、それを額に持っていった。これは、警察官を表すジェスチャーだ。

「あ……」

巡査は、あきれたように柿田を見た。「え、サツカン？　なら、どうしてもっと早く言わなかったの？」

「ええと……。何となく言いそびれたというか、言うタイミングを逸したというか……」

「どこのＰＳ？」

ＰＳは、ポリスステーションの略、つまり、警察署のことだ。柿田はこたえた。

「どうしてあの映画館にいたわけ？」

「非番で映画を観ていたんですよ。そしたら、あの女性が急に席を立って……」

「それから……？」

地域課係員の質問が続いた。柿田はこたえる。

「あの中年男が、すぐ後に続いたんです。映画館はすいているのに、隣り合って座っていたので、カップルかとも思ったんですよ。でも、思い出したんです。最初、彼女が一人で座っていたってことを……」

「なるほど……。彼女は痴漢だと言っているが、君はその現場を見たかね？」

「いいえ、見ていません。自分が気づいたのは、二人が揉めている様子だったからで、椅子の背もたれがあって、男が何をやったのかまではわかりませんでした」

「背もたれ……？　つまり、君はあの二人の後ろにいたんだね？」

「五、六列後ろだったと思います」

「それで君は、あの男の身柄を確保したということか？」

「身柄確保というか、まあ、何とかしなけりゃならないなと思って……」

「それは立派な心がけだな。非番の日に仕事をするなんてな」

「あの……。おかしいですか？」

「おかしい？　何が？」

「ほかの客は、見て見ぬふりをしていました。迷惑な二人がいなくなってほっとしたという感じでした。自分もそうすべきだったのでしょうか？」

若い係員は、驚いたような顔になった。

「どうして俺にそんなことを訊くんだ？」

「いや、自分がもし警察官でなかったら、二人のことは、放っておいたかもしれません」

「だが、君は放っておかなかった。それでいいんじゃないか？」

「あの……。あなたなら、どうしました？」

「え？　非番のときに、何か犯罪行為を見たらどうするかってこと？」

「ええ」

「やっぱり、君と同じようにしたと思う」

「そうですか……」

「でも、そうしない警察官もいる。そうだな……。俺も実際に、その立場になってみないとわからないな」

「そんなもんですか？」

柿田は、若い係員に尋ねた。

「そんなもんだよ」

「もう一つ、質問していいですか？」

「何だ？」

「あの中年男、どうなるんですか？」

「どうなるって……？」

「本人は、何もしていないと言い張っているんですが……」

「痴漢はたいていそう言うよ」

「もし、ですよ」

「ああ……」

「万が一、あの女性の過剰反応で、あの男が言うように、ただナンパをしようとしただけだったら、起訴するのはあんまりですよね」

「あのね、君が検挙したんだよ」

「いや、自分は話を聞いて、映画館の係員に警察を呼ぶように言っただけですから……」

「それって、検挙じゃない。君は、痴漢の現行犯だと言った。つまり、現行犯逮捕ということだろう」

「え、逮捕になるんですか？」

「何言ってんの。君、警察官でしょう？　それって、当たり前のことじゃない」

「いや……。署で事情を詳しく聴いて、それから処遇を決めると思っていたんで……」

「あのね、そんな曖昧《あいまい》なことで身柄確保しないでよね。こっちだって忙しいんだから……。署に身柄を運んだとなると、こっちも面子《メンツ》があるから、おいそれと放免にはできないよ」

柿田は驚いた。

「面子ですか」

「そうだよ。署まで引っぱってきておいて、じゃあ、帰っていいです、なんて言えないだろう」

「でも、話を聞いて、彼が痴漢行為をやっていないということがわかったら……」

「見たんだろう?」

「え……?」

「だからさ、痴漢をやっているところを見たから、現行犯逮捕したんだろう?」

「実際に触っているところを見たわけじゃないんです。女性がそう主張したので、男から事情を聴く必要があると思って……」

若い係員は、ちょっと渋い表情になった。

「じゃあ、女性の話を詳しく聴くしかないな。他に目撃者は?」

「いや、映画館はすいていたんで、現場を見ていた人がいたかどうか……」

「確保するなら、目撃者もちゃんと押さえてほしいな」

「はあ……。すいません」

「君からも供述取るからね」

「え……?」

「貴重な目撃情報だからね」

「自分は、ただ二人が揉《も》めているところを見ただけで……」

若い係員は、ちょっと苛立《いらだ》った様子をみせた。

「女性は嫌がっていたんだね?」

「そう見えました」

「男性が女性の隣の席に移ってきて、それから女性が映画の途中で席を立った。それを、男性が追っていったんだよね?」

「そうだったと思います」

「まあ、女性の供述があれば、これで決まりだな」

「送検するってことですか？」

「材料がそろえばね。だから、君の供述も必要なんだよ」

「自分は、正直に言って、グレーゾーンだと思うんですが……」

「検挙しておいて、グレーゾーンはないだろう。身柄確保したからには、送検できるように努力するよ」

柿田は、なんだか男が言っていたことが正しいような気がしてきた。警察に、身柄を取られたら、やっていようがいまいが犯人にされてしまう。一般人は、そういう恐怖感を持っているのではないだろうか。

柿田は、自分が学生だった頃のことを考えてみた。たしかに、何もしていなくても警察官から声をかけられると緊張したものだ。自転車に乗っていて警察官に呼び止められたことがある。そのとき、警察官はまず、窃盗犯であるという前提で話を聴こうとしたように思える。まず犯罪者であるという前提で他人を見る。それが警察官の常識なのだろうか。そうでなければ警察官はつとまらないのだろうか。

だとしたら、俺、嫌だなあ。

そんなことを考えること自体、まだ警察官になりきれていないからなのだろう。柿田は、そんなことを思いながら言った。

「無理やり送検すると、冤罪ということになりかねませんよね」

若い警察官は、顔をしかめた。

「あのね、グレーゾーンて言うけど、あの女の人は、迷惑を被っていたわけでしょう?　男の行為に嫌悪感や恐怖感を抱いていたんじゃない?」

「そのとおりだと思います」

「だったら、女の人の言い分を聞くのが当然なんじゃないの?」

彼の言うとおりかもしれない。二人のやり取りを見たとき、たしかに柿田は、男性が女性に対して迷惑行為をはたらいていると感じた。

「でも、印象だけで判断すると間違いの元なんじゃないですか?　グレーゾーンはちゃんと調べないと……」

「グレーゾーンは黒なの。俺たちの仕事はそういうものなの。異議を申し立てたいなら、弁護士を雇って検事なり判事なりに訴えればいいんだよ」

「でも、痴漢の冤罪を晴らすのって、たいへんなんでしょう?」

「そういうのは、法廷でやってくれればいいんだ。俺たちの仕事じゃない」

「はあ……」

「じゃあ、供述調書取るからね」

柿田は、質問される事柄について、できるだけ正確にこたえた。

「はい、ここに指印を押して」

「ちょっと待ってください。それだけですか?」

「他に何か言うことある?」

「自分は、実際にあの男性が女性に対してどういうことをしたのか見てないんです。それを記録してください」

「ああ、それ、いいの。見なかったことよりも、見たことが重要だろう」

いや、それはなんだか公正ではないような気がした。しかし、実際に検事が起訴するかどうかを決めたり、公判で役に立つのは、「見なかった」という証言より、「見た」という証言であることは間違いない。

でも、それって、作為的だよなあ……。

柿田は、おそるおそる尋ねた。

「あの、その調書って、送検や起訴に都合のいい事実だけを記録してませんか？」

「ああ……？」

若い係員は、怪訝《けげん》な顔をした。「何言ってんの？　調書って、そういうものだろう」

「えっ、そうなんですか？」

「決まってるだろうが。調書ってのは、送検・起訴を前提で書くわけでしょう？　検事を納得させなきゃならないんだからね」

「そういうの、作文って言いません？」

「人聞きの悪いこと言わないでよ。作文ってのはね、最初から筋書きを決めて、それにそって事実をでっち上げることを言うんだよ。俺は、あんたから聞いた事実を録取しただけだよ」

「でも……」

「なんだよ。うちのやり方に文句があるの？　だったら、最初から痴漢の現逮なんてやらないでよ。あんた、非番なんでしょう？　しかも、管轄違うし……。ああだこうだ言うなら、被疑者持ち込んだりしないでほしいね」

「いや、別に文句があるわけじゃないんです」

「じゃあ、指印押したら、帰っていいからね」

「自分もあの男の人に、話を聴けませんかね？」

「うちの管内で起きた事案なんだよ。俺たちに任せてほしいね」

若い係員は、だんだん機嫌が悪くなってきていた。

なんだか、柿田は余計なことをしてしまったような気がしてきた。あのまま、放っておけば、あの冴えない中年男が罪に問われる可能性はなかっただろう。

だが、女性が迷惑がっていたことは間違いない。自分は、間違ったことはしていない。そう思う半面、もっといいやり方があったように思える。

もっといいやり方というのが何なのかは、わからない。他の観客のように、見て見ぬふりをすればよかったのだろうか。

少なくとも、柿田の中にその選択肢はなかった。

いずれにしろ、やってしまったことは仕方がない。非番だというのに、とんだことに関わってしまった。

正義というのは、良心に恥じないことだという、川上教官の言葉をふと思い出していた。

自分は今日、良心に恥じない行動を取っただろうか。

柿田はあまり自信がなかった。

6

翌日の署内勤務が終わり、約束どおり曽根巡査部長と飲みに行くことになった。

「場所は、俺に任せてくれるな？」

曽根巡査部長が言った。

「もちろんです」

警察署内の寮に住んでいるので、飲み屋などあまりよく知らない。交番勤務で、管轄内をよく歩き回り、飲食店の名前と場所は把握しているものの、それがどういう店で、どんな食べ物を出すのかはわからないのだ。

最寄りの私鉄の駅まで歩いた。最寄りといっても、署からその駅までは徒歩で十分ほどかかる。

曽根巡査部長が選んだ店は、駅のそばにあるらしい。駅の出口は幹線道路に面している。曽根巡査部長は、その幹線道路を右へ曲がり、細い路地を進んだ。

川にかかる橋が見えてくる。目的の店は、その川沿いにあるようだ。

「ここだよ」

川沿いの道をしばらく歩き、曽根巡査部長は、瀟洒《しょうしゃ》な店の前で立ち止まった。イタリアンレストランのようだ。

柿田は面食らった。

「え、ここなんですか？」

「そうだよ。何を驚いているんだ」

曽根が店に入ると、店員が笑顔で挨拶《あいさつ》をした。どうやら常連らしい。

曽根は生真面目な熱血漢だ。見た目だっておしゃれとは言えない。きっと大衆居酒屋に連れて行かれるものと思っていた。

テーブルに着くと、曽根はすぐに注文をした。

「アペリティーボにスパークリングワインをもらおうか。柿田君はどうする？」

「あ、同じで……」

曽根が満足げにうなずき、ウエイターが去って行った。

「食べ物は、任せてもらっていいかな？」

「はい……」

曽根がメニューを眺めている。柿田も試しに開いてみた。何が書いてあるか、さっぱりわからない。

やがて、ウエイターが細長いグラスを持って戻って来た。曽根が注文したスパークリングワインだろう。

ウエイターが曽根に言った。

「お決まりでしたらうかがいますが……」

「アンティパストに、カプレーゼと、生ハムとほうれん草のサラダをもらおう。プリモピアットは、ウニとトマトソースのパスタ、それからトリュフのリゾットももらおう。セコンドピアットだが……。柿田君は、肉と魚のどちらがいい？」

「あ、じゃあ、お肉を……」

「この店の仔牛《こうし》のカツレツは絶品だ。それを食べてみてくれ。俺は魚にしよう……」

すかさずウエイターが言う。

「黒鯛《くろだい》のいいのが入っております。バジルソースで召し上がってはいかがでしょう?」

「あ、じゃあそれ、お願い」

「かしこまりました」

柿田は、あっけに取られていた。目の前にいるのが、交番にいるときの曽根巡査部長と同一人物とは思えない。

ウエイターが去ると、曽根がスパークリングワインのグラスを掲げた。

「じゃあ、乾杯しよう。ようこそわが地域係曽根班へ……」

「ありがとうございます」

軽くグラスを合わせて、スパークリングワインを一口飲んだ。おいしいんだかまずいんだかよくわからない。

できれば、ビールをぐいっとやりたかった。だが、ビールがほしいなどと言える暇はなかった。グラスが空くと、曽根は、白ワインのボトルを頼んだ。

トマトとチーズを薄切りにして並べ、緑色の葉っぱを散らしてあるものが出てきた。おそらくこれが、カプレーゼだろう。

食べてみたが、チーズとトマト以上の何ものでもなかった。独特の香辛料の匂いがするが、それがどうした、という感じだった。所詮《しょせん》、チーズとトマトのスライスだ。

スパークリングワインと白ワインで、ほんのりと顔が赤くなった曽根巡査部長が言った。

「なんか、意外そうな顔をしているね」

「は……?」

「俺がイタリアンレストランなんかに来るとは思わなかったんだろう?」

「ええ、思いませんでした」

「おまえ、正直なやつだなあ」

生ハムとほうれん草のサラダが来た。チーズがかかっていて、オリーブオイルの匂いがする。

ほうれん草は、おひたしに限る。おかかをふって、醤油《しょうゆ》をちょいとかけると、それ以上の食べ方はないと、柿田は思っている。ほうれん草には、生ハムなんかよりも、だんぜんおかかだ。

「酔っ払いにも腹を立てていたようだしな。正直過ぎると、何かと損をするぞ」

「自分は特別正直だとは思っていませんが……」

「なんか、いろいろと考えているんだろう? ガッコウの川上さんが言っていた。おまえは、なかなか難しいやつかもしれないってな」

「教官をご存じですか?」

「警察の社会は狭いんだよ」

「教官は、わざわざ自分のことで、部長に連絡をしてくれたんですか?」

「教官というのはそういうものだ。自分の教場の教え子たちの、その後の動向は気になるんだ。必ず連絡をくれるよ」

警察学校には、毎年毎年新人の巡査がやってくる。大卒だと半年で彼らを現場に送り出す。一人一人の教え子のことなど、気にしている余裕はないと思っていた。

柿田は、あらためて教官というのはありがたいものだと思った。今まで、自分のことで精一杯で、教官が自分たちをどう思っているかなど、考えたこともなかった。

「教官は、自分のことを難しいやつだとおっしゃっていたんですか?」

「最初は、ばりばりの体育会系で、筋肉バカじゃないかと思っていたそうだ。でも、一度相談に行ったことがあるんだって？」

「はい」

「現場での判断について、質問したそうだな？」

「はい。職場実習で、いろいろなことを考えさせられましたので……」

「どんなことを考えた？」

「えーと……。簡単に言うと、グレーゾーンについてです」

「グレーゾーン……？」

「はい」

ウエイターが料理を持ってきて告げた。

「ウニとトマトソースのパスタです」

曽根巡査部長が慣れた口調で言う。

「取り分けてくれるか？」

「かしこまりました」

ウエイターが二つの皿にスパゲティーを分けてくれた。レストランではこうして、料理が来るたびに会話が中断するが、それは仕方のないことだ。

スパゲティーを食べてみた。濃厚なウニの香りがする。それでいてトマトソースの味は軽くさっぱりとしている。

「どうだ？　いけるだろう」

曽根に尋ねられて、柿田はこたえた。

「うまいです」

本当にそう感じた。だが、実はケチャップたっぷりのミートソースやナポリタンのほうがうまいんじゃないかと思った。高級で上品な料理の味なんて、どうせわからない。

さらにトリュフのリゾットが出てきた。これも、たしかにまずくはないが、寄せ鍋の後の雑炊のほうがずっとうまいと、柿田は密《ひそ》かに思っていた。

俺の舌は、純日本風のものか、ジャンクなものしか受け付けないのかもしれない。まあ、これまでイタリア料理など、あまり食べたことがないのだから仕方がない。

「グレーゾーンというのは、法律上の問題だな……」

曽根巡査部長が言った。柿田はそれで、何を話題にしていたか思い出した。

「現場で警察官自身が判断しなければならないことがたくさんあると思いました」

「酔っ払いの処遇についてとか……？」

「そうです。あのときも、そういうことを感じました」

「なんか、おまえ、そんなこと言ってたよな。俺は、慣れの問題だと言った」

「はい。たしかに、経験を積まないとわからないことがたくさんあると思います。でも、自分は思ったんです。経験を積んで、いろいろな判断ができるようになるには、どれくらいかかるのだろう、と……。そして、それまでの間は、ずっと迷いつづけなければいけないのだろうか、と……」

「おまえ、ラグビーをやっていたんだよな？」

「はい、そうです」

「ラグビーは、いろいろと頭を使う競技だろう。試合の最中、おまえはあれこれ迷いながらプレーをしていたのか？」

「いいえ、迷ったことはほとんどありませんでした」

「どこへパスするのか、どこに走るのか、どこへ蹴るのか……。そういうことは、素人からすると、なかなか難しそうに思えるがな……」

「試合の流れというものがあって、自然と体が動くんです。それから、仲間からの指示が飛ぶこともあります。ラインアウトのときは、あらかじめ暗号を決めておきますし……」

「そうか。試合では迷わなかったんだな?」

「ええ」

「ラグビーを始めたときから、迷わなかったのかね?」

「それは……」

柿田は、しばらく考えてから言った。「あまり迷ったという記憶はありません。スポーツの試合というのは、実はやることは単純ですから……」

「そうかね。実際に試合なんか見ると、ずいぶんと難しいことをやっているように見えるがね」

曽根巡査部長は、どうしてラグビーの話なんかするんだろう。柿田は、そんな疑問を抱きながら、問いにこたえていた。

「試合の方針は監督が決めます。どういうチームを作るかというのも監督次第です。あとは、ひたすら練習です。自分のやるべきことを体に叩《たた》き込むんです。試合に出られるのは、相当に練習を積んだ後ですから、フィールドで迷うことはないんです。戦術とかはパターンがあって、嫌というほど練習するので、そのパターンが体に染みこんでいるんです」

「それでも、思わぬことがあって迷ったり、慌てたりすることがあるだろう」

「ありますが、そういうことがあったときは、負け試合ですね。ですから、次の試合ではそういうことがないように修正するようにします」

「なるほどな……」

　また料理が運ばれてきた。曽根巡査部長が説明する。

「さあ、これがメインだ。イタリア料理では、セコンドピアット……、二番目の皿という」

　曽根巡査部長が言ったとおり、仔牛のカツレツはおいしかった。揚げ物は、どんな料理もたいていおいしく感じる。

　だが、やはりトンカツのほうが自分には向いていると思った。キャベツの千切りにトンカツソースをたっぷりとかけて……。

　いやいや、せっかくイタリア料理を食べさせてもらって、トンカツのことなど想像するのは不謹慎だ。

　いつしか、ワインが赤に変わっていた。けっこういい気分になってきていた。

　曽根巡査部長が言った。

「試合で経験を積んで、それまでわからなかったことがわかるようになるということもあっただろう？」

「試合の経験は大切です。練習で百パーセントできることが、試合慣れしていない選手は、五十パーセントもできないのです。緊張とか気後れとかが原因で……。しかし、試合に慣れることで、練習の成果を充分に発揮することができるようになります。中には、試合になると百二十パーセントくらいの力を出す者もいます」

　曽根巡査部長がさらに尋ねた。

「君は、どういうタイプだったんだ？　試合で実力を発揮するほうだったのか？　それとも、練習の成果を百パーセント出し切れないほうだったのか？」

柿田は、また考え込んだ。そう改めて尋ねられると、どうだったかよくわからなかった。

「そうですね……。自分は、練習が百だとしたら、試合で七十くらいのことができたんじゃないかと思います」

「そうか……。試合では、判断に迷ったことはないか……」

今度は、曽根巡査部長が考え込んだので、柿田のほうから質問した。

「あの……。ラグビーに興味がおありなんですか？」

「いや、そういうことじゃない。誰でも、経験の少ないときは戸惑い、判断に迷うものだ。だが、経験を積むにつれて、迷わなくなる。そういうことを説明したかったんだが、おまえは学生時代に、あまり迷ったり困ったりするようなことに遭遇しなかったのかもしれないな」

「はあ……。少なくともラグビー部では、そういうことはありませんでした。練習がきついし、一、二年の頃は先輩やOBが怖かったし……。そういう記憶しかありません」

「なるほどなあ……」

「あの……。自分は、警察官には向いていないと思いますか？」

曽根巡査部長は、驚いた顔になった。

「どうしてそんなことを言うんだね？」

「警察官になってみて、迷ったり、疑問に思ったりすることが多いんです。さっき言ったグレーゾーンのこととか……。本来、警察官は、違反や犯罪を取り締まるのが仕事ですよね？　つまり、法律に反することはすべて摘発したり、取り締まったりしなければならないわけですよね？　でも、実は、現場ではけっこう警察官自身の判断が要求されるじゃないですか。捨て猫のこととか、酔っ払いの処遇とか……」

「川上教官が言っていたとおりだな。おまえは、そういうことを、気にするタイプだったんだな……」

曽根巡査部長にしみじみとそう言われて、柿田は少々慌てた。

「いえ、自分も、もともとあまりくよくよと悩むほうじゃなかったんです。それが、警察官になって、わからないことがたくさんあるものですから……。昨日だってそうでした」

「昨日？　昨日何かあったのか？」

「映画を観に行ったんですが、その映画館で痴漢騒ぎがありまして……」

「あ、よその管轄で、非番の係員が痴漢を捕まえたって聞いたけど、おまえのことだったのか」

「余計なことをしましたかね……？」

「いや、休みなのによくやったと思うよ」

「本当に痴漢だったかどうか、今になって考えると、微妙だなって思うんです」

「でも、そのときは間違いなく痴漢だと思ったんだろう？」

「ええ、女の人も本当に迷惑がっていた様子でしたし……」

「ならば、問題ないじゃないか」

「でも、もし何かの間違いだったらと思うと……。その痴漢容疑の中年男が言ってたんです。警察署に連れて行かれたら、もう終わりだって。起訴されたら、九十九・九パーセント有罪なんだそうですね。痴漢の冤罪を晴らすのは、ものすごくたいへんだとも言ってました」

「そういう映画があったよな。だけどな、おまえ、そんなこと考えてたら、警察官はつとまらないよ。起訴するかどうかを判断するのは検察官だし、有罪かどうかを決めるのは裁判官だ」

「そうですよね。つとまりませんよね」

「あ、いや、そういう意味で言ったんじゃないんだ。そんなに難しく考えることはないと言いたかったんだ」

「でも、警察官って、責任重大じゃないですか。例えば、こちらの判断ミスで、人の一生が台無しになったりすることもあるわけでしょう?」

「責任は重い。だから、慎重にならなければならない。でもね、俺たちも人間だからね。間違いもあれば、失敗もあるさ」

「自分は、間違いや失敗が許されないような気がするんですよね」

曽根巡査部長は、あきれたように柿田を見て言った。

「誰だって失敗はするんだよ。そうしていろいろなことを学んでいくんだ」

「訓練や練習で失敗するのはかまわないと思います。でも、自分は現場のことを言っているんです」

「うーん。現場での判断ねえ……。その基準について、厳密に考えたことはないなあ」

「つまり、適当に判断されているということですか?」

「人聞きの悪いこと言うなよ。ちゃんと考えて仕事をしているさ。だがな……」

曽根巡査部長は、思案顔になった。「改めて、そう言われてみると、ちょっと不安になってくるな……」

「交通課の小西さんが言ってました。交通違反の切符を切るか切らないかは、警察官の判断一つだ、って……」

「まあ、交通違反については、そういう側面はあるだろうな」

「それでいいんでしょうか?」

「いいも悪いも、それが現実というものだろう」

「現実ですか……」

ドルチェを何にするかと、ウエイターに訊かれたが、コーヒーだけをもらうことにした。

曽根巡査部長は、パンナコッタとエスプレッソを注文した。

コーヒーが出てくると、柿田はつぶやいた。

「やっぱり、自分は警察官に向いていないんですかね……」

曽根巡査部長は、ドルチェを味わいながら言った。

「そんなことはない。おまえのような真面目なやつは、実に警察官向きだ」

「そうなんでしょうか……。なんだか、自信がなくなってきました」

「おまえね、自信なくすのは、まだ早いだろう。本格的に働きはじめてまだそんなに日が経っていないじゃないか」

「それはそうなんですが……」

曽根巡査部長が、一つ溜め息をついた。

「いいか、警察といっても、仕事は一つじゃない。いろいろな仕事があるんだ」

柿田は、きょとんと曽根巡査部長の顔を見つめた。

「警察官は、違法な行為を取り締まったり検挙したりするのが仕事でしょう?」

「そう一括《ひとくく》りにはできないんだよ。例えばだな、おまえ、公安が何やってるか、具体的に知っているか?」

「公安ですか……? いちおう、ガッコウでどういう役割なのかは習いましたが……」

「たてまえの話じゃない。具体的にどういう活動をしているか、だ」

「いいえ、知りません。職場実習でも、警備や公安の仕事はしませんでしたし……」

「そうだろう。実は、俺もよく知らない」

「え、部長もご存じないのですか？」

「俺だって、知らないことはたくさんある。警察は大きな組織だ。いろいろな人がいて、いろいろな部署で働いている。そのどれもが重要な仕事だ。それはわかるな？」

「はい、わかります」

「なあ、警察の本質って何だと思う？」

「違法な行為を取り締まることでしょう？」

「本当はな、体制と権力を守ることなんだ」

「えっ。ガッコウではそんなこと、習いませんでしたよ」

「これは極論かもしれないし、皆に受け容《い》れられる話ではないと思う。そのつもりで聞いてくれ」

「はい……」

「もともと、警察という組織は、国の治安を維持して、権力者を擁護するために作られたものだ。歴史上、そういう組織だし、どこの国でも、そうした歴史を持っている。日本でもそうだった。明治の終わりから戦前戦中には、特別高等警察というものがあり、危険思想を厳しく取り締まった」

「でも今は、民主警察でしょう」

「もちろん、そうだ。俺は、人類の歴史において、警察という組織がどういうものだったか、を語っているんだ」

「あの……。それが俺の疑問とどういう関係があるのでしょう？」

「いいから、まあ、聞け。すごく大雑把にいうと、外敵から国を守るのが軍隊で、国の内側にいる敵から国を守るのが警察組織だ。そこまではわかるな?」

「はい」

柿田は、曽根巡査部長の話がどこに向かっているのか、読めなかった。ただ話を聞くしかないと思った。曽根の話が続いた。

「国の内側の敵というのは、治安を乱すような存在だ。警察は、そういうものと戦うんだ。治安を乱す存在と一言で言うが、それは一つではない。いろいろなものが考えられる。一つは犯罪だ。それは刑法によっていろいろに規定されている。殺人や強盗、強姦《ごうかん》、放火といった強行犯、スリ、置き引き、空き巣などの盗犯。詐欺や贈収賄といった知能犯・経済犯、そして、暴力団などの組織犯罪。それらを取り締まり、摘発するために刑事がいる。そこまではいいな?」

「はい」

「犯罪とまではいかなくても、迷惑行為や地域内の問題が発生することがある。それも治安を乱す原因となりうる。それらに対処するのが、地域課だ。また、地域課は、重大事件の初動捜査にも関わる」

「それはよくわかります。今実際にやっていることですから」

「さらに、交通事故は、一般市民にごく身近な危機といえる。その危機管理をするのが交通課だ」

「免許の管理をしたり、違反切符を切るのは、危機管理だということですね?」

「違反を見逃していると、重大事故につながる危険がある。そのための摘発だ」

「交通課の小西さんも、そのようなことをおっしゃってました」

「治安を乱す原因となるのは、犯罪や地域の問題、交通事故といった一般市民に直接関わる事案だけではない。他に何があると思う?」

「テロですか」

「そう。テロなどの政治的な不安定要素だ。政治が不安定だと最終的にはクーデターなどということも起こりかねない。だから、警察は、不穏な思想や過激な政治理念を監視しなければならない。それを担っているのが公安だ」

「なるほど……」

「そして、現代の警察は、テロとの戦いも役目として担っている。そうした役割は、刑事警察とは一線を画している」

「刑事警察とは一線を画している……?」

柿田は、曽根の言葉を聞いても実感がわかず、聞き返していた。

曽根がうなずいて、言葉を続けた。

「そう。いわば、体を張って国を守る連中が、警察にもいるということだ」

体を張って国を守る。その言葉が、強く胸に響いた。

「……とまあ、これはあくまでもざっくりとした言い方だ。俺たちだって体を張っている部分はあるわけだからな……」

柿田は尋ねた。

「その体を張って国を守る連中というのは、具体的にはどういう人たちなんですか?」

「興味を示すと思ったよ。もしかしたら、おまえは、そういうのに向いているかもしれない。それはな、本庁の警備部だよ」

「警備部……」

「警備部の主力は機動隊だ。そして、要人警護も担っている。おまえの悩みは、一般市民と関わることで生じているようだ。だから、警備部の機動隊なんかが向いているのかもしれないと思ったんだ」

「機動隊ですか……」

これまで、機動隊のことなど考えたこともなかった。

「俺としては、おまえのような真面目なやつに、地域課に残って、ばりばり働いて欲しい。今、迷っていることだって、いずれ解決するかもしれないからな。だが、自分で機動隊が向いていると思ったら、希望を出すことだ」

「はあ……」

「まあ、それでも、二年くらいは今のまま、地域課で働いてもらうことになると思うけどな」

何だか落胆したような、ほっとしたような、妙な気分だった。どうしてそんな気持ちになったのか、自分でも説明ができない。

まだ、地域課のことを何もわかっていない。その状態で、異動になってはいけないような気がしたのだろう。

どうせなら、曽根巡査部長に一人前だと認めてもらい、惜しまれて異動をしたい。

柿田は、割り勘にするつもりだったが、曽根巡査部長が払わせてくれなかった。

「たまには上司らしいことをさせろ」

曽根はそう言った。柿田は、ありがたくごちそうになることにした。

イタリア料理の味はよくわからなかったが、とても大切なことを話してもらった気がしていた。

7

その日の夜は、なぜか眠れなかった。気分が高揚していたのだ。別に地域課の仕事が嫌だというわけでも、もの足りないというわけでもなかった。

これから覚えることも山ほどあるだろう。経験を積んで、一人前の地域課係員になりたいとも思った。

だが、自分が機動隊に向いているのかもしれないと言われたことで、目の前が開けたような気がしていた。

巡査を拝命して以来、これまで、柿田には目標と言えるものは何もなかった。ただ、仕事を覚えて一人前になりたいという思いしかなかった。

それではやる気も起きない。

大学のラグビー部での日々のほうが、ずっと張りがあった。試合に勝つという明確な目標のために、日々体を鍛え、技術を磨く。

大学時代に迷いもなく暮らしていられたのは、おそらくそういう生活が性に合っていたからなのだろう。

曽根が言った「体を張って国を守る」という言葉が、強く印象に残っていた。

難しいことはよくわからない。そのような言葉に感動した、などというと、世間では右翼というレッテルを貼られるのかもしれない。

だが、そうした思想的なことではなかった。警察官の役割は、国という容《い》れ物、国という仕組みを守ることなのだと、柿田は考えていた。

単純なことだと柿田は思った。誰だって、自分の家を守りたいだろう。泥棒に入られるのは嫌だし、火事になったりするのも嫌だ。

だから、鍵をかけるし、火の用心もする。柿田にとって、国を守るというのは、その延長線上にあることに過ぎなかった。

その容れ物の中にどういうものが入っているか、あるいは、どういう仕組みでなりたっているかは、別問題だ。

国という容れ物の中身や、その仕組みについて考えはじめると、それは政治的な話になるだろう。おそらく、曽根も自分と同じような意味で、「国を守る」という言葉を使ったのだろうと、柿田は思った。それは、警察官として誇りを持てる考え方だ。

そして、「体を張って」というところが、何かラグビーに通じるものがあるような気がしていた。

機動隊という選択を考える一方で、日常の仕事はけっこう多忙だった。四交替制の生活には慣れたが、ちょっと大きな事件があると残業になるし、緊急配備がかかると非番でも呼び出されたりする。

独身寮は、「待機寮」などとも呼ばれる。その名のとおり、非番のときも勤務後も、待機状態にあるともいえる。

まあ、待機といってもそれほどぴりぴりしているわけではなく、事件のないときはのんびりしたものだ。大学時代の合宿所や、警察学校の寮に比べれば、ずいぶんと楽な生活だった。

日常業務に追われているだけで、瞬く間に日が過ぎていった。とにかく、最初の一カ月ほどは、やることなすこと初めての経験なので、緊張もしていた。

だが、三カ月を過ぎると、次第に要領がわかってくる。相変わらず判断に迷うことがあるが、そういうときはすぐに先輩や曽根巡査部長に相談することにした。

交番に立っていると、季節の変化を肌で感じる。別にことさら情緒的になるわけではない。現実的な問題なのだ。

夏の猛暑の中、交番勤務はきつい。それが次第に楽になってくると、ああ、秋なのだなと感じるのだ。

冬服に変わり、秋の気配も濃くなった十月の終わりに、柿田は、曽根巡査部長に言われた。

「おまえ、走るのは得意だよな?」

柿田はこたえた。

「ええ、部活でそれなりに鍛えましたから」

「十二月十日に、警視庁の駅伝大会がある。おまえ、その特練に推薦しておくから……」

「え、特練って、術科だけじゃないんですか?」

「駅伝の特練もあるんだよ」

「へえ……」

「いいか? 術科の大会もそうだが、駅伝大会は、署の名誉がかかっている。特練は、署長の指名だが、各部署で推薦を受け付けている」

「はあ……」

「なんだ、おまえ。へえ、とか、はあ、とか、頼りないな」

「特練というのが、ぴんと来ないんです」

「一般で言うと、何だろう……。強化選手みたいなものかな。あるいはスポーツ選手として企業に入るやつとか……」

「つまり、駅伝の集中練習に参加するということですよね？」

「もちろんだ」

「練習は、いつあるんですか？」

「勤務時間外だ。朝練とか、勤務時間が終わった後とか……」

「部活みたいなものですね」

「警察官の身体能力の向上を図って大会を開くんだ。署対抗、機動隊対抗、警視庁本部の課対抗、そして、交通機動隊・自動車警ら隊・鉄道警察隊対抗の部門がある」

よくわからないが、ラグビー部では、とにかくよく走らされた。警察学校でも、走ることだけは人に負けない自信があった。

駅伝というからには、長距離を走ることになる。ラグビーとは違った走り方が要求されるのだろうが、それも訓練次第だと思った。

小学生の頃から走ることは好きだった。

「わかりました。がんばります」

曽根巡査部長が、うなずいて言った。

「いいか？　もし、機動隊を希望するなら、今のうちから走り込んでおかなけりゃならない。とにかく体力勝負だからな」

そう言われて、ようやく気づいた。

曽根巡査部長は、柿田の将来を考えて、駅伝の特練に推薦してくれるのだ。柿田は、感謝の気持ちで胸がいっぱいになった。

深々と頭を下げて、柿田は言った。

「ありがとうございます」

「おまえが指名されるかどうかわからないが、もしそうなったら、署の名誉のために精一杯努力してくれ」

「はい」

そして、ほどなく柿田は指名を受けた。

駅伝の特練に参加しているのは、総勢で十二人だった。柿田以外は、すでに経験のある者たちだった。

曽根が言ったとおり、勤務前の朝練や、勤務後の訓練が行われる。部活を経験しているから、慣れたものだと思っていた。

だが、これが思いの外きつかった。考えてみたら、試合が近くなれば大学の授業はほとんどさぼっていた。三年になると、履修科目も減るので、練習のことだけを考えていればよかった。

だが、警察の任務はそうはいかない。まだ半人前なので、少しでも気を抜くとへまをしてしまう。

そして、柿田は警察官にミスは許されないという考え方をする。日勤や第一当番の日に朝練や勤務後の練習をやることになるのだが、最初は腿《もも》がぱんぱんになり、翌日にはひどい筋肉痛になった。

警察学校では、ずいぶん鍛えられたが、あれからすでに長い時が過ぎ、体がなまっていたようだ。

その状態で、通報があれば現場に駆けつけなければならない。それがきつかった。

日勤の警察署勤務で、つい居眠りをしそうになったこともある。上司に見られたら怒鳴りつけられるところだ。

推薦してくれたことを、曽根巡査部長に感謝したものだが、ちょっと怨《うら》みたい気分になってきた。

他の特練員は、すでに経験があるので、勤務と練習のペース配分をつかんでいるようだ。慣れない柿田は、苦労した。

運動量が増えたので、やたらに腹が減るようになり、それにも閉口した。三食をちゃんと食べていても、勤務中に腹が減ってしまう。空腹で夜中に目を覚ましてしまい、おかげで寝不足になって、また勤務中に居眠りをしそうになることもあった。

これじゃまずい。

柿田は、練習のペースを落とそうとした。すると、コーチや先輩から叱られる。コーチは専門家ではなく、やはり警察官だ。陸上競技の経験があるということで抜擢《ばってき》された巡査部長だ。

彼は、和喜多《わきた》という名で、警務課所属だ。どうして陸上競技のエキスパートが管理部門にいるのか、柿田は不思議に思ったが、まあ、警察というのはそういうところだ。

かなり疲労が蓄積していたので、ちょっと練習で手を抜いた。すると、和喜多コーチの雷が落ちた。

「くらあ、柿田。なに、ちんたら走ってんだ。おまえは、みんなより経験がないんだから、せめて力一杯走らんかい」

最近のスポーツ理論では、疲労回復が重要な課題となっている。部活でも、あまり無理はせずに、筋肉疲労を蓄積しないことを心がけていた。

疲労を放っておくと、思わぬ怪我《けが》をしてしまう。そうすると、選手生命を失いかねない。

だが、警察は違う。筋肉疲労の回復など知ったことではないと走らされる。ただし、和喜多コーチは、「ストレッチだけは入念にやっておけ」としつこいくらいに言う。

そして、暇があったら、マシーントレーニングで、全身の筋肉量を増やしておけとも言われた。筋肉を増やし、その柔軟性をキープすることが、唯一のメンテナンスなのだ。そういえば、それが実戦的な筋肉だと聞いたことがある。

記録や採点のために、短時間だけ最大値を引き出すようなアスリートの筋肉ではない。長時間高いアベレージを保つことができる筋肉だ。

ラグビーでは、そういう筋肉が必要だ。柿田はある程度、体ができているので、今の練習自体はそれほど辛《つら》くはない。しかし、時間のやり繰りがたいへんだった。勤務に支障を来すわけにはいかない。

加えて、理論とテクニックも学ばなければならない。長距離走には独特の駆け引きがあるということを、初めて学んだ。

ただ頑張って走ればいいというものではないのだ。

長距離走は、他者との戦いであると同時に自己との戦いでもある。その両方に駆け引きが必要だ。他者との駆け引きとは、相手を捉えたら、いつどういうふうに抜くかというテクニックだ。そういえば、正月の大学駅伝などを見ていると、先行走者にぴたりとついて走っているのをよく眼《め》にした。柿田は、それを思い出した。

あれは、相手を風よけに使いつつ、プレッシャーを与えているのだそうだ。そして、ここぞというときに抜く。

そのときに重要なのは、自分自身のペース配分だ。無理して他者を抜くと、その後のペースを保てない。

残りの距離と自分自身のペースを計算して、ベストのタイミングで相手を抜くのだ。

何キロを何分何秒で走るかという計算は、とても重要だと、コーチから教わった。そのためには、自分の走りをきちんと把握しなければならないのだそうだ。

ラグビー部時代には、そんなことを考えたこともない。求められたのは、チャンスでの全力疾走だ。

そして、それを何度でも繰り返すことができる体力だった。

なるほど、長距離走もなかなか奥が深いものだと、柿田は感心していた。

試合が近づくと、練習が勤務として認められるという措置がとられた。

これは何よりもありがたかった。

柿田にとって、一番の問題は練習が勤務に響くことだったからだ。

走ることだけに集中できるとなると、水を得た魚だった。徹底的に自分の体をいじめることができる。それは、柿田にとっては馴染《なじ》みの感覚だった。

筋肉痛もなくなってきた。いや、慢性化して感じなくなってきたというほうが正確か……。筋肉が活性化してきたという実感がある。

和喜多コーチに言われたとおり、毎日ストレッチは欠かさなかった。

仕事をやらずに、走っていればいいんだから、こりゃラッキーだな。

柿田は、そんなことを考えていた。

捨て猫を押しつけられたり、酔っ払いに絡まれて我慢する必要もない。

違法行為に遭遇して、それをどう処理すればいいか悩むこともない。

もちろん、一人前の警察官になりたいという思いがあるので、はたしてこれでいいのかと考えることはある。だが、とりあえず、駅伝大会までは、何も考えずに、ただ練習に没頭することにした。

駅伝の特練に指名されたのは、十一月のことだった。次第に気温が下がり、一カ月もすると、朝練などでは手がかじかむようになっていた。

ちゃんとアップをしないと、肉離れなどのトラブルを起こすことになる。せっかくこれまで練習してきたのに、試合直前で怪我をしたのでは元も子もない。

「おまえ、ごついんで、長距離走には向いてないかと思っていたが、意外と走れるな」

ある日、和喜多コーチからそう言われた。何だか、いろいろな人に「意外だ」と言われているような気がする。

「走るのには慣れていますから……」

「ラグビーやってたんだっけ?」

「はい」

「球技をやっていた者は試合感覚が身についている。それが走行時の駆け引きに役立つんだ。トラック競技で優秀な選手の中にも、ロードレースは苦手というやつがいる。それは、駆け引きができないやつなんだ」

「わかるような気がします」

「とはいえ、おまえは駅伝の初心者だから、無難な区間を走ってもらう。三区を頼む」

「了解しました」

和喜多コーチが言うとおり、柿田は駅伝の試合になど出たことがない。とにかく、精一杯走るだけだ。

8

やがて、大会当日がやってきた。夢の島総合運動場周回コースに、署対抗、機動隊対抗、本部課対抗、交通機動隊・自動車警ら隊・鉄道警察隊対抗の各チームが集結した。

セレモニーでは、普段お目にかかることができない偉い人たちが挨拶をする。寒空の下、選手たちもたいへんだが、お偉方も楽ではないなと、柿田は思った。

いよいよレースが始まった。第一区走者のスタートだ。周回コースのレースなので、状況がよくわかる。

第一区は、ほぼ団子状態と言っていい。どの選手も、駅伝の特練だ。同じように訓練を続けた連中だ。力の差は、それほどないはずだ。

どの選手が、団子を抜け出すか、誰にも予想できない。

次第に集団がばらけてきた。徐々に先頭と末尾の差が開いてくる。柿田の署の選手は、先頭集団にいる。なかなかいい展開だ。

起伏がない、スタジアムの周回コースなので、コースの読みなど必要ない。問題は、自分のペースをどこまで上げられるか、だ。

第二区の走者に、タスキが渡された。

さらに選手がばらけてくる。先頭集団は、三人に絞られていた。

その中に、柿田の署の選手もいた。次は自分の番だ。そう思った瞬間に、かあっと頭に血が上りはじめた。

それまでは、落ち着いてレース展開などを眺めていた。第一区、第二区の走者が頑張って、先頭集団にいることが、柿田にとってプレッシャーになった。

慣れたラグビーの試合なら、プレッシャーをエネルギーに変えるくらいのメンタルコントロールはできただろう。だが、生まれて初めての駅伝で、しかも、署の名誉がかかっているとなると、簡単に気分を変えることはできない。

先頭集団を形成している署の第三区走者が位置につくように言われた。

柿田は、言われるままに、位置について、第二区走者がやってくるのを待った。走る前から心臓がばくばくしていた。

柿田は、自分が上がっているのだと気づいて、よけいにプレッシャーを感じた。何をどうしていいのかわからなくなる。

夢の島総合運動場のグラウンドが、やけに広く感じられた。すべての人々がずいぶんと遠くにいるような感覚になる。

軽いパニック状態だ。そのとき突然、名前を呼ばれた。

「柿田、頼むぞ」

いつの間にか第二区の走者がやってきていた。タスキが手渡された。

柿田は、夢中で走り出した。前に二人走っている。それを抜くことが、自分の使命だと思った。

今は、そのことしか頭にない。

これから走る距離のことを考える余裕などなかった。柿田は、先行する二人を追いかけるように走った。

トラックと、前を走る二人。それしか眼に入らない。

小学校の運動会を思い出していた。柿田は、運動会のスターだった。走るのが速く、体力があり、いつも上位に入賞していた。

抜かなけりゃ。抜かなけりゃ。抜かなけりゃ……。

心の中で、その言葉だけを繰り返していた。

二位の走者にぐんぐんと迫っていく。そして、柿田は追い抜いた。何だ、楽なもんじゃないか。

柿田は、そう思った。そのとき、自分のものとは別の足音をすぐ近くに感じた。

ちらりと振りかえると、今抜いたばかりの選手が背後にぴたりと付いてくる。

何だよ、こいつ……。

柿田は、そいつを振り切り、先頭を走る選手を追いかけようとした。

ひたひたひたひたと、すぐ後ろを走る選手の足音が聞こえてくる。それが気になって仕方がない。

相手の足音のリズムが、柿田のリズムを狂わせた。

あれ……。

柿田は、異変を感じた。スタミナが尽きようとしていた。たっぷりあるはずのガソリンが、一気に底をついた感じだ。

何だ……。何が起きているんだ。

柿田はうろたえた。すると、さらに体力を消耗する気がした。背後には、ぴたりと先ほど抜いた選手がついてくる。

もう、先行する選手を追うどころではない。走っているのがやっとだ。

ペースが落ちてくる。それを見てとったのか、背後にいた選手が、すいと柿田を抜いた。そして、徐々にその選手に引き離されていった。

これが、長距離走の駆け引きか……。

柿田は、必死でペースを取り戻そうとしたが、一度使い果たしたスタミナが戻るはずもない。

さらに一人に抜かれ、また抜かれた。

肺が張り裂けそうだった。大腿部の後ろとふくらはぎがぱんぱんに張っている。

それでも柿田は走り続けなければならなかった。

順位を二つも落とした。これは柿田の責任だった。

そう思うと、ますます苦しくなってくる。

また、別の選手が柿田の背後を捉えた。抜くチャンスを狙っている。

あとどれくらい走ればいいんだ……。

柿田は、それすらもわからなくなっていた。ただ、死にものぐるいで走るしかない。

すでに柿田は、トップ集団にはいない。ペース配分も駆け引きも考えずに無謀な走りをした結果だった。

これでは、先輩やコーチに合わせる顔がない。柿田の将来を思って、駅伝の特練に推薦してくれた曽根巡査部長に顔向けができない。

そう思ったとたんに、燃え尽きようとしていた燃料に、再び火がついた。底をついたと思っていたスタミナが、一瞬だけ戻って来た気がしたのだ。

もう、ここで死んでもいい。

柿田は開き直った。すると、体が楽になった。これは、過去にも経験がある。きつい練習で、もうだめだと思っても、それを超えると不思議と楽になる境地がある。

柿田は、加速した。すぐ前を走る選手まではかなりの距離があった。だが、それを捉えた。そして、一気に追い抜く。

すると、はるか前方に第四区の走者が立っているのが見えてきた。

あそこが俺のゴールだ。そう思うと、さらに力が湧いてきた。だが、ラストスパートをするほどの力はない。とにかく、次の走者にタスキを渡すまでに、あと一人抜きたい。そうすれば、元の順位のままタスキを渡せるのだ。

柿田は、頭の中が白くなるのを感じながら、最後の力をふりしぼった。わあっという歓声と誰かに体を支えられたのだけを覚えていた。

どうやら、第四区の走者にタスキを渡したらしい。ひどく酔っ払ったときのように何もかもがはっきりとしない。

視界が徐々に狭くなり、やがて、暗闇に閉ざされた。


気がつくと、毛布にくるまれていた。

自分が、どこで何をしているのかわからなかった。ただ、ひたすら寒かった。

歓声と応援の声が聞こえ、柿田は、駅伝大会に出場していたことを思い出した。走り終えた後、力尽きて意識を失ってしまったようだ。

青空と、和喜多コーチの顔が見えた。

「だいじょうぶか?」

和喜多コーチの声が聞こえる。柿田はこたえた。

「よくわかりません」

「よくわからないか。まあ、そう言っていられるうちは、まだだいじょうぶだな」

「自分は、ぶっ倒れたんですか？」

「ああ、そうだ」

「どのくらい意識がなかったんですか？」

「なに、ほんの二、三分だ」

「レースはどうなってます？」

「これから後半だ。これからが勝負だ」

「自分は、一人抜いて、抜き返されて……。二人に抜かれて、一人抜き返して……」

「第四区の走者にタスキをつなぐ直前にもう一人抜いた。結局、順位を変えずにタスキをつなげたんだ」

　柿田は、それを聞いてほっとした。

「よかった……」

「よかねえぞ」

「は……？」

「もっと楽な走りができたはずだ。ペース配分をしっかりすれば、抜いたり抜かれたりを繰り返さなくたって、順位をキープできたはずなんだ。はらはらさせやがって」

「はあ、すいません……」

「何のために練習してたんだよ、まったく。あれじゃ、小学生の運動会の走りだ」

「自分もそんな気分で走ってました」

　和喜多コーチは、あきれた顔で柿田を見下ろしていた。

「まったくおまえというやつは……」

柿田は、和喜多コーチに言った。

「すいませんでした」

悪いことをしたという自覚はない。だが、ここは謝っておいたほうがいいと思ったのだ。

和喜多コーチは、溜め息をついてから言った。

「めちゃくちゃな走りだった」

柿田は、もう一度謝った。

「すいません」

「あの走りで、順位をキープできたのは、たいしたもんだよ」

「はあ……」

「途中で苦しくなっただろう」

「はい」

「競技の途中で、セカンドウインドに持っていきやがった」

「セカンドウインド、ですか……？」

「なんだ、おまえ。大学でスポーツやってたくせに、セカンドウインドを知らないのか？」

「はあ、部活では、ただひたすら練習させられただけですから……」

「運動を始めると、どんどん酸素を消費して苦しくなってくる。だが、ある一定の時間を超えると、酸素の需要量と供給量のバランスが取れて、急に楽になることがある。それがセカンドウインドだ」

「あ、たしかに、そんな感じでした」

「しかしなあ、本当にぶっ倒れるまで体力をふりしぼって走ったやつは久しぶりに見たよ。おまえ、根性だけはありそうだな」

「どうでしょう……」

「ま、頭は悪そうだけどな」

この一言に、文句は言えない。

コーチの教えを無視して、めちゃくちゃな走り方をしたのだ。何も学んでいないに等しい。

「もう、だいじょうぶだな？　俺は行くぞ。レースはまだ続いているんだ」

「はい。お世話をかけました」

和喜多コーチは、柿田にうなずきかけてから歩き去った。柿田は、毛布にくるまったまま、しばしぼんやりとしていた。

レースの行方がどうなっているかわからない。だが、自分のやるべきことはやったと感じていた。

駅伝大会で、結局、柿田の署は二位となった。なかなかの成績だが、特練のメンバーは誰も喜ばなかった。

みんな署長室に優勝旗を飾ることだけを目指していたのだ。

和喜多コーチが、試合後に言った。

「スポーツの世界なら、準優勝は立派なものだろう。よく戦ったと、周囲の人もほめてくれるかもしれない。だが、警察は違う。結果がすべてなのだ。努力しても結果が伴わなければ意味がない。さ、来年は必ず優勝するぞ。そのつもりで、また一年、練習しよう」

なるほど、と柿田は思った。

スポーツ選手とは違う。ましてや大学の部活などとは違うのだ。警察官としての責任を強く感じた。

するとまた、自分に警察官がつとまるのかどうかという疑問がわいてきそうになる。

いや、もう考えるのはよそう。

柿田は思った。駅伝大会での走りは、よくも悪くも、自分らしかったのだと思う。とにかく、がむしゃらに前に進むしかない。

柿田は、それからも駅伝の特練を続け、地域課で勤務を続けた。異動先の希望を聞かれるたびに、「機動隊」とこたえることにしていた。

曽根巡査部長のアドバイスが効いていた。柿田の心は、徐々に機動隊に傾いていったのだった。

機動隊がどういうものか、具体的にはわからない。訓練はきついと聞いている。だが、なんとなく自分に合っているのではないかという気がしていた。

きつい練習には慣れているし、体を動かすことは基本的には好きだ。あれこれ、判断に迷う地域課の仕事よりは自分に向いているような気がしていたのだ。

9

ある日勤の日、柿田は曽根巡査部長に言われた。

「課長が呼んでいるぞ」

課長に呼ばれることなど滅多にない。

課長に呼ばれるなんて、俺、何かヘマをやっちまったかな……。

柿田はそんな不安を感じた。

「さあ行こう」

「え、曽根巡査部長もいっしょなんですか？」

「そうだ。いっしょに来いと言われている」

課長室に行くと、係長もいた。

これは、いよいよ説教かと、柿田は身構えた。身に覚えがなくても、叱られることはある。

係長が言った。

「そんなに緊張することはない」

そう言われても、課長と係長が顔をそろえているのだから、緊張せずにはいられない。柿田は、気をつけをしたまま、次の言葉を待った。

課長が言った。

「機動隊を志望しているということだね？」

「はい。志望しております」

「地域課は、性に合わないか？」

「いえ、そうではありませんが、いろいろな経験を積みたいと考えました」

「なるほど……」

それから課長は、曽根巡査部長に言った。

「君から見て、柿田君の適性はどうだね？」

「地域課でも、いい仕事ができると思います」

「それを、機動隊に取られるのは、惜しいな……」

「自分もそう思います」

なんだか、品定めをされているようだ。

柿田は、そんなことを思いながら、黙ってやり取りを聞いていた。

課長が、柿田に視線を戻して言った。

「地域課が重要な役割を担っていることは、心得ているな？」

「はい。心得ています」

「どんな事件でも、最初に現場に駆けつけるのは、たいてい地域課の係員だ」

「はい」

「そして、犯罪とは無関係と思われる住民の苦情にこたえるのも地域課だ」

「はい」

「地域住民の暮らし全般について、細かく把握しているのも、所轄の地域課だ。これは、住民サービスだけでなく、犯罪抑止にも役立っている」

柿田は、ただ「はい」とこたえることしかできない。課長の話はさらに続き、柿田はずっと、気をつけをしたまま聞いていた。

「なのに、警察内部では、地域課は軽んじられている。新人の研修の場くらいにしか思われていないのが現状だ。地域課に来る若い巡査は、みな腰かけとしか思っていない。若くて活《い》きがいい新人がやってきたと思っても、二、三年で機動隊に持って行かれる。悔しいじゃないか」

課長は、俺が機動隊を志望していることが気に入らないのだろうか。

柿田は、そんなことを思い、さらに緊張した。課長に睨まれたとしたら、この先の地域課勤めが思いやられる。冷遇されるのは眼に見えているからだ。

辛い任務ばかり押しつけられて、それでも評価は上がらない。

柿田は、暗い気分になってきた。

「私に言わせれば、地域課にいながら、自分の仕事について真剣に考えている者は少ない。腰かけの若者か、やる気のない中年ばかりだ」

いや、それは言い過ぎだろうと、柿田は思った。当然ながら、それを口に出すことはできない。

柿田のような新米が、課長に口ごたえをするなど、絶対に許されないのだ。

「あ、君は今、ちょっと反論したいと思っただろう。だが、実際にそうなのだ。ここにいる係長や、曽根君は、例外と言ってもいい。他の連中の多くは、地域課にいながら、地域課の大切さを忘れている。いや、最初から考えていないんだ。ちょっと、考えてみてくれ。刑事たちは、殺人犯や窃盗犯を捕まえる。だが、それで被害者は、本当に喜ぶだろうか。どう思う?」

「は……?」

柿田は、どうこたえていいかわからない。

「犯人が捕まれば、被害者はほっとすると思いますが……」

柿田の言葉に、課長はかぶりを振った。

「殺人犯が捕まっても、死んだ人は生き返らない。盗まれた金品が戻って来るとは限らない。もし、放火事件なら、犯人が捕まったとしても、大切な財産や思い出の品などが、すべて燃えてしまっているかもしれない。今の警察は、検挙・摘発の数だけで署や警察官を評価しようとしている。数値化するのが一番簡単だからな。だが、私はね、犯人を捕まえるより重要なことがあると思っているんだ。それは防犯だ。犯罪を未然に防ぐことが何より大切で、その役割の多くを担っているのが地域課なんだ」

ここにも熱い人がいた。

課長が言うことは、もっともだと、柿田は思った。

検挙・摘発よりも防犯が重要という言葉は、たしかに柿田に新たなやり甲斐《がい》を与えてくれそうな予感がした。

課長は柿田に、地域課に残れと言っているのだろうか。地域課で、課長の思いを体現すべくがんばってくれと言いたいのかもしれない。

それならそれでもいいと、柿田は思っていた。曽根に「機動隊なんかが向いているのかもしれない」と言われ、その気になっていただけだ。

ただ、機動隊がどういうところなのか興味はあったし、そこで新たな警察官人生が始まるという期待感があった。

地域課に強い不満があるわけではないが、変化を求めたいという気持ちが強かった。

これは、俺のわがままなのだろうか。

そんなことを自問していると、課長が言った。

「だから、いずれは戻って来てほしい」

柿田は一瞬、何を言われたかわからずに、ぽかんと課長の顔を見た。

「は……？」

「明朝、十時に警視庁本部に行け。警備部の人が面接してくれる」

「警備部……？」

「機動隊の面接だ」

「あ……」

課長は、残れと言っているわけではなかったのだ。地域課の重要さを、柿田にしっかりと説明したかっただけのようだ。

課長がさらに、柿田に言った。

「君が、機動隊から他の部署に異動になる頃、おそらく私は、ここの地域課にはいないだろう。この署にもいないと思う。そして、君もこの署に戻って来るとは限らない。だが、地域課の重要性を充分に理解し、さまざまな経験を積んで、その豊かな経験を、どこかの地域課で活《い》かしてほしい。私が君に言いたいことはそれだけだ。では、頑張ってきなさい」

そう言われたとたん、わけもなく感動してしまった。

柿田は、規定通りに腰を折る敬礼をした。

「お話しいただいたことは、決して忘れません。行ってまいります」

課長はうなずいてから言った。

「面接、落ちればいいんだがなあ……」

いや、それ、本音だとしても、言わなくていいから……。

柿田は、そんなことを思いながら、課長室を退出した。

課長室には、係長が残り、曽根巡査部長が柿田といっしょに地域課の大部屋に向かった。

柿田は、曽根に尋ねた。

「明日、警視庁本部に行けと言われたんですけど、本部のどこに行けばいいんでしょう？」

「受付に行って尋ねれば、すべて教えてくれる」

「はあ……」

本部庁舎など、これまで縁がなかった。警察学校に入る前に、見学しただけだ。なんだか、どきどきした。

面接で何を尋ねられるかを気にすべきなのかもしれない。だが、面接そのものよりも、本部庁舎に出かけることに、プレッシャーを感じていた。

曽根巡査部長が言った。

「とにかく、面接でヘマをやらないようにな」

「がんばります」

柿田の言葉に、曽根巡査部長は、少しだけ淋《さび》しそうな顔をしていた。

本部庁舎は巨大で、とにかく圧倒された。庁舎警備の警察官も恐ろしく見える。

柿田は、寮を早めに出発した。

十時と言われたら、九時半には到着する。それが警察官の心得だ。そう先輩に言われたことがあった。

本部庁舎の玄関に着いたのが九時半だった。玄関の前で、庁舎警備の係員に尋ねられた。

「どこに行かれますか?」

「あ、自分はこういう者ですが……」

柿田は、警察手帳を出して言った。「面接を受けるために参りました」

庁舎警備の係員は、手帳を確認し、無線で連絡を取った。

「受付で、官姓名を言いなさい」

「わかりました」

「あ、ちょっと待て」

「何でしょう?」

「機動隊の面接らしいな。がんばれよ」

柿田は、驚いた。こんなところで激励されるとは思ってもいなかった。深々と頭を下げた。

「ありがとうございます。がんばります」

たった一言で、勇気をもらえた気がした。

それにしても、機動隊の面接を受けに来たことまで知られているんだな……。

柿田は、その事実にも驚いていた。おそらく、無線で連絡を取ったときに知らされたのだろう。

こうした情報が素早く送られて、確認される。本部というのは、やはりたいしたものだと思った。

受付には、二人の女性が並んでいる。彼女らは、警察官ではなく、事務職員として採用されているのだそうだ。

庁舎警備の係員に言われたとおり、官姓名を告げると、高層用のエレベーターに乗って十六階に行くように言われた。

受付を通り過ぎて真っ直ぐ進むと、すぐにエレベーターホールが見えてきた。低層用、高層用合わせて十基以上のエレベーターが並んでいる。

エレベーターの前には、背広を着た人々が並んでいる。制服姿はあまり見当たらない。

背広の人々は、普段所轄署で接している人々とは雰囲気が違う。おそらくキャリア組なのだろうと、柿田は思った。

キャリアの人たちといっしょにエレベーターに乗るのは気が引けた。かといって、エレベーターに乗らないわけにはいかない。

「失礼します」

柿田は、乗り込むときに一言断った。だが、柿田のことを気にしている様子の人は、一人もいなかった。

それにしても、やはり警視庁本部はでかい。所轄とは大違いだ。

その巨大さに圧倒される気分だった。

やがて、エレベーターは十六階に到着する。ドアが開くと、エレベーターホールに、やはり背広姿の若い男が立っていた。

「柿田亮だね?」

「はい」

「ついてきなさい」

柿田は、小会議室らしい部屋に案内された。

「ここでしばらく待つように」

「はい」

ドアが閉まった。柿田は一人部屋に残された。

長机が置かれ、その向こうにパイプ椅子が二脚並んでいる。そして、机の前にも一脚、同じような椅子が置かれていた。

柿田は、その椅子に腰かけた。じっとしていると、徐々に緊張が高まってきた。

十時きっかりに、ドアが開いて、二人の男が入室してきた。二人とも四十代だ。やはり背広姿だった。彼らが面接官だろう。

柿田は起立した。慌てて立ち上がったので、椅子がひっくり返りそうになった。面接官たちが、机の向こうの椅子に腰を下ろした。

柿田は、気をつけをして申告した。

「柿田亮巡査、面接を受けさせていただくために参りました」

向かって左側の面接官が、うなずいて言った。

「かけなさい」

「はい」

柿田が腰を下ろすと、面接官の一人が、あらためて柿田の官姓名を確認した。彼は、続けて言った。

「機動隊を志望しているそうだね？　その理由は？」

柿田は、即座にこたえた。

「あれこれ考えるのが苦手なので、めいっぱい体を動かしたいと思いました」

二人の面接官は、驚いた顔になった。

二人とも、髪を短く刈っているが、丸刈りではない。向かって左側の面接官のほうが、やや年上に見える。顔が丸く、タヌキのようだ。

一方、右側の面接官は、顎《あご》が尖《とが》っており、眼が細くつり上がっている。キツネのようだ。

柿田は、心の中で密《ひそ》かに、彼らのことをタヌキ面接官と、キツネ面接官と呼ぶことにした。彼らが官姓名を教えてくれなかったのだから仕方がない。

タヌキ面接官が言った。

「意外なこたえだな。たいていは志望理由を訊かれると、治安を守るために働きたいとか、たてまえを言うものだがな……」

「申し訳ありません」

キツネ面接官が言った。

「別に謝ることはない。あれこれ考えるのが苦手と言ったが、何がどういうふうに苦手なんだ？」

「地域課の現場では、迷うことがたくさんありました」

「どんなことに迷った？」

「グレーゾーンとか、軽犯罪の扱いです。軽犯罪などは、すべてを取り締まっていたらたいへんなことになるというのはわかっているのですが、では、どういう場合に検挙して、どういう場合に検挙しなくてもいいのかという基準がわかりませんでした」

タヌキ面接官が、うなずいて言った。

「なるほど……。では、君は機動隊に入ったら、頭を使わなくて済むと思っているわけかね？」

うわあ、突っこんでくるなあ。

柿田は、心の中でつぶやいていた。なかなかきつい質問だった。

柿田は、タヌキ面接官の質問にこたえた。

「そうは思っておりません。その場面場面で判断力を求められるのでしょうが、地域課や交通課よりも、学生時代の経験が活かせるのではないかと考えております」

二人の面接官は、手もとの書類に眼をやった。

タヌキ面接官が言った。

「大学でラグビーをやっていたんだね？　ラグビー部では、どういうことを学んだのかな？」

「ワン・フォー・オール。オール・フォー・ワンです」

「一人はみんなのために。みんなは一人のために、という意味だね」

「はい。ラグビーに限らず、球技で重要なのはチームプレーです。しかし、しっかりとチームプレーをするためには、個人個人の技量や判断力を高めなければなりません。練習はそのためにあります。自分は、大学ラグビー部でそのことを学びました」

「機動隊は、どういうことをするところか知っているかね？」

これもタヌキ面接官の質問だ。主に彼のほうが質問をしてくる。おそらく、年齢だけではなく、階級もタヌキ面接官のほうが上なのだろう。

柿田は、正直にこたえることにした。

「実は、あまりよく知りません。警備の仕事だということは存じておりますが、具体的にはまだよくわかりません。入隊してから、しっかり学ぼうと思っております」

「他にも新入隊員がいる。彼らが事前にしっかり機動隊について学んでいたとしたら、どうする？」

自分以外の機動隊志望者のことなど、考えたこともなかった。

なんか、俺、いつも自分のことしか考えてないなあ……。

そんなことを思いながら、柿田はこたえた。

「それほど気になりません。何事も、先入観を持たずに臨んだほうがいいと考えております」

タヌキ面接官が、キツネ面接官を見た。何か訊きたいことはあるかと、無言で尋ねたのだ。キツネ面接官が質問をした。

「駅伝大会に出場したね?」

キツネ面接官の質問に、柿田はこたえた。

「はい。特練でした」

「なかなか、がむしゃらな走りだったね」

「無我夢中でした。未熟な走りで、お恥ずかしいです」

キツネ面接官が、タヌキ面接官に向かってうなずきかけた。

タヌキ面接官が言った。

「質問は以上だ。下がってよろしい」

柿田は、起立して、規定通りの十五度の敬礼をして部屋を出た。

廊下に出たとたんに、どっと汗が噴き出てきた。あまり意識していなかったが、やはり緊張していたようだ。

面接がうまくいったのかどうか、よくわからなかった。来たコースをそのまま引き返した。

せっかく本部庁舎に来たのだから、もっといろいろ見ておけばよかった。そう思ったのは、すでに玄関を出た後だった。

声をかけてくれた庁舎警備の係員がいないかと探したが、姿が見えなかった。交代したのだろう。

その日は、第一当番だったので、制服に着替えて交番に向かった。

柿田の姿を見ると、曽根巡査部長が声をかけてきた。

「おう、面接、どうだった?」

「なんだか、よくわかりません」

「何を訊かれた？」

「ええと……。機動隊の志望理由とか……」

「おまえ、何てこたえたんだ？」

「あれこれ考えるのが苦手だから、めいっぱい体を動かしたいと……」

「そんなこと言ったのか。普通は、機動隊に入る意気込みとか、意義とかをこたえるもんだぞ」

「面接官にもそう言われました」

「面接官は誰だった？」

「知りません。紹介がなかったので……」

「なんだ、そんなことも知らないで面接を受けてきたのか……」

「はあ……」

「たぶん、警備第一課の管理官と機動隊第一か第二係の係長だろう」

「ああ、そんな感じでした」

柿田の言葉に、曽根巡査部長は、あきれた顔になった。

「なんだか、課長の望みがかないそうだな」

「自分が面接に落ちるということですか？」

「面接官の反応は、どうだったんだ？」

「よくわかりません」

「おまえは、なんかぴりっとしないよな」

「はあ、自分でもそう思います」

「もし機動隊に異動になったら、みっちり鍛えてもらって、少しはましになるかもしれんな」

「結果は、いつわかるんでしょう」

「俺たちノンキャリアの異動の内示が出るのは三月だ。そのときにわかる」

「なんだか、落ちたような気がしてきました」

「まあ、それはそれでいいじゃないか」

「はあ……」

俺は、本当に機動隊に入りたいのだろうか。柿田は、自問していた。

面接を受けに行く前は、それほど強い気持ちではなかった。配属されればいいなあ、程度のものだった。

だが、面接を受けてからは、自分でも少し変わったような気がする。

俺はやっぱり、機動隊に入りたいんだ。それが、自問へのこたえだった。

過ぎ去ったことにはこだわらない質《たち》なのだが、さすがに面接について、ああすればよかった、こうすればよかったと、後悔していた。

とはいえ、そんなことばかりを考えてもいられない。十二月は、警察官にとっては忙しい月だ。年の瀬を迎えると、犯罪が増えるので、特別警戒やら、酒場でのトラブル、窃盗事件の現場への臨場やらで、おそろしく多忙だった。

年が明けて、ほっと一息ついたと思ったら、あっという間に三月になっていた。月日が経つのがやけに早い。

それだけ充実しているということなのだろうが、とにかく慌ただしかった。

三月になり、異動の内示が出る。正式な辞令ではないが、引っ越しなどの準備が必要な場合があるので、本人に事前に伝えられる。

柿田は、課長に呼ばれ、告げられた。

「機動隊へ行ってもらう。第四機動隊だ」

「はい。承りました」

「落ちると思っていたんだけどなあ……」

「実は、自分も驚いております」

「訓練についていけなかったら、さっさと戻って来い」

「はあ……」

気合の入らないはなむけの言葉だった。

10

三月の最終週に、地域課から異動していく係員たちの合同の送別会があった。柿田も送り出される側として出席した。

それまで、署や交番にそれほど愛着を感じていなかったのだが、仲間たちから別れの言葉などをもらうと、さすがにじんときた。

特に、曽根巡査部長には、ひとかたならぬ世話になったという思いがある。彼が、ビールのグラスを持って近づいてきたとき、脳裏に、交番の光景や、署の地域課の様子が、一気によみがえってきた。

柿田は、深々と頭を下げた。

「本当に、いろいろとお世話になりました」

「おいおい、異動したって、同じ警視庁の警察官なんだ。また、どこかでいっしょになるかもしれない」

「はい」

「しかし、おまえ、意外と大物になるかもしれないな」

「自分がですか？」

「なんだろう。とらえどころのなさを感じるんだ。それは、ひょっとしたら人間が大きいということなのかもしれない」

「いや、自分はけっして人間が大きくなんかないと思いますよ」

「そんなこと、自分じゃわからんもんだ。まあ、とにかく、機動隊で頑張れ」

「はい。ありがとうございます」

その日は、したたかに飲んで、深夜に寮に戻ってきた。ベッドに倒れるように横になると、そのまま眠ってしまった。

暗闇で、ふと目を覚ました。頭が痛い。酒が醒めてきたのだ。時計を見ると、午前三時過ぎだった。喉がからからに渇いていた。冷蔵庫からペットボトルを取り出し、ごくごくと水を飲んだ。

柿田は、ベッドに戻ったが、妙に目が冴《さ》えてしまった。眠れぬまま、明かりもつけずに、天井を見つめていた。

この寮とも、もうじきお別れか。そう思うと、しみじみとした気持ちになった。機動隊の寮は、どんなところだろう。きっと厳しい規則があるに違いない。

警察というより、軍隊に近いのではないかと、柿田は想像していた。集団行動を基本とする機動隊は、上官の指示にすみやかに、そして正確に従わなければならない。

そういう組織の効率を突き詰めていくと、行き着くところは軍隊なのだ。軍隊は、無駄なものをそぎ落とし、合理性を追求した組織だ。その装備も、シンプルで実用的なものばかりだ。

おそらく、機動隊もそうだろうと思ったのだ。だとしたら、寮も軍隊のように厳しい規律で縛られているかもしれない。そう考えたわけだ。

ともあれ、四月の異動と同時に、寮を引っ越すことになる。柿田は、そう覚悟していた。

「え、機動隊の寮に引っ越すんじゃないんですか?」

四月になり、正式に辞令を受け、警務課に説明を聞きに行った柿田は思わず、そう聞き返していた。

警務課の係員は、にやにやして言った。

「試験入隊訓練というのを、一週間やるんだ。それで脱落したら、機動隊の襟章はもらえないよ。試験入隊訓練の後に、正式に入隊式が行われるんだ。それまで、今の寮から通うんだよ」

「第四機動隊って、立川ですよね。ここから立川に通うんですか？」

「そういうことだね。機動隊に異動になったやつは、みんなそうしているよ」

通勤時間を考えると、暗澹《あんたん》とした気分になった。

警務課の係員は、さらに言った。

「あ、それから、朝七時から、柔剣道訓練の朝稽古があるからね」

「柔剣道の朝稽古？　立川で、ですか？」

柿田は、驚いて警務課の係員に尋ねた。

「そうだよ。朝の五時には寮を出発しなければ、間に合わないね」

なぜかうれしそうに、係員はこたえた。

「それ、全員参加なんですか？」

「基本的には任意だよ。でも、試験入隊訓練を受けようってやつが、参加しないって、どうだろうね」

つまり、強制参加と同じということだ。楽ができるとは思っていなかった。だが、いきなりハードルを上げられた気分だった。

朝の五時起きかあ……。

充分な睡眠時間を確保しようと思ったら、夜の九時か十時には就寝しなければならない。飲みに行くこともできない。

やっぱり学生の部活とは次元が違う。明日から、さっそく立川に通うことになる。今日は、早く寝よう。

柿田はそう思い、夕食を済ませ、風呂に入ると、すぐにベッドにもぐりこんだ。午後九時過ぎだった。

だが、早く寝床に入ったからといって、すぐに眠れるものではない。四交替の当番制は、不規則だがそれなりのリズムがある。

九時に寝るというパターンは、そのリズムの中に含まれていない。眠ろうと思えば思うほど眠れなくなるものだ。

しかも、明日からの機動隊訓練のことが気になって緊張している。何度も寝返りを打って、結局十二時過ぎまで眠れなかった。

目覚ましの音で、はっと目を開けた。何時ごろのことかは覚えていないが、いつの間にか眠りについていたのだ。

ものすごく眠い。いつもと違う時間に起きるというのは、それだけで心身に負担がかかるものだ。

ともあれ、寮を出て電車で立川に向かった。荷物は、取りあえず駅伝特練のときに使っていたトレーニングウエアと柔道の道着だけだ。制服や備品は、立川で受け取ることになっている。

早朝であり、しかも、都心から郊外に向かうので、電車は空《す》いていた。座席に座ることができてほっとした。これで満員電車だったらうんざりだ。

早めに着こうと思っていたのだが、勝手がわからないこともあり、第四機動隊の道場に着いたのは、ぎりぎりの時刻だった。

すぐに柔道の道着に着替えて、朝練に参加した。どうしていいかわからず、道場の隅にたたずんでいると、真っ黒に日焼けした、逞《たくま》しい先輩が声をかけてきた。

「君は新人か?」

「はい。第四機動隊に配属されました。朝練に出るように言われたのですが……」

「柔道の特練なのか?」

「いえ、違います。剣道着や防具は持っていないので、取りあえず柔道着を着てきました」

「あそこにいるのが、柔道の師範と助教だ。挨拶してこい」

「はい」

柿田は、気をつけをして、いかにも師範という風体の柔道着姿の男の前に行き、申告した。

「柿田亮巡査、このほど第四機動隊に配属され、柔剣道朝練に参加いたしたく、参りました」

「あ……」

男は、気まずそうな顔をして言った。

「そういうことは、まず、こちらに言ってくれ」

隣のやや小柄な男のことを言っているのだ。師範に直接口をきくのは失礼ということだろうか。まず、助教に申し入れなければならない決まりでもあるのかと思った。

「すいません。段取りがあるのですね?」

「あ、いや……。こちらが、師範なんだ。俺は助教だ」

「は……?」

どう見ても、助教のほうが年上に見える。体も助教のほうが大きい。だが、単に老けて見えるだけなのかもしれない。

師範は、引き締まった体格で、年齢は三十歳前後に見える。実際は、もっと上なのだろう。

柿田は、深々と頭を下げた。

「失礼しました。自分は、柿田亮……」

師範が、むすっとした顔で言う。

「今聞いたよ。わかったから、体をほぐしておきな」

「はい」

柿田は、柔道師範に言われたとおりに、準備運動を始めた。

受け身、打ち込み、乱取りと、稽古内容は警察学校時代と変わらない。だが、内容が段違いに濃い。技のキレがまったく違う。寝技では、どんなに力を入れても逃げられない。一時間ほどの稽古だが、本気で臨まなければならず、したたか汗をかいた。

機動隊の出動服と装備を支給され、八時半までにそれを身に着けて、グラウンドに整列するように言われた。

国旗掲揚と点呼が行われる。その後、ウォーミングアップのランニングだ。一キロほどを走る。

柔道の朝稽古で、体は充分に温まっているので、走り出すとすぐに汗が出てくる。これはいい兆候だ。すでに運動する準備が整っているということだ。

九時ごろから、警備訓練が始まる。

今回、試験入隊訓練を受けるのは、柿田を含めて全員で八人だった。柿田と同じ巡査が四人、分隊長候補の巡査部長が二人、小隊長候補の警部補が二人という内訳だ。

訓練では、警備出動用の防護装備を身に着ける。ヘルメット、すね当て、籠手《こて》、防護ベスト、太ももも覆い……。

今では、ヘルメットや籠手、すね当てなどはポリカーボネート製になり、ずいぶんと軽量化された。機動隊のシンボルでもあったジュラルミンの大楯《おおたて》も、今は透明なポリカーボネート製に変わった。軽量化された上に、防弾性能まであるのだという。ジュラルミンの楯は防弾ではなかった。

かつては、ヘルメットも、すね当ても鉄製で、フル装備だと十二キロもの重さがあったそうだ。

柿田は、その話を聞いたとき、十二キロという重さが想像できず、ぴんとこなかった。

「米の十キロ袋を想像してみろ。さらに、ビール大瓶一ダースの重さが約十五キロだ」

そう言われてようやくぴんときた。そんなものを身に着けて訓練すると思うとうんざりだった。昔の先輩たちは偉かったとつくづく思った。

軽量化されたとはいえ、全防護装備を着けての訓練は楽ではない。隊列の組み方や楯の操法など、徹底的に叩《たた》き込まれる。

午前中の訓練で、出動服は汗でびしょびしょになる。春の気候でこの汗の量だ。これからどんどん暑くなる。真夏の訓練を想像すると、またうんざりした気分になった。

だから、もう先のことを想像するのはやめることにした。恐れたり不安に思ったりしていても、来るものは来るのだ。

淡々と目の前の事柄をこなしていくしかない。それが一番だ。

新入隊員たちと仲よくなったかというと、そうでもなかった。彼らも、それまでいた所轄署の寮から通ってきている。

住む場所が違うので、あまり話をする時間がない。しかも、試験入隊訓練はきつく、自分のことを考えるので精一杯だ。

巡査部長や警部補らも必死だ。和気あいあいと声を掛け合うという雰囲気ではない。それを象徴するかのようなメニューが、一日の最後に行われる五キロ走だ。

装備を解き、トレーニングウエアに着替えて、五キロを走るのだが、ただ走るのではない。訓練生同士の競走なのだ。

さすがに、みんな機動隊員に選ばれるだけあって、体力には自信がありそうだった。駅伝特練だった柿田といえども、決して気を抜けない相手たちだ。

柿田は、必死で走らなければならなかった。徹底的に汗を絞り出して、一日が終わり、ふらふらになって帰宅する。

夕方のラッシュ時だが、混み合うのは都心から郊外に向かう電車で、柿田が乗る逆方向の電車は、比較的空いている。それが救いだった。

寮に帰ると、何も考えられないほど疲れ果てている。食事をして風呂に入るのがようやくだ。テレビも見ないでベッドにもぐり込む。たちまち眠りに落ちた。

翌日はひどい筋肉痛だった。それでも訓練は続く。

辛いとか、たいへんだとか考えている余裕もない。何日か経つと、柿田は自分が今、何をしようとしているのかさえわからない状態になった。

慢性的な筋肉痛。そして、蓄積していく疲労。そんなことは、おかまいなしに、毎日、柔道の朝練をやり、完全防護装備での訓練をこなし、締めくくりで、五キロの競走をする。

朝起きたときから、次に何をするのか、しか考えられない。トイレに行き、顔を洗う。電車に乗り、立川に向かう。

何か考えたとたんに、何もかもが辛くなりそうな気がした。

だが、そういう生活が嫌でたまらないかというと、そうでもなかった。実は、こういう生活が、自分の性に合っていると、柿田は感じていた。

部活も最初は辛かった。だが、人間は慣れるものだ。そして、厳しい練習を続けていると、体ができてきて、同じメニューでも、それほど苦労せずにこなせるようになってくる。

それがスポーツの醍醐味《だいごみ》でもある。自分の肉体が確実に進化しているという実感が得られるのだ。

柿田は、機動隊の訓練に、それと似たようなものを感じていた。辛い訓練をやり遂げれば、必ず得られるものがある。

機動隊員としての体力と気力と技術が身につけられるのだ。

何も考えられないくらい疲れ果てる日々だった。だが、それだけ充実しているとも言えると、柿田は思っていた。

六日目になると、完全防護装備で大楯を持っての走破訓練が行われた。

決められたコースを、柿田たちは一斉に走り出した。目的地も距離も教えられず、ただひたすら走る。

途中で、教官から「楯、頭上携行」と声がかかる。大楯を頭上に掲げたまま走り続けなければならないのだ。

そうかと思うと、突然「ダッシュ」や「転進」の声がかかる。装備が重い上に、どれくらい走らされるのかわからない。精神的に追い詰められてくる。そこでダッシュをやらされるのだ。

「転進」と言われたら、その場で方向転換して、今来た道を引き返さなければならない。

やばいな、これ……。

柿田は、さすがに限界を感じつつあった。これまでの疲労も蓄積している上に、いつまで走らされるかわからないという不安がある。

大楯頭上携行、ダッシュをいつやらされるかわからないという精神的な負担もある。コースの先に、ようやく馴染《なじ》みの庁舎が見えてきた。第四機動隊の庁舎だ。やれやれ、ようやく終わりか。

柿田がほっとしたとき、「転進」の声が響いた。

また、方向転換だ。まだまだ走らされるということだ。暗澹《あんたん》とした気分になった。

いや、考えるのはよそう。

柿田は、思った。

あと、どれくらい走らされるか、とか、次は何をやらされるか、などと考えていると、疲れがひどくなるような気がする。

ただ、ひたすら走り続けることだ。何も考えずに、指示に従っていればいい。あとは、自分の体力がどこまでもつかだ。もたなければ、ぶっ倒れるだけだ。

どうせ、頭がぼうっとして何を考えているのかわからなくなりつつあった。足がひどく重く感じられた。一方で、腰はふわふわと頼りない感覚になってきた。

また、「転進」の声がかかる。

柿田は、ただそれに従うだけだった。視界が狭まっていることに気づいたのは、方向転換したときだった。

もう、自分が機動隊の庁舎に向かっているのか、それとも遠ざかっているのかもわからなかった。

楯がひどく重く感じていたのだが、それすらも感じなくなっていた。腕がだるいだけだ。

汗がしたたり落ちる。体が燃えるように熱かったはずだが、急に寒いと感じた。

柿田は、いつしかがたがたと震えていた。汗を流しながら震えているのだ。

それでも走るのを止《や》めるわけにはいかなかった。もはや、自分がどのくらいの速さで走っているのかわからない。いや、走っているのかどうかもわからなかった。

「止まれ」という声を、どこか遠くで聞いたような気がした。その瞬間に、目の前が真っ暗になっていた。


気がつくと、桜の花が見えた。明るい青空を背景として、花が影になって覆い被《かぶ》さっているようだった。

柿田は、自分がどこにいるのかわからなかった。だが、その感覚には馴染みがあった。

一瞬、グラウンドでのびているのだと思った。ラグビーの練習中だと思ったのだ。夢を見ているような感覚だった。

身動きをしようとして、自分の体がひどく重たいことに気づいた。柿田は、そこでようやく、機動隊の訓練中であることを思い出した。

「だいじょうぶか?」

誰かの声がした。

柿田は、身を起こそうとした。すると、同じ声がした。

「無理をするな。しばらく横になっていろ」

「いえ、だいじょうぶです」

柿田は、そう言ったつもりだった。だが、それは声にならなかった。

声をかけてくれたのは、教官役の機動隊員だ。軍隊でいうと、軍曹みたいなものだろうか……。

ずいぶん長く眠っていたような気がしたが、どうやらそうではないようだ。意識が飛んでいたのは、ほんの一、二分のようだ。

完全装備の隊員たちが、グラウンドで座り込んでいた。訓練が終了したことがわかる。訓練の最中だとしたら、思い思いの恰好《かっこう》で座り込むなどということが許されるはずがない。

柿田は、第四機動隊敷地内の桜の木の下に運ばれていた。直射日光を避けるためだ。

教官役の機動隊員が言った。

「熱中症になりかけている。水分をとって休め」

そうか。走るだけなら、ぶっ倒れるはずがない。このフル装備が問題だったんだ。

柿田は、そう思った。

ただ重いだけではない。汗をたっぷり吸い込んだ長袖の出動服が、体温調節の妨げになったのだ。

「ふらふらになるまで走るやつは、ざらにいるが、本当にぶっ倒れるまで走るやつは珍しい」

教官役の機動隊員は、そう言って笑った。

本人としては、笑い事じゃないんだけどな……。

柿田は、そんなことを思った。

とにかく、その日も訓練を終えて署の寮に引きあげた。駅の階段を上るのもしんどかった。

電車の中で何度も、うとうとと眠りそうになった。

機動隊の訓練が始まってからは、やたらと腹が減り、食事が唯一の楽しみだったが、その日はさすがに食欲がなかった。

体力をひどく消耗すると、食事が喉を通らなくなる。だからといって、食事を抜いたりすると、とたんにスタミナが落ちる。

明日の訓練のためには、無理やりでも食わなければならないのだ。

柿田は、吐き気を押さえ込みながら、夕食を平らげた。食事でこんなに苦しい思いをするのは、大学一年生のラグビー部の合宿以来だった。

すっかり体ができていると思っていたが、それが過信だったことに気づいた。ラグビー部の練習もきつかったが、上には上があるもんだと、柿田は思った。

疲れ果てているので、風呂に入るのも面倒だった。だが、湯船につかるのとつからないのでは、翌日の疲労の残り方が違う。

訓練で汗まみれになったし、風呂に入らずに寝てしまうわけにはいかなかった。

また、どんなに疲れ果てていても、普通に日常生活を送りたかった。こうした肉体の疲労は機動隊員としては特別なことではなく、むしろ日常なのだと思いたかったのだ。

疲れた、しんどい、辛い……。そんなことを思っていると、よけいに疲労感が増す。ああ、今日もいい運動をしたな、くらいに思っていたほうが気が楽になる。

風呂から上がると、さすがに何もする気になれず、すぐにベッドに入った。明日の訓練は、今日よりきつくなるかもしれないな……。そんなことを思っているうちに眠ってしまった。

翌日も、柔道の朝練をこなし、訓練が始まった。予定では、その日が最終日だった。いつもと変わらぬ時間割りで、訓練が進む。最後に、再び走破訓練が行われた。

やはり、昨日の走破訓練は、予行演習だったか……。

柿田はそんなことを思った。

同じ新隊員訓練を受けている連中の顔に緊張が走る。もちろん、柿田もうんざりした気分だった。

しかし、ここは気分を変えなくてはならないと思った。

昨日の走破訓練のことを思い出すと、気が重くなる。また、倒れるのではないかと不安にもなる。

だが、一度体験したことは、二度目にはある程度予想がつく。その分、気が楽だとも言える。あんなの、どうってことないじゃないか、と自分自身に暗示をかけるのだ。すると、同じ強度、同じ量の運動でも楽に感じるのだ。

それは部活で学んだことだった。

柿田は、その手でいくことにした。

さらに、競争心はいいエネルギー源になる。今日は一番を狙ってやろう。そう思うだけで、やる気が湧いてくる。

昨日と同様に、治安出動の完全装備で走りだした。今日は、全体のペースが遅いように感じられる。おそらくみんな、昨日の辛さを思い出して、ペースダウンしているのだ。それでは、逆に疲労感が増してしまう。柿田は、そう思い、一人ペースを上げた。

すると、全体も柿田に引っぱられる形でペースを上げてきた。

「楯頭上携行」「ダッシュ」「転進」の声がかかる。

そのたびに、確実に体力が奪われていく。だが、柿田の作戦は成功した。心理的に自分自身をリラックスさせ、さらに競争心によって気分を盛り上げていた。

完全に柿田がペースメーカーになっていた。それは、自分でも信じられないことだった。柿田は、自分のことを、それほど優秀だとは思っていなかった。

ただ、もともと呑気《のんき》なので、どんなに辛い練習でも、あまり深刻に考えないほうだった。それが幸いしたのだろう。

そして、心理作戦の効果は大きかった。柿田は、常に集団をリードしていた。

「走破訓練終了」の声がかかったとき、柿田は、「あれ、もう終わりか」と思ったほどに余裕があった。

昨日とは大違いだ。

実際に、昨日より時間が短かったのかもしれない。予行演習で本番よりもきついことをやらせるのは、よくあることだ。

柿田は、トップでゴールしていた。

これはうれしかった。駅伝大会でも、試験入隊訓練の初期でも、柿田は決していい成績を収めたとは言えなかった。

ただ、あの駅伝のがむしゃらな走りの経験が、今になって役立っているのかもしれないと、柿田は思った。

11

予定通り、試験入隊訓練は、一週間で終わった。訓練の最後には、警備部長の査閲があった。警備部長は、柿田にしてみれば、まさに雲の上の存在だ。その目の前で、これまでの訓練の成果を披露するのだ。

これには柿田も、いつになく緊張した。警備部長が満足しなければ、入隊を取り消されることもあり得るのだ。

大きな失敗もなく警備部長査閲を終え、その翌日は、いよいよ入隊式だった。

そのときになって初めて、機動隊員の襟章が与えられた。

うわあ、いよいよ機動隊員だ。

柿田は、実感した。そして、自分でも意外なほど感動していた。一週間の厳しい訓練をやり遂げて手にした襟章は、とても大切なものに思えた。

いよいよ所轄署の寮から、機動隊の寮に引っ越しだ。荷物は、身の回り品だけなので、手間はたいしたことはない。だが、挨拶回りがなかなかたいへんだった。

世話になった食堂の職員や、先輩たちに挨拶をして回る。

その折、ある先輩がこんなことを言った。

「機動隊かあ。これから訓練漬けだな。ごくろうなこった」

「はあ……」

「でも、うらやましい面もあるな」

「うらやましい……?」

「日勤で、普段は残業は滅多にないし、休日は、しっかり休めるからな」

そう言われてもぴんとこない。まだ、新隊員訓練の記憶が生々しい。毎日あんな訓練が続くと思うと、呑気な柿田もさすがにちょっと心配になってくる。

入隊式は晴れがましく気分が浮き立ったが、これから厳しい現実が待っているのだ。

機動隊の寮に移ってありがたかったのは、通勤地獄から解放されたことだ。満員電車に乗っていたわけではないが、一時間以上の電車通勤はきつかった。毎日四時半起きの生活が一週間続いたのだ。術科の朝練をやるにしても、これからは、ぎりぎりまで寝ていられるわけだ。それが、今の柿田には、何よりの救いだった。

警察官になって以来、警察学校の寮、所轄署の寮、そして機動隊の寮と、住むところが目まぐるしく変わった。

これが、警察官の生活なのだと思った。幹部は、一年から二年くらいで異動になるという。警視庁の警察官は、東京都内だけの引っ越しですむが、警察庁のキャリアになると日本全国どこに行くかわからない。いや、海外の赴任もあり得るのだ。

寮の雰囲気は、どこでもあまり変わらない。だが、特に機動隊の寮は、警察学校のそれに近いような気がした。

所轄署の寮には、いろいろな人が暮らしている。部署によって勤務時間も違うし、年齢もかなりばらばらだ。

それに比べて機動隊の寮は、年齢のばらつきも、それほど大きくはない。隊員の多くが若いからだ。

部屋に落ち着き、両隣の住人に挨拶に行った。与えられた部屋の近くにどんな人が住んでいるかは、入寮するまでわからない。

異動などの理由で寮を出て行った人たちの部屋を与えられるからだ。

「おう、おまえが隣だったのか?」

隣室を訪ねると、出てきたやつがそう言った。試験入隊訓練をいっしょにやった隊員だった。

たしか名前は、池端学《いけはたまなぶ》だ。柿田の一年上だと言っていた。

「あ、よろしくお願いします」

「同じ新隊員なんだし、一年しか違わないんだから、タメ口でいいよ」

「いや、そう言われても……」

「どこの中隊に配属になるか、聞いたか?」

「いえ、まだです」

「そうか。まあ、俺とおまえが同じ中隊になることはないだろうなあ……」

おそらく池端の言うとおりだろう。新隊員は、各中隊にまんべんなく配属になるはずだからだ。

「機動隊では丸刈りが禁止だって、知ってたか?」

「は……?」

そう言われてみれば、池端は丸刈りに近い短髪だ。

所轄では、髪型については長くなければそれほどうるさくは言われない。特に、刑事などの私服警察官は、いろいろな髪型をしている。

池端が言った。

「機動隊は、要人警護などの任務につくこともあるから、できれば七三に分けられる程度の髪が望ましいんだそうだ。でも、ヘルメットを着けて訓練することが多いから、髪は短いほうがいいよなあ……」

「そうですね……」

柿田も丸刈りではないが、髪は短いほうだ。七三にできる程度というのは、実に曖昧《あいまい》な定義だと思った。

そこで、池端は、声をひそめた。

「髪型なんて、どうでもいいと思うんだ。どうせ、俺は将来髪型どころか顔も外に出せないような任務につこうと思っているんだ」

「顔も外に出せない任務、ですか……?」

何をきょとんとした顔をしているんだ。第四機動隊に来たということは、そういうことだろう」

「はあ……?」

池端が何を言っているのか理解できなかった。第四機動隊に、何か特別なことでもあるのだろうか。

「なんだよ、おまえもそのために機動隊を目指したんじゃないのか?」

「いや、自分は何となくですね」

「走破訓練での走りを見ると、何となくなんて、信じられないね」

「顔も外に出せないような任務って、何ですか?」

「決まってるだろう。SATだよ」

もちろん、柿田もSATのことは知っている。警備部の特殊急襲部隊だ。SATは、スペシャル・アサルト・チームの頭文字を取った略称だ。

刑事部にSITというのがあり、紛らわしい。SITは、かつては特殊班と呼ばれていた。誘拐事件や立てこもり事件などの特殊犯罪に特化した捜査チームだ。

ちなみに、SITは、スペシャル・インベスティゲーション・チームの略だということになっているが、これは海外帰りのキャリアが勘違いをして、それが定着したのだという。

発足当初は「捜査・一課・特殊班」の頭文字を取った略称だった。

その名のとおり、SITの隊員は刑事だ。突入訓練や制圧訓練を受けており、さまざまな特殊装備を持っているが、犯人の説得と検挙が基本だ。

一方、SATは、ハイジャックやテロを想定した部隊なので、SITとは役割が異なる。

最近、ドラマなどで、SATとSITの対立、などという場面がたまに出てくるが、実際には、そういうことはあり得ない。

SATやSITが出動するのは、まぎれもない緊急事態であり、対立している余裕などないのだ。

それに、SATで訓練した者がSITに異動になるなど、人事交流も盛んなので、対立や反目など起きようがないのだ。

……と、まあ、これは先輩などから聞いた受け売りだ。実際はどうなのか、柿田にはわからない。

柿田は、池端に言った。

「池端さんは、SATを目指しているんですか？」

「機動隊に入ったからには、当然そうだろう」

当然そうだろう、と言い切る池端に驚いた。機動隊を志す者がみんなSATを目指しているなんてことが、あるはずがない。柿田はそう思った。

「はあ……。自分はSATのことなど、考えたこともありませんでした」

「嘘《うそ》だろう。機動隊に入ったからには、精鋭を目指す。それが当然だろう」

「精鋭ですか……」

柿田は思わず、目をぱちくりさせた。

「そうだよ」

池端が、力強くうなずく。「例えば、だ。アメリカ海軍のパイロットになったら、みんなトップガンを目指すわけだ。それと同じことで、俺たちは選ばれし者になるべく、努力をすべきなんだ」

「はあ、そうですね……」

「何だよ、頼りない返事だな。だが、まあ、それが本音でないことを、俺は知ってるぞ。おまえの走りは、根性丸出しじゃないか」

他人から見たらそう見えるのだろうか。本人には、まったくそんな気はないのだが……。

「まあ、大学の部活で、さんざん絞られましたから……」

「部活は、何をやってたんだ?」

「ラグビーです」

「ポジションは?」

「バックスです。スリークォーターバックで、右ウイングをやることが多かったです」

「よく走るポジションじゃないか」

「そうですね。よく走らされました。ラグビー、詳しいんですね」

「観戦専門だけどな」

「池端さんは、警察に入る前に、何か運動をされていたんですか?」

「されていた、とか敬語はいいから」

「習慣なんです。ラグビー部では一年違うと敬語ですから」

「俺は、剣道をやっていた」

「それは、警察内では有利ですね。特練ですか?」

「そうだ。大会でけっこういいところ行ってたんで、機動隊に行きたいと言ったら、署長からぶうぶう言われた」


「あ、自分も地域課長から、選考に落ちればいいのに、とか言われました」

「機動隊にだけ、活きのいいのを持って行かれて、所轄の幹部なんかは、やってられないよ、っていう思いらしいからな」

上のほうのことは、よくわからない。しかし、たしかに機動隊だけ特別扱いというわけにはいかないはずだ。

地域課にだって、捜査畑にだって、若い力は必要なはずだ。

池端が続けて言った。

「まあ、君とは同期入隊だから、よろしく頼むよ」

柿田は頭を下げた。

「こちらこそ、よろしくお願いします」

12

翌日、四時半ごろに目が覚めた。起床しようとして、寮を移ったことを思い出した。しかも、その日は柔道の朝練が休みだった。

七時過ぎまで寝ていてもだいじょうぶということだ。柿田は、二度寝することにした。最近、これほど幸せだと思ったことはない。

本格的な訓練が始まったわけだが、予想していたほどではないというのが、柿田の実感だった。

試験入隊訓練の記憶があるので、徹底的に絞られると思っていた。もちろん、訓練内容は厳しい。だが、もっと殺伐とした雰囲気かと思ったが、そうでもなかった。

中心となる訓練は、大雑把に言うと、体力トレーニングと集団行動だ。

体力トレーニングは、ランニングと筋トレだが、これは仕事上必要だと思うので、柿田も積極的に取り組むことができた。

大学時代から慣れているので、自分なりの効果的な方法論もある。

集団行動のトレーニングは、戦術上重要な訓練だ。そして、実戦的でもある。

装備を着け、指揮官の号令に合わせて、分隊、あるいは小隊ごとに一斉に行動するのだ。

一日の訓練が終わったときに、分隊長が柿田にこんなことを言った。

「いいか、集団行動の訓練は、段階を踏んで考えることだ。最初は犬のように言われたことをひたすら実行する。走れと言われたら走れ。伏せろと言われたら伏せるんだ」

「はい」

「だが、それだけでは不充分だ。次の段階がある。それは、状況判断をすることだ。走れと言われたら、なぜそんな指示が出るのか考えることだ。走りながらでいい。考えるんだ。伏せろと言われたら、伏せてから考えるんだ。そうすることで、次の指示に素早く反応できるようになる。いつかは、自分で指示が出せるようになる」

分隊長に言われた当初は、ぴんとこなかった。しかし、柿田はしばらく考えているうちになるほど、と思った。

ラグビーの練習とそれほど違わないじゃないか。

大学でも、新入生はひたすら先輩やコーチの言うとおりに行動することを学ぶ。選手には監督の戦術を体現できる能力が必要だからだ。

選手の練度が上がってくると、さらに監督の要求度も上がってくる。瞬時の判断が求められるのだ。試合では何が起きるかわからない。監督が思い描く展開になるとは限らない。相手チームだって懸命に戦術を考えてくるのだ。

そういうときに頼りになるのは、自分で試合を組み立てる能力がある選手だ。ラグビーではたいてい、そういう選手をスクラムハーフやスタンドオフに置いている。

ともあれ、今の柿田は、ひたすら指揮官の言うことに従う段階であることは間違いない。

まだ機動隊員としての体ができていない柿田は、とにかく体を作ることを当面の目標にした。体力トレーニングは、効果がわかりやすいので、柿田は嫌いではなかった。ひたすら体を動かした後の達成感もよく知っている。

そして、所轄の地域課の先輩がいつか言っていたように、日勤で残業もなく、日曜祝日はきっちり休みという勤務形態は、実にありがたかった。

おそらく、警察の中でこうして規則的な時間を過ごせるのは、機動隊だけではないかと、柿田は思った。

分隊ごと、あるいは小隊ごとの飲み会もあるが、これは隊員同士の団結を強める目的があるのだと、先輩隊員が言っていた。

「二日酔いで訓練がこなせるようになったら一人前だぞ」

そんなことも言われた。

実際、飲んだ翌日の訓練は辛かった。ヘルメットのバイザーを下げると、すごく酒臭い。すぐに喉が渇き、なかなか汗が出てこない。多めに水を飲んで、汗が出はじめるとようやく楽になってくる。

午後になると、さらに体が動くようになってくる。昼食をしっかりとることが大切だ。水分もたっぷりとる。

水分と同時に大切なのは、糖分だ。肝臓がアルコールを分解するのに、糖分が必要なので、大量に酒を飲んだ翌日は血中の糖分が不足してくる。

その状態で運動などを続けると、軽度の低血糖発作を起こすことがある。冷や汗がだらだらと出て、全身がひどくだるくなる。

食事のときに、砂糖水やコーラなどを飲んでおくといいらしい。コーラには思ったより多くの糖分が含まれている。

また、低血糖発作を起こしてしまったときにも、コーラなど糖分の多い飲み物を飲むのは有効だ。

また、二日酔いのときは、なぜか筋肉がつりやすくなる。

軽度の低血糖発作や筋肉の痙攣《けいれん》などは、大学の合宿でも経験したことだ。

前日酒など飲まずに訓練に臨めれば、それにこしたことはない。それはわかっているが、なかなかそうはいかない。先輩に誘われれば、いやとは言えない。体育会気質というか、それが機動隊の伝統でもあるらしい。

機動隊にやってくる者たちのほとんどは運動部経験がある。全員が体育会系だと言ってもいいほどだ。だから、結局雰囲気が体育会的になってくる。

ここにやってきて感じたのは、機動隊は警察の他の部署とはまったく雰囲気が違うということだった。

みんな髪を短くしており、真っ黒に日焼けしている。姿勢がよく、動きがきびきびしている。

これは語弊があるかもしれないので、他人には言わなかったが、警察というより軍隊に近いのではないかと、柿田は思っていた。

土曜の午後や、休日に自主的にランニングしている人たちもいる。隊員たちは、とても真面目で前向きなのだ。

だが、今の柿田には、とてもではないが、空き時間にランニングをする余裕などない。一日の訓練が終わると疲れ果てて、何もする気がしなかった。

休日は、洗濯をして掃除をする。あとはごろごろしていた。筋肉がばりばりに張っているし、疲労感が抜けないので、どこかに出かけるなどという気が起きない。

たしかに残業もなく、規則的な生活が送れるが、こんなに疲れ果てるんじゃ、早く帰れてもただ寝るだけだな……。

柿田はそんなことを思っていた。

だが、人間というのは慣れるものだ。もしかしたら、人間の最大の能力は、慣れるということなのではないかと思うほどだ。

入隊当初は、ただ訓練をこなすだけで精一杯だったが、次第に余裕が出てきた。筋肉痛も徐々になくなってきた。体ができてきたという実感がある。持久力も確実に上がっている。完全装備でのランニングも、それほど辛いとは思わなくなってきた。まあ、きついことはきついのだが……。

なるほど、厳しい訓練は、こうして役立っていくのだと実感した。完全装備で走らされるのは、実際に任務でそういうことがあり得るからなのだ。ただの嫌がらせではない。

各機動隊には、それぞれ特徴があり、ニックネームがある。

例えば、第二機動隊は、水難救助部隊を持っているので、「カッパの二機」と呼ばれる。伝統的に、第二機動隊の隊員たちは、泳ぎが達者だという。

第六機動隊は、銃器対策部隊を持っている。臨海地区にあるため、「潮の六機」あるいは、シンボルマークが若鹿の角なので、「若鹿の六機」などと呼ばれる。

ＳＡＴの前身であるＳＡＰという特殊部隊が、かつてこの第六機動隊にあったということだ。

柿田が配属された第四機動隊は、治安警備部隊を持っている。活動内容に、実力行使も含まれるので、「鬼の四機」といわれている。

訓練内容も、機動隊によって少しずつ変わってくる。四機の特徴である治安警備の訓練の一つに、対投石訓練がある。

柿田たちもそれを経験することになった。投石する暴徒を鎮圧するための訓練だ。隊員たちを二班に分けて、片方が投石をする。

もう一方の班は、さらに二つのグループに分かれる。一つのグループは楯で投石を防ぎながら、隊列を組む。隊列の真ん中は通路のように割れている。

別のグループがタイミングを見て、楯をかざし声を上げて、隊列の真ん中の隙間を突進していく。隊列を組んでいたグループもそれに続き、投石班を制圧するのだ。

班を交代して訓練を行う。

子供の雪合戦のようだが、これが本当におそろしい。もし、完全装備でなければ、大けがをしているだろう。投石班は、本気で投げてくるのだ。なぜか、こうした訓練では、新式の透明の楯ではなく、昔ながらのジュラルミンの楯が使われる。投石が始まると、ジュラルミンの楯がひどく大きな音を立てて、耳が痛くなるほどだ。

制圧班の戦術は、戦国時代の陣立てに通じると言った先輩がいたが、柿田はまったく別のことを感じて、すごく納得していた。

ラグビーと同じじゃないか。

投石を楯で防ぎ、隊列を組むグループは、ラグビーで言えば、スクラムを組むフォワードだ。そして、隊列の真ん中を突っ切るように突進するグループは、バックスだ。

それがすぐに理解できたから、柿田は迷わずに行動ができた。だが、隊員の中には、投石に対する恐怖で右往左往してしまう者もいた。

もちろん彼らは、柿田より長く機動隊の経験を積んでいる。だが、みんながみんな訓練を見事にこなせるわけではないのだ。

それぞれに得意・不得意がある。

不得意と言えば、柿田は射撃訓練が苦手だった。

射撃場での実弾射撃はもちろん、レーザーを使った模擬銃での訓練でも点数は常に最下位争いといったありさまだった。

模擬銃は、射撃の国際試合に使用される二十二口径の競技用拳銃を模して作られている。レーザーでセンサーがついた的を撃ち、それをパソコンでトレースして採点、評価する。柿田は、一度も真ん中に命中したことがなかった。

それどころか、的に入ることすら珍しい。照門に照星を合わせて引き金を引く。引き金は強く引いてはいけない。露が落ちるように、とよく言われる。

また、最近では、ファーストステージ、セカンドステージと指導される。

ファーストステージというのは、引き金の遊びの部分だ。カチリと手ごたえがあり、それ以上引くと、撃鉄が落ちて弾が発射されるというポイントまでのことだ。そこから先がセカンドステージだ。まず、ファーストステージで指を止めて、そこであらためて的を狙い直す。そして、セカンドステージで撃鉄を落とすわけだ。

理屈ではわかっている。でも、どうしてもうまくできない。

射撃の指導教官に言われた。

「おまえ、集中力ないのかね?」

「はあ……。そんなことはないと思うのですが……。何かを狙って命中させる、という経験がないもので……」

「ほとんどが右下に集弾している。典型的なガク引きだな」

「ガク引き……?」

「引き金を引くときに、力が入ってしまい、銃身まで引いてしまうんだ。だから銃口が下がり、右側を向いてしまう」

「そんなつもりはないんですが……」

「構えてみろ」

柿田は、模擬銃を構えた。指導教官は、その銃身の上に、小石を乗せた。

「撃ってみろ」

柿田は空撃ちをした。銃身が揺れて小石がぽとりと落ちた。

「ほら、引きすぎだ。こんなに銃身がぶれたんじゃ、当たるはずがない」

「なるほど……」

「この石を落とさないように引き金を引く練習をするんだ」

「はい」

「市販のモデルガンでも、この練習はできる」

射撃の指導教官にそう言われ、柿田は驚いた。

「えっ。警察なのに、モデルガンの購入を推奨するんですか？」

「使用目的がちゃんとしているんだから、問題ないだろう。モデルガンを買うのが嫌なら、近代五種部に入るという手もある」

「近代五種部……？」

「なんだ、おまえ。近代五種を知らないのか？」

「いや、たぶん知ってると思いますけど……。射撃、フェンシング、水泳、馬術、ランニングの五種目を一人の選手がこなすんですよね？」

「そうだ。近代オリンピックの祖といわれるクーベルタン男爵が提唱してできた競技だ。元になったのは、ナポレオン時代の騎兵将校の活躍だったそうだ。古代ギリシャの古代五種、つまり、レスリング、円盤投げ、やり投げ、走り幅跳び、短距離走の五種だが……、クーベルタン男爵は、それになぞらえて近代五種を提唱したんだ」

「射撃の練習をするのに、わざわざ近代五種をやるんですか？」

「警視庁近代五種部は、わが四機にあるからな」

「あ、そういうことでしたか……」

「優秀な人材が集まれば、部のためにもなる」

「あの……」

「何だ？」

「自分は、優秀な人材じゃないんですが……」

「ああ、そうだったな。射撃が苦手だからこんな話になったんだった」

「はあ……」

「でも、練習次第でどうなるかわからない。おまえの走りは、なかなかむちゃくちゃだと聞いている。優秀な人材になり得るかもしれない」

「ええと、むちゃくちゃな走りというのは、ほめ言葉なんですか？」

「どうだろうな……。だが、少なくとも根性はあるという証拠だろう」

「そうですかね……」

「部に入るかどうかは別として、せっかく近代五種部が四機にあるんだから、選手に話を聞いてみたらどうだ？」

　射撃の指導教官にそう言われ、柿田はこたえた。

「はい。ぜひ選手にお会いしてみたいです」

13

近代五種の練習が始まる頃、グラウンドにやってきた。山城《やましろ》という部員を訪ねた。

「山城は俺だけど……」

二十代後半のよく日焼けした人が言った。彼も同じ第四機動隊の隊員だ。

「自分は柿田と言います。射撃の指導教官にご紹介いただきまして……」

「ああ、話は聞いてる。射撃がだめなんだって？」

「はい。全然当たる気がしません」

「そりゃだめだよ」

「は……？」

「当たる気がしないなんて言っているうちは絶対に当たらない。当てる気にならないとな」

「はあ……。当てる気、ですか？」

「射撃ほどメンタルな競技はない。気持ちが重要なんだよ」

「それは、まあ何となくわかります」

「そして、射撃はデリケートな競技なんだ」

なんか違うな……。

柿田は思った。たしかに、射撃競技がデリケートなのはわかる。だが、柿田が身につけようとしているのは、実戦的な射撃のはずだ。

武器を持ってかかってくるようなやつらを相手にするための技術だ。そんな場面で、デリケートなどとは言っていられないだろう。

だが、ここはおとなしく山城の言うことを聞くべきだと思った。

競技であろうが実戦であろうが、射撃は当たらなければ始まらない。

「射撃がメンタルなものだということは、よくわかりました。では、どうやったら、気持ちを強化できるのでしょうか?」

「機動隊の訓練そのものが、メンタル面の強化につながると、俺は考えている」

「訓練はちゃんと受けているつもりなんですが……」

「それとな、射撃というのは、生まれつきの才能がものを言うんだ」

うわあ、身も蓋もないことを言うなあ。

「自分には才能がないんだと思いますが、それでも、なんとか上達したいと思っています。その方法が知りたいのですが……」

「俺、才能に恵まれているからなあ。射撃に向いていたんだよ。だから、才能のないやつのことは、よくわかんないんだけど……」

質問する相手を間違ったかもしれない。そんな思いで、柿田は山城の言葉の続きを待った。

「そうだなあ、射撃の得意な人って、リラックスしてるんだよね」

「リラックス……?」

「そう。緊張している人は、銃をきつく握りすぎる。そうすると、ガク引きになったり、銃身がぶれたりするんだよ。楽にホールドすることを覚えるんだな」

「なかなかそれができないんですよね」

「初心者にありがちなのは、恐怖心だ。拳銃に慣れていないと、発射の衝撃とか発砲音でびびっちまうんだ。そうして全身が硬直してしまう。そんな状態では、狙ったつもりでも、撃つ瞬間に余計な力が入って銃身が動いてしまう」

「なるほど……」

「引き金は、そっと落とすんだ。引くんじゃない。落とすんだよ」

引き金は、そっと落とす。その一言が新鮮に響いた。

たぶん、セカンドステージのことを言っているのだろう。ファーストステージで指を止めて狙い直す。そこから、そっとセカンドステージに入る。そういうことだろう。

ようやくヒントをもらえたような気がした。

たしかに、競技用二十二口径を模した模擬銃のトリガーは、触れるだけで撃鉄が落ちるほど軽く調整されている。射撃競技がデリケートだと、山城が言ったのは、そういうことを指して言っているのだろう。

「それとな、狙ったときに、銃身をぴたりと止めようなんて思うな。それはどんなやつにも不可能だ。的に照門と照星が重なった瞬間に引き金を落とす。タイミングだ」

柿田は、山城に深々と礼をした。

「ありがとうございました。がんばってみます」

「あんまりがんばらないほうがいいぞ。適当にやったほうが当たる」

「そうなんですか？」

「あ、それは俺みたいに才能あるやつの話かな」

山城はそう言って笑った。

柿田は、もう一度礼をして、近代五種部の練習場をあとにしようとした。

「おい、どこに行く」

山城に呼び止められて、柿田は振り向いた。

「は……？」

「射撃の指導教官は、君が近代五種部に入部すると言っていたぞ」

「えっ」

いつの間にそんな話になっていたのだろう。「いえ、自分は……」

「まずは、ランニングだ。何だかんだ言っても、競技では走力がものを言うからな」

幸か不幸か、柿田はスポーツウエアを着ていた。訓練が終わるとたいていその恰好《かっこう》をしている。

「自分は、指導教官に入部するとは言っておりませんが……」

「そんなことはどうでもいい。俺は、たしかに君が入部すると聞いたんだ。だから、親切に射撃のコツを教えてやったんだ」

そういうことだったのか。

柔道の朝練に参加し、訓練をこなし、その上近代五種の練習などできるだろうか。

柿田は、迷った。そこで、もちまえの呑気《のんき》さが出た。

まあ、なんとかなるかな……。

訓練にも慣れて、少し余裕が出てきた。訓練後や休日は、どうせ寮でごろごろしているだけだ。

柿田は山城に言った。

「わかりました。ランニングですね」

「取りあえず、五キロほど走ってこい。その後、フェンシングと射撃の練習を交代でやる。馬術と水泳は、日を改めてやる」

柿田は、グラウンドを周回しはじめた。今では五キロ走と言われてもまったく慌てない。訓練の賜物《たまもの》だ。


そういうわけで、柿田の日課に近代五種の練習が加わった。

現在は、正式競技でもレーザーピストルが使われると聞いた。レーザーピストルは、銃身が長いだけ、ぶれやすい。なかなか狙いが定まらない。

先輩は、まっすぐ狙うのではなく、上からすうっと銃口を下ろしてきて、止めた瞬間に引き金を落としている。まさに、タイミングで撃っているのだ。

力まず銃をホールドする。引き金は引かずに、そっと落とす。狙いはタイミング。

教わったことを頭の中で繰り返し、実行する。

すると、今までまったくだめだったのが、十発のうち三発は、的に収まるようになってきた。これは、柿田にとっては格段の進歩だった。

だが、そんなことで喜んではいられない。近代五種の選手たちは、楽々と的の中心を撃ち抜くのだ。道のりは遠いと、柿田は溜め息をついていた。


ある日、練習を終えて寮に引きあげてくると、池端に声をかけられた。

「よお、おまえ、射撃が苦手なんだって?」

いや、そうはっきり言わなくても……。

「そうですね」

「それなのに、近代五種部に入ったのか？」

「ええ、まあ……。苦手を克服しようと思いまして……」

「そうかあ。射撃が苦手かあ……」

「なんか、うれしそうですね？」

「いやね、射撃が苦手なやつがＳＡＴに選ばれることはないだろうと思ってね」

「まあ、そうでしょうね」

「競争相手が減るのは、いいことだからね」

「ですから、自分はＳＡＴに入りたいなんて考えてないんですよ。自分の実力は自分がよくわかっています。とてもＳＡＴに入れるような成績じゃありません」

「でもなあ、訓練を続けていると、意外なやつが意外なところで頭角を現してくるだろう？　おまえ、投石訓練でなかなかいい動きをしていたらしいじゃないか」

「そんなこと、どこで聞いたんですか」

「ライバルたちの動向は常に気にしている」

柿田は、池端の言葉に感心してしまった。

自分は、ようやく訓練に慣れてきたところだ。そして、成り行きで、近代五種部に入部などしてしまった。

すべてが行き当たりばったりだ。考えてみれば、機動隊に入る目的からして、かなりいい加減だった。

一方、池端は、はっきりとした目標を持っている。そして、そのために努力や工夫を惜しまないようだ。

感心しながらも、自分がライバルだと言われたことに、違和感を抱いた。

柿田は言った。

「自分はライバルなんかじゃありませんよ。特に目標もないし、機動隊に来たのも、地域課で判断に困ることがいろいろあって、あれこれ考えるのが面倒臭かったからなんですよ。機動隊に来れば、めいっぱい体を動かせるし、余計なことに悩まなくて済むと思ったんです」

「どんなやつでもライバルだ」

池端はきっぱり言った。「どこで誰が実力を発揮するかわからないんだ。油断は禁物だ。おまえだって、近代五種部で鍛えたら、射撃がうまくなるかもしれない」

「いやあ、山城って先輩に言われました。射撃というのは才能がものを言うんだって」

「努力で才能のなさを補うやつは、いくらでもいるぞ」

「はあ、自分もそのつもりですけどね……」

「ほらみろ。おまえも、射撃がうまくなるために努力するつもりだろう」

「そりゃ、訓練で成績が悪いのは嫌ですから……」

「そうやってみんな苦手を克服して、手強《てごわ》いライバルになっていくんだ」

「池端さんは、きっと立派なＳＡＴ隊員になれると思います」

「あ、おまえ、そうやって、俺をおだてて油断させる気だろう。ほめ殺しだな」

「そんなことはありませんよ」

「俺は、ＳＡＴに入るまでは、絶対に油断はしないからな」

池端は立派だと思っていたのだが、ここまでくれば、半ばあきれてしまう。

柿田は早く風呂に入って、食事に行きたいと思いながら、池端に言った。

「ほんと、自分のことは、気にすることないですよ。どちらかというと、落ちこぼれですからね」

「落ちこぼれが、フル装備の走破訓練で一番になるか？」

「自分、走るのだけは得意なんです」

「いやいや、案外、おまえみたいのがあなどれないんだよな」

「自分、風呂行っていいですか？」

「よくいただろう。試験前に、全然勉強なんてしてない、とか言って、いい点数取るやつ。まわりに油断させて、こっそり自分だけ試験勉強して……」

「あの、風呂行きたいんですが……」

「いや、おまえがそういう陰険なやつだとは言わないよ。でもな、機動隊は、基本、全員競争だからな」

「風呂……」

「ああ、行って来いよ」

ようやく解放された。

機動隊に入って、初めて体験することがたくさんあったが、まさか馬術をやることになるとは思わなかった。

これまで馬に乗ったことなどない。競馬すらやったことがないので、馬に馴染みはなかった。

柿田にとって馬は、時代劇や西部劇の中に出てくるものに過ぎない。そして、それは乗り物という印象を強く持っていた。

時代劇や西部劇でも、ほぼ乗り物として描かれている。だが、実際に触れてみると、馬は間違いなく動物なのだ。おかしな言い方かもしれないが、まず、柿田はそれを実感した。

大げさに言えば、それまで馬は車や自転車の仲間だと思っていたのが、実は犬や猫の仲間だということを再確認したのだ。

なぜそんなことをしみじみ思ったかというと、馬はすぐに草を食べたがるし、糞《ふん》をするからだ。そして、それぞれ性格が違う。

馬術練習に連れて行かれ、山城に言われた。

「馬は神経質だから、脅かしちゃいけない。それに、人の気持ちを読むからな」

柿田は、山城に尋ねた。

「人の気持ちを読むって、どういうことですか?」

「こっちが警戒していると、向こうも警戒を解いてくれない。びびっているとなめられる。嫌っていると、反発する」

「本当ですか?」

「乗ってみればわかるよ」

まず、馬引きをつけて乗ってみる。山城が馬を引いてくれた。

「どんな感じだ?」

「うわあ、高いですね」

「大人に肩車されたくらいの高さだからな。騎馬警官は、その高さを活かして雑踏警備や交通整理を行う」

「まわりがよく見えますよね」

「また、デモ警備にも役立つ。暴徒と化した群衆は、車両などに対しては、容赦なく攻撃を加えるが、馬には危害を加えないものなんだ」

「なるほど……」

「おい、そんなに硬くなっていると、馬もやりにくいんだよ。もっと上体を柔軟にして、馬の歩調に合わせるんだ」

そう言われても、なかなか力を抜くことができない。揺れるものに乗っているというのは、想像よりもずっと難しい。

さらに山城が言う。

「何のために鐙《あぶみ》があると思っているんだ。鞍《くら》にどっしり腰を下ろしちゃだめだ。両足の鐙と腰に体重を分割するような感覚だ」

「はあ……」

言われたとおり、鐙にかけた両足にちょっと力を入れてみる。鞍の上で半ば立つような感覚だ。すると、たしかに体が安定した。

なるほど、馬具というのは合理的にできているものだ。柿田は、感心していた。

「手綱を使ってみろ。右に行くときは、右の手綱を引く。左はその逆だ」

やってみるが、馬はなかなか言うことを聞いてくれない。

「馬にわかりやすく気持ちを伝えてやらなけりゃだめだよ。手綱は、ゆったりと使うんだ。急に引かれると、馬もびっくりするからな」

馬術は、射撃とはまた違った恐怖感がある。まず、動物としての馬に対する恐怖だ。馬は優しい動物だと言われているが、その大きさは圧倒的だ。慣れないとやはり恐ろしい。

そして、落馬の恐怖だ。馬の背は想像していたよりもずっと高い。そして、不安定だ。

そこから落ちたら結構な衝撃があるはずだ。大けがをすることもある。暴走したらどうしようという思いが、常にあった。

馬が言うことを聞いてくれないのではないかという恐怖心もある。暴走したらどうしようという思いが、常にあった。


手綱の基本的な使い方を学び、馬引きを外しての歩行訓練まで進んだ。

訓練の終わりは、馬糞《ばふん》の掃除だった。

最後に、山城が教えてくれた。

「選手は、馬とペアを組む。馬はれっきとした相棒なんだよ」

そうか、道具ではなく、相棒なんだ。

柿田は、ちょっと感動していた。


フェンシングと水泳の練習もこなした。

だが、柿田が一番力を入れたのは、やはり射撃だ。もともと、苦手な射撃を何とかしようと、山城に話を聞いたのが、近代五種部に入るきっかけだった。

だから、競技そのものに興味があったわけではない。

そして、近代五種は、普通の人が挑戦するにはあまりにハードルが高い。水泳やランニングは誰でもできる。フェンシングも、まあ、やろうと思えばできるだろう。

だが、射撃や馬術となると、きわめて難しい。

公式試合に出られるようになるまでは、おそらく何年もかかるのだろう。警視庁からオリンピック選手を出そうとしているようだが、柿田にとっては、夢のまた夢だ。

そういうわけで、柿田は、近代五種部でも、自分のことを落ちこぼれだと思っていた。競技に出場するつもりなど毛頭ないのだ。ただ、射撃の腕を上げたかった。

現在の近代五種では、射撃は単独で競われるのではない。八百メートルのランニングと五的を五十秒以内に撃つ射撃を交互に四回行うコンバインド競技として行われる。

走ってすぐに射撃を繰り返すので、呼吸のコントロールが難しい。呼吸が乱れていると、狙いがつけられないのだ。

射撃はデリケートだと言った山城の言葉が、コンバインドの練習をしてみて初めて本当に理解できた。

やはり経験は積むもので、コンバインドでも、だんだんと命中率が上がりはじめた。効果が出はじめると、練習が楽しくなってくる。練習が楽しいと、また効果が上がる。プラスのスパイラルに入り込んだようだ。

銃身をぴたりと止めるのは無理だと、山城が言っていた。そのとおりだと思った。タイミングが大切だとも言われた。

それがだんだんわかってきた。

銃口をゆっくり下ろしてきて的に向ける。そのとき、銃を静止させようと思ってはだめだ。

銃身は常にゆらゆらと揺れている。だが、的に向けた照門と照星が重なる一瞬がある。その瞬間に、そっと引き金を落とすのだ。そうすれば的に命中する。

だんだんとそのコツがつかめてきたある日、柿田は、小隊長に呼ばれた。何事かと思って、恐る恐る出向くと、小隊長は小会議室で柿田を待っていた。

「まあ、座れ」

小隊長は、警部補だ。所轄の係長と同じだ。

上司に呼ばれて話をするときは、たいてい立ったままだ。座れと言われると、かえって落ち着かなくなる。

「失礼します」

柿田は、テーブルを挟んで、小隊長の向かい側に浅く腰を下ろした。背筋はぴんと伸ばしたままだ。

「そう、しゃちほこ張るな。楽にしてくれ」

「はい」

そうこたえたが、楽になどできない。ここで気を抜いたら、いきなり怒鳴られるかもしれない。

「おまえ、射撃が苦手だったな？」

「あ……」

柿田は、どうこたえようか考えてしまった。「はい、苦手でした」

「だが、このところ、腕を上げているようだな？」

おや、説教ではないのかな……。

柿田は、小隊長の言葉を聞いてそんなことを思っていた。

「昔は、どうも苦手意識もあり、射撃が嫌いでした。でも今は、射撃を楽しんでおります」

「射撃の練習がしたくて、近代五種部に入ったと聞いたぞ」

「あ、いや、それは……」

ここでばか正直に本当のことを言う必要はないのかもしれない。だが、柿田は嘘《うそ》がつけないタイプだった。「それは、成り行きなんです……」

「成り行き？」

「はあ……。射撃のことを質問しに、近代五種をやっている先輩を訪ねたら、そのまま入部させられました」

「それからずっと練習を続けているのか？」

「はい。射撃の練習もできますし……」

小隊長の顔がみるみる赤くなった。

あれ、怒鳴られるのかな……。

柿田は、覚悟した。理由はわからないが、知らないうちに何かよくないことをしでかしたのかもしれない。

次の瞬間、小隊長は声を上げて笑い出していた。

ひとしきり笑った後、小隊長が言った。

「いやあ、おまえは、おもしろいやつだなあ……」

柿田は、きょとんとしてしまった。

「いえ、自分では実につまらないやつだと思ってますが……」

「完全装備の走破訓練で、一番になったのは印象深い。その後も、近代五種部などで練習しているので、走力は問題ないだろう」

何が問題ないのだろう。

そんなことを思いながら、柿田はこたえた。

「はい、走るのは好きです」

「射撃が問題だったが、それもどうやら克服したようだ」

「努力しております」

「入隊以来、柔道の朝練も続けているようだな？」

「はい。これも、なんとなく……」

それが本音だった。一度始めると、止《や》めるタイミングがなかなか難しいのだ。

「学生時代はラグビーをやっていたんだな？」

小隊長に尋ねられ、柿田はこたえた。

「はい、そうです」

「ラグビーから学んだものは何だ？」

「ワン・フォー・オール、オール・フォー・ワンです」

前にも同じ質問をされて、同じことを言ったな……。柿田はこたえながら、そんなことを思っていた。

「なるほど、一人はみんなのために、みんなは一人のために、か……」

「はい」

「それが、身についているということだな？」

「骨の髄まで染みこんでいると、自分では思っております」

「その言葉は、あまり具体的ではないように思う。漠然とした理念を語っているのだろうか？」

「自分は、そうは思いません。実に具体的な言葉だと解釈しております」

「ほう、それはどういうことだ？」

「つまり、一人一人の技術が確かでなければ、チーム全体としての作戦をうまくこなすことができません。これが、ワン・フォー・オール。そして、チームとしての作戦が的確でしっかりしていないと、個人個人の技術を活かすこともできません。これがオール・フォー・ワンです」

「君は、それを身につけているということか？」

「学生のときは、そうだったと思います。試合もずいぶんとこなしましたから……」

小隊長は、しばらく無言で柿田を見つめていた。何かを考えているのかもしれない。柿田は、ますます落ち着かない気分になった。

やがて、小隊長が言った。

「わかった。行っていい」

「はい」

柿田は立ち上がり、規定どおりの上体を十五度に折る敬礼をして、小会議室を出た。

寮に向かって歩きながら、柿田は首をひねっていた。

小隊長は、いったい何のために俺を呼んだのだろう。見当もつかなかった。

14

機動隊は、日勤で残業もないので、楽だと言った人がいた。訓練に慣れてくると、柿田もそう思うようになった。

たしかに、訓練はおそろしくきつい。だが、それが仕事だと割り切ってしまうと、それほど追い詰められた気持ちにもならない。

大学のときと違って、給料をもらって訓練をしているのだ。

体もだんだんとできてくるので、入隊したばかりのときのような苦しさは感じなくなってきた。

訓練の内容が楽になったわけではない。むしろ徐々に厳しさを増している。それでも、ついていけるようになった。

たしかに、刑事課や生安課のように、夜中に急に呼び出しがかかるということもない。地域課のように、四日に一度の夜勤を強いられることもない。機動隊は、気が楽だなあと、柿田は思っていた。

だが、世の中そう甘くはない。

機動隊員だって訓練だけしていればいいというわけではないのだ。

さまざまな任務がある。大規模なデモが予定されていたら、その警備に出動を命じられる。

海外から要人が来ると、その警護のために、都内各所に配備される。

花火大会などの大きなイベントがあると、雑踏警備に出動する。

そういう仕事は不定期だが、定期的に回ってくる任務に、重要防護施設警備、略して重防警備がある。

国会議事堂や、一部の大使館、大使公邸、といった重要防護対象を、一つの機動隊が二カ月間警備する。

寮の食堂で夕食をとっているとき、池端が言った。

「来月から、四機がロシア大使館の重防警備につく」

柿田はこたえた。

「知ってます。中隊長から聞いています」

「おまえ、よくそんな涼しい顔していられるな」

「え……？　どういうことですか？」

「基幹隊五個中隊で、交代の二十四時間勤務をやるんだぞ」

「交代の二十四時間勤務？」

柿田は、思わず池端に聞き返していた。「つまり、五日に一度、二十四時間勤務をやるということですよね？」

「そうだ」

「それって、地域係の四交代よりずっと楽じゃないですか」

「地域課の夜勤は、二十四時間働くわけじゃないだろう」

「機動隊だってそうでしょう？」

「ところが、ほとんど二十四時間働きっぱなしなんだそうだ」

「へえ……」

「おまえ、本当に呑気だね。仕事の内容、気にならないの？」

「まあ、言われたことをやるだけですから……。気にしてもしょうがないじゃないですか」

「あのね、あらかじめ覚悟しておくことも大切だよ」

「具体的に、どんな仕事をするんですか？」

「重防警備には、固定配備と遊動配備があるだろう？」

「はい」

固定配備というのは、ポイントを決めてそこに人員を配備することだ。遊動は、それらのポイントの間を移動しながら警備することを言う。

池端が説明した。

「それぞれの配備を二人の隊員で交代させるわけだ。昼間は、一時間ごとに交代して一人は待機になる。夜は、二時間ごとだ。二時間で仮眠が取れると思うか？」

「でも、これまでみんなやってきたんでしょう？」

「そりゃそうだが……。昔は、各機動隊に基幹隊が四中隊しかなかったから、四交代で二十四時間勤務をやったらしい」

「とにかく、二カ月間、五日に一度二十四時間勤務をやればいいわけですよね」

「そうだが……」

「それって、大きな災害が起きたときのことを考えれば、どうってことないじゃないですか。大災害のときなんか、二交代くらいで二十四時間勤務をこなしたりするわけでしょう？」

「そりゃまあ、そうだが……」

柿田はさらに言った。

「それに、池端さんが目指しているSATは、テロリストと睨《にら》めっこになったりしたら、いったいどれくらいの時間拘束されるか、まったくわからないじゃないですか」

「あ……」

池端は、目を丸くした。「そうか。そういうこともあり得るな……」

「SATを目指すなら、どんな状況でも耐えられるようにしておかないと……。きつい勤務が、そのまま訓練になるんじゃないですか？」

池端は、ぽかんとした表情のまま、しばらく柿田を見つめていた。

柿田は言った。

「何です？　自分が何か変なことを言いましたか？」

「いや、感心していたんだ」

「感心……？」

「おまえ、前向きなんだなあ……」

「いや、別にそういうわけじゃないです。くよくよ考えるのが嫌いなんです」

「それが、前向きってことだろう」

「辛《つら》いことを、辛い辛いと思っていると、よけい辛くなるじゃないですか。どうってことないよって思ってると、案外たいしたことなかったりしますよね」

「いやあ、ひょっとしたらおまえ、大物なのかもしれないな」

「どうせ同じことをやるなら、なるべく楽にやろうと思うだけです。重防警備に出ている間は、柔道の朝稽古や、近代五種の練習にも出なくていいわけですし……」

「いや、ほんと、おまえ前向きだわ」

実際に重防警備に出てみると、やっぱりちょっとなめてたかなと、反省した。池端が言っていたとおり、昼は、一時間交替、夜は二時間交替の二十四時間勤務というのは、実にきつかった。

八月の炎天下、ただ立っているのは辛い。服装は、所轄の地域課などと同じ活動服に防弾ベストだ。幸い防護装備は装着しなくていい。それでも日中は暑い。立っているだけで汗まみれだ。重防任務中は、ずっと寝不足状態なので、ぼうっとしてくる。

街角に立っていると、必ず道を訊《き》かれる。所轄の地域課ではないので、地理にはまったく不案内だ。活動服は同じだが、実は地域課とは靴が違う。地域課は普通の革の短靴だが、機動隊員は、編み上げの安全靴を履いている。

それを見れば違いがわかるのだが、警官の靴を見て地域課か機動隊員か区別するなんて、よほどのマニアでないと無理だろう。

逆に、そんなことができる一般人は要注意人物と見なしたほうがいい。

昼間は、汗びっしょりで、脱水症になりそうだし、夜は眠くてしかたがない。

あるとき、固定配備で立っていると、遊動の隊員がやってきて柿田に話しかけた。

「よお、暑いね」

同じ小隊の先輩だ。警備中に私語を交わしていいものかどうかわからなかった。しかし、先輩を無視するわけにもいかない。

「はい、暑いですね」

「午後二時だから、一番暑い時間だな」

「はい、一番暑い時間です」

「おまえ、鸚鵡《おうむ》か?」

「は……？」

「なんか、もっとましな受けこたえ、できないの？」

「なんか、暑いし、寝不足で頭が働かなくて……」

遊動の先輩は、にやりと笑った。

「だから、こうして様子を見に来てやったんじゃないか」

「はあ……。ありがとうございます」

いや、警備なんだから、隊員の様子見ないで、周囲を警戒しようよ……。

「音楽プレーヤーとか、持ってないの？」

「は……？　音楽プレーヤーですか？」

「ほら、アイ何とかってあるじゃない」

「いえ、持ってませんが……」

「真面目なんだなあ……」

「だって、受令機のイヤホンを着けてるじゃないですか」

「もう片方の耳、空いてるだろう？」

「警戒するときは、眼だけじゃなくて、耳や鼻も使えって教えられました」

遊動の先輩は、また笑みを浮かべた。

「よし、合格」

「え……？」

柿田は、思わず相手の顔をしげしげと見ていた。遊動の先輩が言った。

「よくいるんだよねえ。カマかけると引っかかるやつ。退屈だから、音楽とかラジオ聴いているやつもたまにいるからね……」

「ホントですか？」

「世間ではさあ、警察官はスクエア過ぎてつまんない、なんて言われるけどな。それくらいでちょうどいいんだよ」

「えっ。つまんない、なんて言われているんですか？」

「そうだよ。知らなかったの？　だから、なかなか彼女とか、できなくてさあ」

「あの……。それって、先輩の体験談ですか？」

「ばか言ってんじゃないよ。一般論だよ、一般論。でもな、そういう真面目な警察官が、日本の治安を守っているんだ。わかるよな」

……というか、こんなところで私語を交わしていて、真面目と言えるのだろうか……。

そんな疑問を抱いたが、たしかに立番《りつばん》は退屈だから、こうして話しかけてもらえるのはありがたい。

「はあ、なんとなくわかります」

「なんとなくって、頼りないな。まあ、暑いけど頑張れ。熱中症なんかでぶっ倒れるなよ、面倒だから……」

「だいじょうぶです。あと少しで交代ですから」

遊動の先輩は、うなずいて歩き去った。

なるほどなあ。真面目な警察官が日本の治安を守っている、か……。

池端は、本気でＳＡＴを目指している。彼なりの信念があるのだろう。池端も真面目な警察官の一人なのだと思う。

俺はどうだろう。

確固とした目的を持って機動隊にやってきたわけではない。今のところは、なんだか、場当たり的に物事に対処しているだけのような気がする。

どうやら機動隊は、水が合ったらしく、職場実習や地域課勤務のときと違ってあまり悩んだり、考え込んだりすることがない。

ひょっとしたら、俺はそれに甘えているのではないか。そんな気がしてきた。

だが、暑いせいもあって思考はまとまらないし、考えるのが面倒臭い。ちょうど交代がやってきたので、柿田は考えるのをやめてバスに引きあげた。


そんな二カ月が過ぎて、第四機動隊の庁舎に戻ると、すでに秋風が立ちはじめていた。

また、日常が戻ってきた。柔道の朝練に出て、訓練を受け、近代五種部の練習に出る。

ひと夏過ぎると、我ながら一皮むけたような気がした。体ができてきたし、集団行動にも慣れてきた。

柿田は、淡々と訓練や警備任務をこなしていた。重防警備も、たしかにきつかったが、二度目からはだんだん要領もわかってくるだろう。こうして、機動隊に順応していくのもいいか……。

柿田がそんなことを思うようになった九月末、突然呼び出しを受けた。

柿田はそのとき、待機場所である中隊教場にいた。呼びに来たのは、中隊長付伝令長だった。

中隊長付伝令は、三人いて、伝令長は旗持ちと呼ばれる。

「柿田。隊長が呼んでいる。すぐに行け」

柿田は、即座に起立し、気をつけの姿勢でこたえた。

「はい。中隊長ですね？」

「いや、隊長だ」

「えっ……」

柿田はびっくりした。第四機動隊長、つまりここで一番偉い人が呼んでいるということだ。

伝令長が言った。

「急げよ」

「はい」

言われるまでもない。柿田は中隊教場を飛び出し、隊長室へと急いだ。隊長室の前には、隊長付伝令の席がある。そこで、来意を告げると、すぐに隊長室に通された。

思ったより狭い部屋だった。所轄の署長室のような雰囲気だ。術科大会の優勝旗が並んでいた。

「柿田巡査、お呼びにより参りました」

机の向こうの隊長がゆっくり顔を上げた。

柿田にとっては、まさに雲の上の人だ。まともに眼《め》を見ることすらはばかられる。

隊長が言った。

「来たか。まあ、座れ」

来客用のソファを指さす。

柿田は、戸惑った。

上司に呼ばれて話を聞くときは、気をつけか、せいぜい休めの姿勢だ。

応接セットのソファに座れと言われたことはない。本当に座っていいものだろうか。

これは、一種のテストなのかもしれない。もし、柿田が言われたとおり、何の気兼ねもなしに座ったら、その瞬間に雷が落ちるのではないか……。

柿田が戸惑っていると、隊長は席を立ち、応接セットのところにやってきて、先に腰を下ろした。

「さあ、突っ立ってないで座れ。実は、もう一人来るんだ。ゆっくり話を聞きたいから、座っててくれと言ってるんだ」

「了解しました。失礼します」

もう一人来る、というのはどういうことだろう。

そんなことを思っていると、隊長が話しかけてきた。

「新隊員の走破訓練で、一番になったそうだな？」

「あ、いえ……。その前日は、ぶっ倒れましたから……」

「そうらしいな。教育係のやつが言っていた。君の走りは実に無鉄砲だと」

「はあ……」

ノックの音が聞こえた。隊長付伝令だった。

「管理官がお見えになりました」

隊長がうなずいた。

「お通ししてくれ」

隊長付伝令が姿を消し、代わって「管理官」と呼ばれた人物が入室してきた。

柿田は反射的に立ち上がっていた。管理官というからには、隊長と同じ警視だろう。やはり、柿田からすれば雲の上の存在だ。

「管理官」は、制服姿だった。隊長同様にその人物も日焼けしている。

この人は、誰だろう。

柿田は訝《いぶか》しく思いながら、上体を十五度に傾ける敬礼をした。

普通、機動隊には警視は二人しかいない。隊長と第一副隊長だ。

管理官と呼ばれた人物は、隊長の隣に腰を下ろし、柿田に言った。

「まあ、かけて」

「はい」

柿田は慎重に腰を下ろした。ソファに浅く腰かけ、背筋を伸ばしていた。こういう場合、ソファというのは、実に座りづらい。

管理官と呼ばれた人物は、自分の身分については何も語らず、柿田に質問した。

「君は、群馬県渋川市の出身だね？」

「はい」

「伊香保温泉があるな。いいところだ」

「はあ……」

別に、特別いいところだと思ったことはない。たまたまそこで生まれて育っただけだ。

高校まで地元で暮らしていたが、日常的に温泉に出かけたわけでもない。どこにでもある地方都市だ。

「親御さんは元気か？」

「はい。おかげさまで……」

「家庭内に何か問題はないかね？」

「問題ですか……？　いいえ、特にありませんが……」

「それはけっこうだ」

管理官と呼ばれた人物は、ちらりと隊長を見た。隊長は、にこやかに言った。

「今、走破訓練の話をしていたところだ」

管理官がうなずく。

「ずいぶんがむしゃらに走ったらしいな。そういえば、いつかの駅伝大会でも、ぶっ倒れるまで走ったというじゃないか」

柿田はこたえた。

「無我夢中でした」

俺は、どうして隊長室に呼ばれて、こんな話をしているのだろう。柿田は不思議でならなかった。

柿田の中では、上司に呼ばれるというのは、叱責《しっせき》されることを意味していた。それ以外に、理由が思いつかない。今のところ、叱られる気配はない。

管理官と呼ばれた警視が柿田に尋ねた。

「大学時代はラグビーをやっていたそうだね？」

「はい」

「何でも、ワン・フォー・オール、オール・フォー・ワンについて、独自の解釈をしていると聞いたが？」

柿田は驚いた。誰かに、その話をしたことがある。相手は誰だっけ……。

たしか、小隊長だった。

この管理官は、小隊長からその話を聞いているということだ。知らないところで自分のことが調べられているようで、なんだか落ち着かない気分になる。

もっとも、機動隊員は常に競い合い、それに対して上の者が評価を下すのだから、いろいろな報告が上のほうに行っているのは当然だ。

だが、正体がわからない「管理官」に、小隊長との会話の内容を知られているというのは、やはりあまりいい気持ちはしない。

柿田は、小隊長に言ったのと同じことを話した。

管理官は、満足げにうなずいた。

「それは、機動隊の理念とも一致するな」

「はい。自分もそう思います」

「苦手だった射撃も上達したようだね。なんでも、苦手を克服するために、近代五種部に入部したんだとか……」

成り行きで入ったとは言えない。相手が偉い人だからといって、そこまで正直にこたえる必要はないだろう。

「はい。近代五種はいろいろと勉強になります」

管理官は、またうなずき、ちょっと間を取った。そして、おもむろに言った。

「君は、特殊部隊のことを知っているかね？」

柿田は思わず眉をひそめた。

「はい。知っておりますが……。ＳＡＴのことですね？」

「そうだ。ＳＡＴについてどう思う？」

どうこたえていいのかわからなかった。

柿田は、しばらく考えていたが、どうせうまい言葉など思いつかないと思った。感じていることを素直に言うことにした。

「選ばれた者たちの部隊だと思います」

彼は、立ち上がり、足早に隊長室を出て行った。

柿田も立ち上がりその後ろ姿を見送っていた。

隊長が言った。

「中隊長から推薦があったんだ。事の次第を報告しておくように」

「はい」

「以上だ」

「あの……」

「何だ？」

「管理官と呼ばれておられましたが、今の方は……？」

「ああ……」

隊長は笑顔になって言った。「まだ教えていなかったな。彼は、ＳＡＴの隊長だ。単に管理官と呼ばれている」

「特殊部隊の隊長ですか……」

「四機出身の名に恥じないようにがんばってくれ」

「はい」

柿田は、敬礼をして隊長室を退出した。

その足で、中隊長室に向かった。中隊長付伝令に来意を告げると、すぐに取り次いでくれた。

15

柿田は、中隊長にSATの訓練を受けることになったと告げた。

「マジか？」

中隊長が言った。「まさか、本当におまえがSATに行くことになるとはなあ……」

「あの……。推薦していただいたそうで、感謝します」

本音では、感謝していいのかどうかわからなかった。SATの訓練を受けることになり、うれしいのかどうか、柿田自身にもよくわからない。

このまま四機の中隊にいれば、来年にはまた新隊員が入ってくる。部活でいえば二年生になるわけで、ようやく新隊員の生活から解放されて、かなり楽になるはずだ。

SATに行くということは、また一年生からやり直しということだ。しかも、六カ月もの訓練を経ないと、正式に隊員になれないというのだ。

中隊長が言った。

「まあ、がんばってくれ。訓練で脱落したら、また拾ってやるから」

訓練に入る前から、そういうこと言わないでほしいなあ……。

「あの、うかがっていいですか？」

「何だ？」

「どうして自分を推薦してくれたのですか？　もっと優秀な隊員はたくさんいると思うのですが

……」

「まず、一つは、できるだけ若いのを推薦してくれと言われていた。当然、新隊員の中から選ぶことになる。それとな、小隊長が、言っていたんだ。おまえは、なかなかおもしろいやつだって」

「おもしろい、ですか……？」

「ふらふらになるまで訓練したり、実際にぶっ倒れたりしても、けろりとしている。そういうやつはなかなかいない」

いや、決してけろりとしているわけじゃないんだけど……。

傍目《はため》にはそう見えるのだろうか。

「近代五種部ってのも、なかなかポイントが高い。だが、残念だが、ＳＡＴの訓練が始まったら、近代五種部は退部しなければならないな。何かと制約があってな……」

中隊長の言葉は、柿田には意外だった。

「制約ですか？」

「なんせ、対テロ部隊だ。マスコミに顔を出せないのはもちろんのこと、所属も秘匿されることになる」

「えっ。所属も秘匿されるって、どういうことですか？」

「自分の所属を言うときに、特殊部隊とは言えないということだ。テロの標的にされる恐れがあるからな。それに、対テロとなると、隠密行動も必要な場合がある。したがって、所属を秘匿することになる」

「部署を訊かれたら、何とこたえればいいのですか？」

「それは、ＳＡＴに行ってから指示があると思うが、警備部特務係とか言ってごまかすことになるんだろうな」

「はあ……」

「だがまあ、試験入隊訓練の間は、まだ正式なSAT隊員ではないから、実に中途半端な身分になるな」

「では、自分は正式には、どこの所属になるのでしょう」

「辞令が下りるまでは、今までどおり四機ということになるんだろうが……」

「寮を移れと言われました」

「まあ、そのほうが訓練を受けるにも都合がいいからだろうな」

機動隊入隊のときは、訓練期間中も、すでに機動隊員だった。だが、SATの場合は違うようだ。さすがは精鋭が集まる特殊部隊だ。

「顔ばれもまずいんですね？」

「これはSATではなく、SIT、つまり刑事部の特殊犯捜査係の話なんだが、あるとき、立てこもり犯か何かの記事の写真に、女性係員の顔が写ってしまったんだそうだ。彼女は、翌日SITから異動になってしまったというんだ。おそらく、SATも同様だと思う」

その話から、今後自分が訓練を受ける部署の特殊性がひしひしと伝わってくる気がした。

「なんだか、自信がなくなってきました」

「なんだ、おまえらしくないことを言うじゃないか」

俺らしいって、どういうことなんだろう……。

周囲は俺のことを買いかぶっているのかもしれない。柿田は、自分自身のことを、ちっとも優秀だとは思っていなかった。

射撃はそこそこの腕になったが、本当に、「そこそこ」なのだ。トップクラスなわけではない。短距離走だって、それほど速いわけではない。

懸垂や腕立て、腹筋なども、機動隊の中では人並みだ。

そして、特にＳＡＴに対して確固とした目標を持っているわけでもない。自分ではなく池端のような者が選ばれるべきだと、柿田は思った。

では、「おまえらしい」というのは、どういうことなのか、中隊長に尋ねてみたかった。だが、もちろんそんなことは口には出せない。

「自分は、いつもたいていのことに自信がないです」

「そう言いながら、平気な顔でいろいろなことをクリアしてきたじゃないか」

そうか。そういう評価もあるのか。

苦しいときに苦しい顔をすれば、よけいに苦しくなる。

こんなのは平気だと、自分に言い聞かせるのだ。そうすると、本当に平気な気がしてくる。

それは、柿田なりの工夫だった。おかげで、柿田は辛い訓練にも耐えられた。機動隊入隊以来、体力や技術は着実に伸びているという自信はあった。

「なんとかやってこられました」

「特殊部隊の訓練は、一般中隊の訓練と違って特別なものが多い。射撃も拳銃だけではなく自動小銃も扱うことになる。一般中隊ではやらない銃撃戦の訓練や、突入訓練もやることになるだろう。だが、君ならなんとかなるだろう」

「そうでしょうか……」

「さっきも言ったが、訓練に脱落したら、また四機で拾ってやるから、安心して行ってこい」

「はい」

柿田は、気をつけをして返事をした。

そうなのだ。別に気負うことはない。訓練についていけなくても、クビになるわけではない。他の部署に回されるだけのことだ。

そんなことを思いながら寮に戻り、引っ越しの用意にかかった。

引っ越しと言っても、バッグ一つで済む程度の準備だけでいい。夕食時間になり、食堂に行こうとすると、部屋の前でばったり、池端に出くわした。

「あ……」

柿田は、思わず声を洩《も》らしていた。

なんだか気まずかった。

池端の雰囲気も妙だった。いつもなら、気楽に声をかけてくるのに、何を言っていいか迷っているように見える。

もう知っているのだろうか……。

柿田は思った。人事の噂《うわさ》は広まるのが早い。

このまま、何も言わずにいるわけにもいかず、柿田は言った。

「あの……。実は、試験入隊訓練を受けることになりました」

「何の試験入隊だ？」

ああ、この人、知っていながら訊いてるな……。悔しいので、知ってて知らぬふりをしているのだろう。

「ＳＡＴです」

そのときの池端の、複雑な表情を、柿田は一生忘れないだろうと思った。

悔しさが滲《にじ》み出てしまうが、なんとかそれを押し隠そうと、無理やり笑みを浮かべている。

ここでぶち切れたら、余計にみじめになることを、彼は心得ているのだ。

「そうか。それはよかったな」

「いや、よかったかどうかはわかりません。訓練で落とされるかもしれませんし……」

「おまえなら、だいじょうぶなんじゃないの」

皮肉めいた口調だ。やはり棘《とげ》がある。

「いえ、自分は優秀でも何でもないですし……。選ばれるなら、池端さんだと思っていました」

「でも、事実は違った」

「おもしろいからだと言われました」

柿田が言うと、池端は眉をひそめた。

「おもしろいから？　どういうことだ？」

「小隊長が、中隊長にそう言ったそうです。それで、中隊長が推薦してくれたようです」

「そんなことが理由になるのか……」

「自分もそう思います」

「おもしろいから推薦されただって？　ＳＡＴってそんなところなのかよ……」

「いや、自分にそう言われましても……」

「じゃあ、何か？　お笑い芸人みたいのがＳＡＴにはたくさんいるってことなのか？」

「おもしろいって、そういう意味じゃないと思いますよ」

池端は顔をしかめた。

「わかってるよ、そんなこと。おまえには、皮肉も通じないのか」

充分通じてるんだけど……。

柿田はどう言葉を返せばいいのかわからないのだ。

「自分は、おもしろいんですかね？　自分ではちっともそうは思わないんですけど……」

「うーん」

池端は、真剣な顔で考え込んだ。「たしかに、ちょっと変わってるとは思うな」

「どう変わってるのでしょう」

「悲壮感《ひそうかん》がないよな」

「悲壮感ですか……」

「そう。機動隊の訓練って辛《つら》いじゃないか。真夏にフル装備で走らされたり、催涙ガスが立ちこめるところに突撃したり、限界まで筋トレやらされたり……」

「そりゃ、訓練ですから……」

「でも、おまえ、ちっとも苦しそうじゃないじゃないか。ひょっとして、ドMか？」

「どうでしょう……。そういう自覚はないんですが……」

「とにかくさ、誰だって新入隊員のときはひいひい言うんだよ。俺だってそうだ。剣道部じゃ猛稽古に耐えたが、機動隊の訓練は次元が違う」

「そうですね。それは自分も感じます。でも、その厳しさってやっぱり隊員のためなんだと思います。そして、ひいては市民を守るために必要なんでしょう」

「市民を守るため……」

柿田の言葉に、池端は目を丸くした。

「自分、なんか変なことを言いましたか？」

「いや、変なことじゃなくて、ものすごい正論なんだけど、そうけろりとした顔で言われると、なんだか妙な気持ちになるな」

「そうですか？」

「やっぱり、おまえ、変わってるよ。なるほどなあ……。そういうやつが選ばれるんだなあ……」

何だか知らないが、池端は感心したような顔つきになった。

「そういうやつって、どういうことですか」

「何と言うか、よく言えば耐性が強いやつだ。悪く言えば、鈍いやつだよな」

「自分は鈍いんですかね？」

「鈍いというか、こだわりがないよな。普通、市民のため、とか、国民のため、とか言うときは、誰だって多少は気負ったりするもんだ。でなければ、照れ隠しにちょっとおどけてみせたり……。でも、おまえは実に普通のことのように、そういうことを言うわけだ」

「普通だと思ってますから……」

「そこがやっぱり特別なんだよ。なんだか、おまえにはかなわないような気がしてきた。おまえが選ばれたことは、間違ってなかったかもしれないな」

「でも、訓練で脱落して、またここに戻って来るかもしれません。中隊長にそう言われました」

「そうだな。ＳＡＴの訓練は、機動隊一般中隊の比じゃないらしいからな」

「脅かさないでください」

「俺がいくら脅かしても、全然動じていないくせに……」

やっぱり俺は誤解されている。そう感じた。

柿田だって、辛い訓練はいやだ。逃げ出したくなることだってある。だから、なるべくそのことを考えないようにしているだけだ。

そして、自分を納得させるために、厳しい訓練は、本人のためだ、と思うようにしているだけなのだ。

柿田は言った。

「いや、自分だってどんな訓練なのか想像すると、びびりますよ」

池端は、怪訝《けげん》な表情になって柿田に言った。

「おまえ、もしかして、訓練の内容とかまったく知らないのか？」

「知りません」

「また、けろりとしてそういうことを言う……」

「中隊長が何か特別なことをやるようなことを言ってましたが……」

「そんなやつが選ばれて、俺みたいにひたすらＳＡＴを目指しているやつが選ばれないんだ……」

「あ、すいません。そんなつもりで言ったんじゃないんです」

「わかってるよ」

「それで、ＳＡＴって、どんな訓練をするんですか？」

「中隊長に聞いたんじゃないのか？」

「いや、具体的なことは聞いてませんから。特別な訓練だ、とだけ……」

「ＳＡＴの役割は知ってるよな？」

「対テロ部隊でしょう？」

「基本はそうだが、通常の装備で対処できない凶悪犯罪なんかにも出動する」

「そうですね」

「それがわかっていれば、訓練の内容も想像がつくだろう」

「そうですか？」

「そうですかって、おまえ、本当に張り合いのないやつだね。普通は、あれこれ想像するだろう」

「ですから、今日の今日までＳＡＴのことなんて考えたことなかったんですって」

「俺だって、どんな訓練をするのか知っているわけじゃない。ＳＡＴは、何もかも秘密だ。訓練の内容から、どこで何をするのかを他人に洩らしただけで、クビになるらしい。いや、それだけじゃなくて、法で罰せられることもあるって話だ」

「法って、何の法律です？」

「え……。知らないよ」

「特定秘密保護法は、まだ成立してませんよね」

「だから、知らないって。そういう話を聞いたことがあるんだよ。だからさ、訓練の内容も秘密だ。想像するしかない。でも、どこの国でも特殊部隊は似たり寄ったりだ」

柿田は、池端に尋ねた。

「特殊部隊って、そんなに秘密がたくさんあるんですか？」

「当然だろう」

「どうしてなんです？」

池端は、あきれた顔になって言った。

「だって、世界のテロ集団と戦うんだよ。構成とか実力とか技術とか、知られたらそれだけ不利になるじゃないか」

「なるほど……」

「海外の特殊部隊の中には、人数や装備まで厳しく秘匿しているところもある。ＳＡＴだって、基本的に部隊の所在地は非公開だ」

「え、そうなんですか……」

「まさか、どこかでしゃべったりしてないだろうな」

「いえ、しゃべってません。正直、寮を移れと言われるまで、自分自身がはっきり知りませんでしたから」

「マジか？　おまえは、どうしてそんなに呑気でいられるんだろうね？」

「さあ……。生まれつきかもしれません」

「ほんと、うらやましくなるよ……」

「あの、訓練の話なんですが……」

「あ、そうだったな。まあ、そういうわけで、俺も内容については想像するしかないわけだ」

「想像でいいから教えてください。自分は、世界の特殊部隊なんて、あまり興味がなかったので、よくわからないんです」

「興味がないなんて、訓練のときに言うなよ。指導官に何されるかわからないぞ」

「はあ、気をつけます」

「ＳＡＴは、特殊急襲部隊の略だ。急襲というからには、建物やハイジャックされた航空機などの乗り物に突入することが要求されるだろう」

「突入訓練なら、四機でもやってますよ」

「一般中隊の突入訓練よりも、さらに高度な訓練をやるんだと思う。装備も一般中隊とは違う。自動小銃を携行するはずだ」

「自動小銃ですか?」

「どの国の特殊部隊も、メインアームは自動小銃だ。拳銃はサイドアームでしかない。自決用だという説もある」

「えっ。自決用……?」

柿田は、池端の言葉に驚いた。

「そうだよ。どこの軍隊でもそうだけど、拳銃を抜くってことは、かなり追い詰められた状況なわけだ。自動小銃などのメインアームが弾切れとかね……。そういう場合は、拳銃で戦ったって勝ち目はない。捕虜になったりしたら、拷問にかけられて、大切な情報を洩らしかねないから、自決するんだよ」

「あの、自分は軍隊に入ったつもりはないんですが……」

「世界中どこの国でも、テロと戦うのは軍隊と諜報《ちょうほう》機関なんだよ。でも、日本の自衛隊がおいそれと治安出動なんかできない。その代わりを警察がやらなけりゃならない。だから、SATの訓練はかなり軍隊に近いと考えたほうがいい」

「はあ……」

「ヘリボーン訓練もやるだろうな」

「ヘリボーンって、ヘリコプターを使った空挺《くうてい》作戦のことですよね」

「なんだ、興味ないなんて言って、けっこう知ってるじゃないか」

「いや、自分も警察官ですから、それくらいのことは知ってます。でも、本当にヘリボーンなんてやるんですか?」

「SATは、実際に自衛隊と共同訓練をやるという話を聞いたことがある。もともと、ドイツの特殊部隊を手本にしているという話だ。だから、サブマシンガンや自動拳銃はドイツのヘッケラー・アンド・コッホのものを使用しているようだ」

「ヘッケラー・アンド・コッホ？　コックじゃないんですか？」

「英語で発音するとコック、ドイツ語読みだとコッホだ」

「はあ、勉強になります」

「突入時には、閃光弾《せんこう》を使用したり、銃撃戦を想定しているはずだ。だから、そういう訓練もやるだろう。あ、そうそう。スナイパーの訓練もやるだろうな」

「狙撃ですか」

「突入隊を支援するために、狙撃は重要だ。狙撃だけでテロ事案が解決することもある」

「なるほど……」

話を聞いているうちに、だんだんと様子がつかめてきた。

だが、そのイメージは、これまで柿田が経験してきた警察の生活とは、ずいぶんかけ離れたもののような気がした。

池端が言った。

「なんだか不思議だなあ。おまえと話をしていると、腹を立てていたことを忘れちまう」

「あ、やっぱり怒ってたんですか？」

「そりゃおもしろくなかったよ。やっぱりこいつ、興味ないなんて言っていながら、狙ってやがったな、なんて思ったよ」

「いえ、本当に興味がなかったんです。池端さんには申し訳ないと思っています」

「別に、おまえが申し訳ないと思うことはないよ。まあ、訓練に選ばれたからにはがんばれ。俺も、そのうちに必ず行くから」

「はい。無事に入隊できたら、待ってます」

「そうなったら、おまえ、先輩隊員ってことになるんだよな。入隊訓練のときの指導補助か何かにおまえがいたら嫌だなあ……」

「それは、自分も嫌ですね」

「まあ、とにかく入隊できるように祈ってるよ」

「ありがとうございます」

ほんの短い付き合いだったが、池端からはずいぶんいろいろなことを学んだ気がする。

もし池端がいてくれなければ、四機での暮らしはもっとずっとたいへんだったかもしれない。

こうして出会いと別れを繰り返すのも、異動が多い警察官の宿命だろう。柿田はそんなことを思っていた。

16

十月初旬、柿田は特殊部隊の寮に移った。だが、まだ特殊部隊教場への立ち入りは許されていなかったし、倉庫へ入ることもできなかった。

池端から聞いた話で、かなり殺伐としたイメージを抱いていたので、新しい部屋に移ったときは、かなり緊張していた。

しかし、雰囲気は四機の寮と変わらなかった。考えてみれば、機動隊も特殊部隊も同じ警備部だ。それほど違うはずもない。

訓練初日の朝、どんな恰好《かっこう》をしていけばいいのかわからず、機動隊の制服で出勤した。なにせ、柿田たち試験入隊訓練生は、教場にも倉庫にも入ることができないので、廊下で訓練担当たちと顔を合わせることになった。

他の訓練生たちも機動隊の制服姿だったので、柿田はほっとした。

訓練担当は、警部補と巡査部長の二人だ。役職は言わなかったので、何者であるかはわからない。その他に、補助として巡査が四人いた。

なんでも訓練担当補助の巡査は日替わりで一人ないし二人が付くということだった。

訓練担当の警部補が言った。

「本日と明日の二日間で、体力と射撃のテストを行う。すぐに運動着に着替えて、隊庭に集合のこと」

隊庭というのはグラウンドのことだ。

柿田たちはすぐに駆け足で寮に戻った。

訓練担当に言われたとおり、運動着に着替えて、再び駆け足でグラウンドに集合した。

そこでまた警部補から説明があった。

「午前中は、握力、背筋力の測定、懸垂、腕立て伏せ、腹筋運動、立ち幅跳び、土嚢《どのう》搬送。午後は、百メートル走、八百メートル走、そして五キロ走だ。何か質問は？」

質問も何もない、と柿田は思った。ただ、言われたことを全力でやるしかない。

試験入隊訓練生は、七人いた。そのうち巡査は柿田を含めて四人。あとの三人は巡査部長だった。

まず握力の測定からだ。訓練担当補助の巡査隊員が、きびきびと測定をしていく。彼はホイッスルを持っており、柿田たちが少しでも、もたもたしようものなら、それを吹き鳴らし、怒鳴り声を上げた。

でも、それが特別に厳しいとは感じなかった。大学の部活でもそんなものだったし、第四機動隊の訓練だって似たようなものだった。


柿田は、握力も、背筋力も七人中、本当に中くらいだった。懸垂も十八回で、二十回を超える訓練生もいたので、これも、たいした記録ではない。腕立て伏せ百回、腹筋千回をようやくクリアしたが、平気な顔でそれを超える訓練生がいた。

つまり、柿田の筋力は、訓練生の中では、実に平凡だということだ。他の訓練生は、制服からしてやはり機動隊から選ばれたのだろう。体力には自信があるに違いない。

そんな中で、柿田は特に優秀というわけではないのだ。

そういえば、この中からいったい何人選ばれるのだろう。そういう説明は一切なかった。

一人か二人だったら、柿田は確実に落とされるだろう。三人だったら、ぎりぎりのラインか……。

午前中のテストが終わり、柿田は、一人の訓練生のことが気になりはじめていた。

四人の巡査訓練生のうちの一人だった。彼は、握力も、背筋力も、懸垂も最下位だった。一般中隊の訓練にもついていけるかどうか、というレベルだ。

腕立て伏せも腹筋運動も、一位の訓練生の半分くらいだった。大学の運動部でも、この程度をこなす者はざらにいる。

身長は百八十センチくらいで高いほうだが、ひょろりとしていてなんだか頼りない体格をしている。

彼がＳＡＴの試験入隊訓練に選ばれたのが不思議だった。

まあ、俺が選ばれたくらいだから、誰が選ばれても不思議はないが……。

柿田は、そんなことを思いながら、午後のテストに臨んだ。

午後は、走力のテストだ。柿田は、走ることには、少々自信がある。

あ、そうか。あのひょろりとした巡査訓練生は、走るのが得意なのかもしれない。長距離走の選手は、たいてい細身だ。

柿田は、がむしゃらに走力テストに臨んだ。自分の持ち味はそれしかないと思っていた。

だが、さすがに選ばれた訓練生たちだ。柿田の走力も彼らの前ではそれほど目立たなかった。

ひょろりとした巡査訓練生は、百メートル走、八百メートル走のテストでも最下位だった。最後の五キロ走では、驚くほどの実力を発揮するのではないかと思っていたが、それも肩すかしの結果だった。彼は、やはり最下位だったのだ。

柿田は、ますますその訓練生のことが気になりはじめた。

筋力、走力ともに、とても精鋭とは思えない。訓練で、ふるいにかけられて、真っ先に落とされるのは彼ではないか。柿田は、自分のことを棚に上げて、そんなことを考えていた。

一日目の体力テストが終わり、寮に引きあげようとしていると、巡査訓練生の一人が声をかけてきた。

「よう、これから半年、よろしく頼む」

よく日焼けした精悍《せいかん》な訓練生だ。見るからに機動隊員という感じだ。眼が活き活きと輝いていて、はつらつとした印象がある。

柿田はこたえた。

「あ、よろしくお願いします」

「おい、同期の訓練生だぞ。タメ口でいこうや」

「あ、はい……」

ここの訓練では同期だが、おそらく彼は、柿田よりも何歳か年上だ。それは、一目見ればわかる。

「俺、藤堂淳也《とうどうじゅんや》っていうんだ。あんたは？」

「あ、柿田亮です」

「だからさあ、タメ口でいいって……」

「じゃあ、そうさせてもらいます」

藤堂は笑った。

「タメ口になってないから……」

柿田は、親しくない相手とタメ口をきくのが苦手だ。敬語を使っていたほうが楽なのだ。

藤堂と立ち話をしていると、その脇を例のひょろりとした訓練生が通り過ぎた。

藤堂は親しげな口調で、彼にも声をかけた。

「藤堂だ。よろしくな」

ひょろりとした訓練生は、その場で立ち止まり、戸惑ったような表情をみせた。

「あ、ええと……。よろしく……」

なんだか、ぼんやりとした印象だった。藤堂とは対照的だ。

藤堂がひょろりとした訓練生に尋ねる。

「あんた、名前は?」

「桐島真一《きりしましんいち》……」

「そうか。桐島、こちらは柿田亮だ」

桐島は、ぺこりと頭を下げた。

「よろしく……」

「柿田です。よろしく」

桐島からは、緊張感というか、やる気というか、そういうものがまったく感じられない。

体力テストの結果が芳しくないことも、まったく気にしていないように見える。

変わったやつだな……。

柿田は、そんなことを思っていた。

もう一人の巡査訓練生は、さっさと寮に引きあげていた。彼が、腕立て伏せや腹筋運動、懸垂などの筋力テストでは、一番の成績だった。

おそらく、そのことを自覚しているのだろう。自分が選ばれることは間違いないと、自信を持っているのかもしれない。

藤堂、桐島とともに、三人で寮に引きあげてくると、そのもう一人の巡査訓練生が部屋から出てくるのが見えた。どうやら、風呂に行くようだ。

藤堂は、その訓練生にも声をかけた。

「よう、これから半年よろしくな」

声をかけられた訓練生は、ちらりと藤堂を見て、小さくうなずいただけで、通り過ぎようとした。

なんだよ、あんまり感じよくないぞ。

柿田はそう思った。

藤堂が言った。

「俺は藤堂。そして、柿田と桐島だ。あんたは？」

もう一人の巡査訓練生は、立ち止まり、藤堂をしげしげと見てから言った。

「俺たちは、どういう間柄だと思ってるんだ？」

藤堂がこたえた。

「どういうって、これから半年、訓練を受ける仲間じゃないか」

「冗談じゃない。この訓練はテストなんだ。この中から誰が選ばれるかわからない。誰かを蹴落とさなければならないんだ。つまり、俺たちは敵同士なんだよ」

藤堂は笑った。

「あんたは、俺の敵じゃない。敵は他にいる」

藤堂の言葉に、巡査訓練生は眉をひそめた。

「敵は他にいるだって？」

「そうだ。俺たちの敵は、テロリストや凶悪犯罪者だ」

おお、こいつ、なかなか大きなやつじゃないか。

柿田は思った。

「それは、SATに入隊できてからの話だろう」

「もっと視野を広く持ったほうがいいな。誰かを蹴落とす、なんて考えないで、お互い助け合えるところは助け合うべきだろう」

「馴《な》れ合う気分じゃないんだ。俺は絶対にSATに入隊するんだ」

あ、こいつ、池端タイプだな。しかも、池端よりもずっと意固地かもしれない。

「わかったよ。でも、名前くらい教えてくれてもいいだろう」

彼は一瞬言い淀《よど》んだが、結局名乗った。

「村川繁太《むらかわしげた》。市町村の村に三本川、繁栄の繁に太いだ」

藤堂がうなずいて言った。

「まあ、とにかく、よろしく頼む」

村川は、何も言わずに風呂場のほうに歩き去った。

柿田は言った。

「なんか、感じ悪いですね」

「今は余裕がないだけだろう」

「はあ……」

「それより、また敬語になってるぞ」

「あ、つい……」

桐島は、何も言わなかった。村川のことにも、彼が言ったことにも、まるで興味がなさそうだった。

「明日のテストもがんばろう。じゃあな」

藤堂がそう言って、解散になった。

柿田は、その後ろ姿を眺めながら、あいつ、リーダーの素質があるな、と思っていた。

もし、藤堂がいなければ、柿田はまだ訓練生たちの名前も覚えていなかったはずだ。体力テストのときに、訓練担当補助が一人一人を呼び出していたが、とても名前を覚える余裕はなかった。

とにかく、一日目は終わった。明日は、何をやらされるのか……。

それを思うと、柿田はさすがにちょっと不安になった。


二日目は、射撃テストだと言われた。

柿田は、余裕の気分になった。第四機動隊で、近代五種部に入ってまで射撃を練習したのだ。苦手だった射撃にも、それなりに自信がついていた。

使い慣れたリボルバーを渡され、的に向かった。

訓練担当助手の号令に従って、狙いをつけ、引き金を絞る。

柿田の結果は、まずまず満足できるものだった。一般中隊の隊員としては申し分ない結果だ。

他の訓練生も、柿田と似たようなものだ。柿田は、村川の成績を気にしていた。それも、柿田とそれほど変わらなかった。むしろ、柿田のほうが少しばかり上だったかもしれない。

藤堂も、柿田と同等だ。巡査部長訓練生も似たようなものだ。

だが、まったくノーマークだった桐島の成績を聞いて仰天した。

全弾、的の中心近くに命中で、文句なしの上級合格だった。

まぐれで上級合格はあり得ない。柿田は、しばし呆然《ぼうぜん》と桐島を見つめていた。誰もが驚いている。

訓練担当の警部補と巡査部長も驚いている様子だった。

当の本人は、注目を集めていることに気づいていない様子だ。そもそも射撃にすら興味のなさそうな態度だった。

彼はいつも茫洋《ぼうよう》としている。何かにこだわるということがなさそうだった。いや、まだ会ったばかりなのでよくわからないが、とにかく、いつもぼうっとしている印象があった。

そんな彼が、射撃で抜群の成績を収めた。なるほど、それが選ばれてこの訓練に参加できた理由だったのか。

柿田は、ようやく納得した。桐島は、射撃の腕を買われたに違いない。

午前中に続き、午後も射撃テストが行われた。

桐島の出現で、柿田の余裕は消し飛んだ。俺だって、第四機動隊では必死に射撃の訓練をしてきたんだ。努力が報われないはずがない。

桐島を抜かないまでも、なんとか彼に近い成績をマークしたい。

そんな思いで、午後の射撃テストに臨んだ。

結果は芳しくなかった。むしろ午前の一回目のテストより命中率が下がっていた。

気負いすぎたのかもしれない。

柿田は、珍しく落ち込み、そしてあせった。次が最終テストだ。なんとか、最終テストでは好成績を収めたい。

藤堂も、村川も、二回目のテストで、わずかだが成績を上げてきた。

うわあ、下がったの、俺だけじゃないか。

柿田は、頭を抱えたくなった。

桐島は、前回とまったく変わらない成績だ。コンスタントに同じ結果を出せるのだ。彼の射撃の腕を認めないわけにはいかなかった。

近代五種部にまで入った苦労は、いったい何だったんだ。努力しても結果に結びつかなければ何にもならない。

よく世間では、努力することが尊いのであって、結果は二の次だ、などという言い方をする。だが、その言葉はプロには通用しない。プロにとっては結果が全てなのだ。

柿田は、だんだん追い詰められた気分になった。

桐島は、相変わらず、ぼんやりした顔をしている。村川がそんな桐島を悔しそうに見ていた。

そして、いよいよ最終テストだ。

ここで点数を上げておかないと、自分は選抜に落ちるかもしれない。柿田はそんなことさえ思った。するど、ますます焦燥感が募った。

一発たりとも的からはずすわけにはいかない。そういう思いでレンジに向かった。

桐島はどんな様子だろう。柿田はそう思って彼のほうを見た。すると、桐島と眼《め》が合った。桐島は、柿田を見ながら、両肩を上下させた。

柿田は、眉をひそめた。

桐島の今の動作は、何を意味していたんだろう。

そんなことを考えながらレンジに立ち、リボルバーを握った。

そのとき、はっと気づいた。

桐島は、もっと肩の力を抜け、と無言で諭してくれたのではないか。

たしかに、柿田は力んでいた。知らず知らずのうちに、全身がぎちぎちになっている。自分で自分を追い込んでいたのだ。

力むとろくなことがない。動きはぎこちなくなり、正確で緻密《ちみつ》な動作ができなくなる。

二回目のテストで成績が落ちたのは、当たり前だったのだ。

柿田は、桐島がやったように、両肩を上下させて、深呼吸した。

すうっと気分が落ち着いてきた。

桐島の成績を気にするあまり、俺は自分の実力以上のことをしようとしていた。実力以上の成績など出せるはずがないのだ。これまで訓練してきた成果を、普通に示せばいいのだ。

柿田は、それに気づいた。いや、もともとそういう考え方をするほうだった。つまり、柿田は自分を取り戻したのだ。

桐島のジェスチャーのおかげだった。

二回目のテストよりも、ずっと静かな気持ちで的に向かえた。的がクリアに見える。

体のどこにも力みがないことを自覚していた。

訓練担当補助の巡査隊員が号令をかける。その号令に合わせて、そっと引き金を絞っていく。

柿田は集中していた。気がついたら、テストは終了していた。

結果は満足のいくものだった。桐島は、三度ともほぼ同じ成績で、彼には及ばないものの、柿田自身としては、実力を遺憾なく発揮できたと感じた。

テスト終了後、柿田は、訓練担当の巡査部長に呼ばれて、こう言われた。

「おまえ、成績のアップダウンが激しいな。最終テストはなかなかの成績だが、二度目のテストの成績は悪かった。どうしてなんだ？」

柿田は正直にこたえた。

「最初のテストの桐島の成績を見て、気負ってしまいました」

訓練担当の巡査部長は言った。

「そうか。そういうメンタルな面も評価されるから、気をつけろ」

「はい」

訓練生の中から、いったい何人が選ばれるのだろう。それを尋ねてみたかった。だが、訊ける雰囲気でもない。

二日間のテストは終了した。とはいえ、ここで気を抜くことはできない。

六カ月間の訓練すべてがテストなのかもしれない。それとも、この最初のテストである程度の結果が出ているのだろうか。

そういうことを、何も知らされずに、明日からも訓練が続く。

寮に引きあげていく桐島の後ろ姿が見えた。射撃の最終テストでいい成績を出せたのも彼が力を抜くことを、無言で教えてくれたからだ。

柿田は、一言礼を言っておくべきだと思い、彼を追っかけた。

「おい、桐島」

桐島は、やはりぼんやりとした顔で振り向いた。まったく緊張感がない。

「ええと……。柿田だっけ……?」

「そう。柿田だ。さっきは、おまえのおかげで助かったよ」

「何だっけ?」

「最終テストのとき、肩の力を抜けって教えてくれただろう」

「ああ……。射撃の基本はしっかりしてるのに、なぜかがちがちに力んでたからね」

「おかげで、最終テストの成績は悪くなかった」

「そうだね」

「それにしても、おまえ、射撃がうまいなあ。何か特別なことをやっていたのか?」

「いいや。警察に入るまで、拳銃に触ったこともなかった」

「モデルガンとかで練習もしたことなかったのか?」

「ないよ」

そう言えば、近代五種部の山城が、射撃は才能がものを言うのだと言っていた。おそらく桐島は才能に恵まれているのだろう。

「でもさ……」

柿田は言った。「俺の成績が悪いままだったら、自分が有利になるわけだろう? どうして俺に、肩の力を抜くことを教えてくれたんだ?」

桐島は、ぼんやりと宙を眺めていた。何か考えているのだとわかるまでに、しばらくかかった。

やがて、桐島は言った。

「藤堂さんが言ってただろう? 助け合えるところは助け合うべきだって」

「でも、村川は、そうは考えていないようだぞ」

「俺は、どちらかというと藤堂さんの考えが好きだな。今は競い合っているかもしれないけど、いずれ同じSATの隊員になるかもしれないんだしな」

「なれるといいけどな……」

「ま、SATに入れなくてもさ、どこかの現場でいっしょになるかもしれないじゃない。同じ警視庁の警察官同士なんだしさ」

茫洋としているのは、見かけだけではないようだ。あまり物事にこだわらないのだろう。

「ところで、おまえ、藤堂さんて、さんづけで呼んでいるよな」

「あの人、なんかそういう感じじゃない。年も上なんだしさ」

「あ、やっぱり年上なのか？」

「そう。俺より三歳上で、何期か上らしいよ」

柿田は、桐島に何期かを尋ねた。一期下だということがわかった。警視庁の場合、採用は年に一度ではない。柿田は、春に採用されて警察学校に入学したが、桐島は秋の入校だったという。

「え、じゃあ、おまえ、地域課勤務とか経験してないの？」

「いきなり機動隊でさあ……。いや、訓練きつくてまいったよ」

ちっともまいったという口調ではなかった。たしかに、体力テストの成績を見ると、機動隊ではたいへんだったろう。

だが、射撃の成績とセンスは警察学校の時代から群を抜いていたのだろう。それが評価されたことは、容易に想像できた。彼は、射撃の天才に違いなかった。

柿田は桐島に言った。

「じゃあ、藤堂さんは、俺から見ても年上ということになる。やっぱり敬語でしゃべったほうがいいな」

桐島が言う。

「敬語は大げさじゃないの？　ＳＡＴの訓練生としては同期なんだから」

「でも、警察って、初任科の期で上下関係が決まるじゃないか」

「そんなの、最初のうちだけだろう。タメ口でいいんじゃないの？」

「たしかに、藤堂さんはタメ口でいいって言ってたけどな……」

警察というのは、妙なところで気を使わなければいけない。そして、柿田は、ラグビー部でそういう気づかいをしっかり叩き込まれていた。今さら、そういう習慣を簡単には変えられなかった。

「訓練生の同期に敬語使うのって、かえって失礼なんじゃないか？」

まあ、失礼ということはないだろうが、たしかに不自然かもしれない。どうしたものかな……。

ああ、俺はまた、つまらないことで悩んでいるなあ。

柿田はそんなことを思っていた。

ともあれ、射撃テストは終わった。体力テストと合わせて、自分は今訓練生の中でどれくらいの順位にいるのだろう。柿田には、見当もつかなかった。

そして、相変わらず、訓練生の中から何人がＳＡＴに採用されるのかもわからないままだった。

17

二日間のテストが終わると、本格的な訓練が始まった。とにかく走らされる。そして、筋力トレーニングだ。

たしかに厳しいが、一般中隊とそれほど変わらないな……。

柿田がそんなことを考えていると、ある日、訓練担当の警部補が言った。

「明日は、自衛隊の基地で自動小銃を使った訓練をする」

四機の中隊長が、ＳＡＴでは自動小銃の訓練もすると言っていたが、それは本当だったのだ。

七人の訓練生は、陸上自衛隊の駐屯地内にある寮に移った。自衛隊員とともに行動することになるので、通いというわけにはいかない。

自衛隊も警察と同じで、独身の間は駐屯地内の寮住まいだという。もっとも、独身者でも曹以上の階級だったり、三十歳を過ぎると、駐屯地の外に住むことができるらしい。

このへんも、警察と似ている。

自衛隊では、駐屯地の外のことを「営外」、中のことを「営内」と呼ぶことも、柿田は初めて知った。

自衛隊の寮は、警察の待機寮とは違って、三、四人で一部屋に住んでいる。同期同士で住むことはなく、必ず一期上、二期上の先輩と同室になるのだそうだ。

それを聞いたとき、柿田は思った。

うわあ、それは嫌だなあ。

大学時代の合宿を思い出した。一年生は、徹底的にこき使われる。

柿田たちは、自衛隊員たちと同居するわけではなく、二つの部屋に振り分けられた。

柿田は、村川、そして巡査部長訓練生一人と同じ部屋だった。

もう一部屋に、桐島、藤堂、そして二人の巡査部長訓練生が入った。

できれば、村川ではなく、桐島か藤堂と同じ部屋になりたかったと、柿田は思った。だが、修学旅行の部屋割りではないのだ。訓練なのだから、文句は言えない。

部屋に入ると、まず、村川とともに、巡査部長に挨拶をした。

「同室になりました柿田巡査です。よろしくお願いします」

「村川巡査です」

巡査部長はこたえた。

「おう、芦田《あしだ》洋助《ようすけ》巡査部長だ。よろしくな」

巡査の訓練生と、巡査部長の訓練生では、入隊した後、どう違うのか、柿田はよく知らない。今は、訓練を無事こなして、ＳＡＴに選ばれるかどうかが問題なのだ。

おそらく、巡査部長は、入隊したら、分隊長とかになって柿田たち巡査を率いる立場になるのだろうと、柿田は思った。

まず、荷物の片づけを始めた。持って来た荷物を自分の棚にしまう。警察学校の寮の頃から、整理整頓については厳しく言われるので、すっかり身についている。

荷物と言っても、部屋にいるときに着るジャージや、トレーニングウエア、洗面用具くらいしかない。訓練用の制服は自衛隊から貸与されることになっていた。

片づけをしていると、巡査部長訓練生が言った。

「自衛隊でも、実弾訓練はそんなにやらないらしいぞ」

柿田は手を止めて気をつけをして尋ねた。

「自分らと、それほど変わらないということですか？」

「おい、そうしゃちほこ張るな。俺は巡査部長といっても、同じ訓練生なんだ」

「あ、部活の習慣が染みついておりまして」

「部活？　何をやっていた？」

「ラグビーです」

「そういう習慣が身についていると、警察では得することがあるかもしれないな」

得とか損とかを考えたことはなかった。

「我々も、実弾訓練ができないということでしょうか？」

「それじゃ意味がない。ちゃんと実弾訓練は行う。その前に、自動小銃の構造とかを理解するための講義があるはずだ。そして、分解掃除のやり方をしっかりと習う。自衛隊では、目をつむっても分解組み立てができるくらいに習熟するということだ。我々もそれを学ぶことになるだろうな」

「はあ……」

「海外の特殊部隊では、それこそ弾丸を湯水のように使って訓練するらしいぞ」

「まあ、国によっていろいろと事情があるでしょうからね」

そんなことを気にしても仕方がないと、柿田は思った。与えられた条件の中で、できるだけのことをするしかないのだ。

好きなだけ撃ちまくるのが訓練とは思えない。使用できる弾薬が限られているからこそ、一発一発集中して訓練できるとも言える。

村川は会話に参加しようとしなかった。黙々と荷物を片づけ、それが済むとベッドで本を読みはじめた。

それを見た芦田が言った。

「自衛隊では、就寝時間前にベッドに横たわるのは御法度だそうだぞ。ここにいる間は、我々もそれにならおうじゃないか」

村川は、不服そうな顔でベッドを下りて立ち上がり、言った。

「わかりました」

言葉と態度は裏腹だった。

部活では、こんな態度の一年生がいたら、二年生にぶっ飛ばされていただろう。芦田も面白くないに違いないと思い、柿田は、はらはらしていた。

だが、芦田は気にした様子もなく、自分の荷物の片づけを続けていた。

柿田は言った。

「それにしても、陸上自衛隊の寮といえば、広い部屋に、二段ベッドがずらりと並んでいるというイメージでしたが、そうじゃないんですね」

芦田がこたえた。

「昔は、おまえが言うとおりだったらしい。だが、いくらなんでも今どきそれじゃ通らないだろう。警察の寮だって、ずいぶん条件が改善された。昔は、先輩と同室が当たり前だったんだぞ」

「自衛隊みたいに……?」

「そうだ。寮にも主《ぬし》みたいなのがいてな。そんなのと同室になったら、地獄だったそうだ」

「へえ……」

「まあ、俺も聞いた話だけどな」

その間も、村川はこちらの会話には関心なさそうに、椅子に座って本を読んでいた。

こいつは、まだ俺たちのことを敵だと思っているのだろうか。自分がＳＡＴに選ばれることだけを考えているのかもしれない。

了見の狭いやつだ、と柿田は思った。

もし、自分がＳＡＴ隊員に選ばれたとして、村川とうまくやっていけるだろうか。芦田が、先輩風を吹かさないのも、将来のことを考えているからだろう。

ＳＡＴの隊員に選ばれたら、テロ事案や重要事件に出動して、いっしょに作戦行動をとらなければならないのだ。

そうだ。ＳＡＴに選ばれることも大切だが、その先はもっと大切なのだ。

柿田は、今初めてそのことに気づいた。厳しいテストは、あくまで、選抜された後に任務をこなせるかどうかを判断するためなのだ。

だとしたら、村川の考えは間違っている。いや、間違っているというのは言い過ぎにしても、考えが少し足りない。

だが、それを村川に言うつもりはなかった。どうせ話をしても聞く耳を持たないだろうと思った。

村川は、俺たちと馴れ合うつもりはないと言った。それならそれでいい。誰が選ばれるか、結果を待つだけだ。

朝は、グラウンドに整列して、国旗の掲揚から始まる。これは、機動隊でもまったく同じだった。

自動小銃の訓練が始まった。まずは、座学だった。銃の構造について学ぶ。

これは警察ではまったく経験がないことだった。日本の警察で、自動小銃や狙撃銃を使用するのは、SATだけだと言っていい。

それらは、間違いなく戦闘用の武器なのだ。柿田は、思った。俺たちは、今、明らかにこれまで警察で学んできたこととは違うことを教えられようとしている。それは、紛れもなく、戦闘の技術なのだ。

それに対して、柿田は一種の危惧を抱いた。日本の警察は、戦争をするための組織ではない。だが、否応《いやおう》なく戦闘用の装備について教えられ、戦闘の技術を学ぼうとしている。

テロや重要事案に対処するためには、それが必要なのだろう。そして、それが世界の基準なのかもしれない。

それは理解しつつも、生理的に受け容れがたいものがあると、柿田は感じていた。他の訓練生はどうなのだろう。

柿田は、新入隊員らしい自衛隊員たちにまじって訓練を受けている、他の訓練生たちの様子を、そっとうかがった。

村川は、食い入るように講義を聴いている。藤堂も真剣だった。桐島だけが、いつものように、ぼうっとして見えた。

教壇に立つ教官が、自動小銃の構造は、むしろ自動拳銃よりも簡単だ、と言った。

動作不良を少なくして、どんな条件でも、弾をばらまけることが求められるからだという。

そう、もともと自動小銃は、狙いを付けて撃つというより、フルオートで銃弾をばらまくためのものなのだ。

銃弾は、拳銃の弾と違って細く尖《とが》っている。それだけ貫通力が強い。

原型はボルトアクションのライフルだそうだ。つまり、レバーを引いて排莢《はいきょう》し、レバーを前に押し出すことで、次の弾を装塡《そうてん》する。

その動きを、発射の際に火薬から発するガス圧と、長いコイルばねを利用して代用させたのが、自動小銃だ。

だから、アメリカ軍が使用しているアーマライト系の自動小銃を撃つと、バイン、バインというばねの音が聞こえるという。

教官の話は、何もかもが初めて聞くことで、つまり、柿田はあまりよく理解できなかった。配布された教材の、自動小銃の構造図を見てもちんぷんかんぷんだ。

現在、陸上自衛隊の主力小銃として使用されているのは、89式五・五六ミリ自動小銃だ。口径五・五六ミリは、西側諸国の共通規格で、米軍との合同軍事演習の際などには、弾丸を共有できるというメリットがあるそうだ。

89式の前の64式自動小銃の弾丸は、七・六二ミリという、欧米諸国から見ると旧世代のもので、他国との合同演習にも不便をきたしたということだ。

この89式自動小銃は、ＳＡＴでも使用する。だから、しっかりと構造や機能を頭に叩き込んでおかなければならない。

しかし、これまでリボルバーとレーザーピストルしか撃ったことがない柿田にとっては、いきなりハードルが上がったように感じられた。

実物を見てみないことにはどうにもぴんとこない。まあ、本物を手に取ればなんとかなるだろう。柿田は、そう軽く考えることにした。

座学が終わると、野外に出て、実際に自動小銃を手に取る。そして、分解組み立ての演習だ。

さすがに、新入隊員とはいえ、自衛隊員たちは、扱いに慣れていた。これまで、何度か同じ演習を繰り返しているのだろう。

柿田は最初、まったくお手上げだった。

何でも89式は、部品数が少なくて、分解組み立てがたいへん楽な自動小銃だという。工具も必要ない。

これで、楽なのか。

柿田は、ほとほと情けなくなった。ちらりと、藤堂や村川の様子を見る。二人とも、柿田同様に苦戦している様子だ。

自分だけではなかったと思い、柿田は、ちょっと、ほっとした。

ふと、桐島を見て、唖然《あぜん》としてしまった。彼は、淡々とした態度で、89式自動小銃を分解し、それをまた組み立てていた。

警察に入るまで銃を撃ったことがないなんて、嘘じゃないのか。

そんな疑いを抱いてしまう。射撃の腕なら、才能ということもあるだろう。しかし、銃の分解組み立てに才能が関係するだろうか。

そんなことを考えていると、教官補佐の自衛隊員から怒鳴られた。

「よそ見をしている場合か。敵は待ってくれないぞ」

「はい」

柿田は立ち上がり、気をつけをしてから再び、自動小銃に挑んだ。

結局、警視庁から来た訓練生には、自衛隊員の補佐が付くことになった。おそらくこれも、予定されていたことなのだろうと、柿田は思った。

どこまで自分でやる気があるか、まず試されたのだろう。

「はい。けっこうです。自分が教えることはありませんね」

そんな声が聞こえて、ふと見ると、桐島に付いた補助の自衛隊員の声だった。

やっぱり、桐島は銃器に関してはたいしたものなのだ。なぜ射撃だけでなく、銃器の分解組み立てまでやすやすとできてしまうのか、それを後で訊いてみようと思った。

補助の自衛隊員に指導され、何度か繰り返すうちに、ようやく柿田も、戸惑わずに分解組み立てができるようになった。

一日目の訓練は、それで終了した。

風呂に入り、食事に行く。警察学校や機動隊の寮と同様に、広い食堂での夕食だ。

当然、陸上自衛隊の隊員たちといっしょになる。顔も名前も知らないので、警視庁の訓練生が自然といっしょにテーブルに着くことになる。

その日は、藤堂と桐島がいっしょだった。やはり、村川は柿田らといっしょに行動しようとはしない。

今日の訓練で、桐島がダントツに優位に立ったので、なおさら距離を置いている様子だ。

機動隊の食堂でも、食事の量やカロリーは多めだったが、自衛隊ではそれに輪をかけた感じだった。

毎日へとへとになるまで訓練をするのだから食事の量が多いのは当然だった。よく動き、よく食べることで、体を作っていくのだ。

今日の訓練は、体を使うというより、頭を使った。それでも腹は減る。食事の量は、どれだけ運動したかではなく、毎日の習慣で決まるのだ。

自衛隊員たちの食事は、時間が決まっていて、一斉に食べはじめる。驚いたのは、その早さだ。瞬く間に平らげていくといった印象だった。聞くところによると、新人は三分でカレーを食べ終えることができるということだ。

食堂でだらだらしゃべっていることは許されない。すみやかに食事を終えて、食堂をあとにする。

柿田は、藤堂、桐島とともに、どこか話ができるところはないかと歩き回った。談話室があったので、そこで三人でテーブルを囲んでいると、すぐさま曹らしい人が近づいてきて言った。

「きさまら、どこの班だ?」

柿田は、反射的に立ち上がった。警察でも、上官に声をかけられたときは同じように振る舞う。藤堂も立ち上がっていた。桐島が、やや遅れて、慌てた様子もなくのんびりと立ち上がった。

藤堂がこたえた。

「自分ら、警視庁から研修に来ております」

曹らしい自衛官は、つまらなそうに言った。

「なんだ、お客さんか……。新入隊員かと思ったんでな……」

藤堂が尋ねた。

「新入隊員が、ここで話をしてはいけないのでしょうか?」

「そんなことはない。だが、上官がいる場合は遠慮をするのが普通だ」

「そういう決まりがあったのですか」

「決まりがあるわけじゃないよ。同席すると、何かと用を言いつけられるんで、遠慮しちまうのさ。だが、まあ、お客さんじゃ、仕方ないいな」

「はあ……」

曹らしい自衛官は、そのまま柿田たちのもとを離れていった。

三人は、再び椅子に腰を下ろした。柿田は藤堂に言った。

「なんだか、居づらいね……」

ちょっと無理してタメ口をきいてみた。

「まあ、気にすることはないだろう。ここにいちゃいけないという決まりがあるわけじゃなさそうだ」

桐島は、まったく気にした様子がなかった。その桐島に、柿田は尋ねた。

「おまえ、自動小銃の分解組み立ても、やすやすとこなしていたな？」

「え、そんなことないよ」

「俺にはそう見えた。やっぱり、何か過去に経験があるんじゃないのか？」

「経験なんてないよ。警察に入るまで銃を撃ったことがないってのは、嘘じゃないよ」

「じゃあ、どうして分解や組み立てが簡単にできてしまうんだ？」

「えー？　どうしてって訊かれてもわかんないよ。ただね、何となく仕組みが頭に入ってくるんだよね」

「仕組みが頭に入ってくる？」

「そう。拳銃もそうだけどさ、撃針が実包を叩いて着火して、火薬が破裂し、そのガスによって弾丸を発射するわけだろう？　だから、銃そのものの理屈って簡単なんだよ」

全然簡単だと思わなかった。

藤堂がうなずいて言った。

「たしかに、実包、つまりカートリッジの発明が銃を劇的に進化させたんだな」

桐島は、相変わらずぼうっとした様子で藤堂の言葉にこたえた。

「そういう歴史的なことって、何も知らないけど、初めて警察で拳銃を撃ったとき、なんとなく頭の中にその仕組みが描けたんだ」

柿田は、ぽかんとしてしまった。

「やっぱり、おまえ、天才だよ。射撃だけじゃなく、銃器そのものの天才だったんだな」

「いやいや、撃ってみないとわからないよ。俺だって、自動小銃撃つのは初めてだし」

「じゃあ、明日が楽しみだな」

「別に、俺は楽しみじゃないけどな」

これだけ才能があれば、少しは関心を持ちそうなものだ。そこが桐島の不思議なところだった。


翌日は、いよいよ射場に出て、実弾訓練だ。

といっても、最初から実弾を与えられるわけではない。立射、膝撃ち、伏射の形をまず教わる。

立射というのは、文字通り立って自動小銃を構える。膝撃ちは、片膝をつき、片膝を立てた姿勢で構える。伏射は、地面に伏せた状態で銃を構えるのだ。

立射をやってみて驚いた。それほど重い銃だとは思わなかったが、構えているとすぐに銃身がぐらぐらと揺れだし、まったく狙いが定まらない。

重さに耐えられないのだ。これまで、さんざん筋力トレーニングをしてきたというのに、自動小銃すら保持できないのだ。

昔の銃はもっと重かったというから、たいへんだったろう。これでは、とうてい弾が当たりそうにない。

教官が大声で教えてくれる。

「力で保持しようと思ってもだめだ。大切なのは、肩づけ、頬づけだ」

つまり、銃床をしっかり肩に押しつけ、頬を銃身に押しつけるということだ。それは事前に教わっているが、なかなかコツがつかめない。

立射よりも、当然ながら、膝撃ち、伏射のほうが、銃の保持は楽だ。だが、基本はやはり立射なのだ。

狙いはタイミングだというのは、拳銃と同じだろう。だが、拳銃よりも銃身が長い分、そのタイミングが難しそうだ。

構えの形を教わったら、次は、立射の構えで、狙いのタイミングを自分で取る。何をやらされるかと思ったら、的に照星が入ったと思った瞬間に、「バン」と叫ぶのだ。

まるで子供の射撃ごっこだ。これは、警察ではやらない。だが、陸上自衛隊では伝統的に、この訓練をやるのだそうだ。

自衛隊員たちは、真剣な表情で「バン」と大声で叫んでいる。ここで、悪びれたりすると、教官や教官補佐にこっぴどく怒鳴られるのだ。

柿田も、「バン」をやった。すでに、腕が疲れてしまっている。銃身のぶれが大きくなってきていた。

それでも、教官の許しがあるまで銃を下ろすことはできない。

二十回ほど、「バン」と叫び、ようやく銃を下ろすことを許された。当然ながら、構えを解いても、銃口は必ず的の方向に向けておかなければならない。

同じことを、膝撃ち、伏射でもやらされた。

その後に、ようやく実弾を渡された。見慣れている拳銃の実包とはまったく違う。ビール瓶のようにくびれがある細長い実包だ。弾丸は、座学で習ったとおりに、細くて尖《とが》っている。

渡された弾丸は五発だけだ。それを弾倉に入れて、銃に装着する。教官の指導に従って、初弾を装《そう》塡《てん》する。立射で、的を狙う。

「てー」の合図で一斉に撃つ。

思ったより、ずっと衝撃が少なかった。

初弾を撃てば、もう次の弾は装塡されている。引き金を絞れば次の弾が出る。合図を待ちつつ、狙いを定める。

照星がゆらゆらと揺れて、タイミングがつかめない。

再び「てー」の合図。

一発目も二発目もどこに飛んだのかわからない。的には着弾の跡はない。

結局、五発とも的に当たらなかった。柿田は、がっくりと肩を落とした。拳銃ではそこそこ自信があっただけにショックは大きい。

打ちひしがれた気分で、寮に戻った。

廊下で藤堂と桐島が立ち話をしていたので、近づいた。

藤堂が柿田に笑顔で言った。

「よう、どうだった?」

「一発も当たらなかった」

「まあ、最初はそんなもんだよな。でも、やっぱり桐島は別格だぞ」

「どうだったんだ?」

柿田が尋ねると、相変わらず茫洋とした表情で、桐島がこたえた。

「んー、まあ当たったけどね……」

藤堂が補足した。

「全弾命中だったそうだ」

柿田は、やっぱりな、と思った。

「自動小銃も、撃つのは初めてだったんだろう?」

柿田の問いに、桐島がこたえる。

「初めてだよ」

もう疑いはない。桐島は、銃器に関する天才なのだ。こんなやつがこの世の中にいるとは思わなかった。

もし、警察に入らなかったら、この才能は活かされることはなかったに違いない。万が一、警察や自衛隊以外で、才能が活かされたとしたら、おそろしく物騒なことになる。

柿田は言った。

「俺は、自信をなくしたよ。拳銃射撃で、あんなに練習したのにな……。もしかしたら、俺は、この段階で脱落するかもしれない」

すると、藤堂が言った。

「そんなに気にすることはない。俺だって似たようなものだ。それに……」

そこで、少しだけ声をひそめた。「村川のやつも、一発も当たらなかったらしい」

「そうなんだ」

他人の失敗を喜びたくはない。だが、村川だけは別だと、柿田は感じていた。全員をライバル視し、自分だけが選抜されればいいという村川の態度には、正直言って、かなり頭に来ていた。

「それにな」

藤堂が、話を続けた。「SATの隊員になれば、個人に自動拳銃とともに、自動小銃も貸与される。本格的な訓練はそれからだ。今回は、体験訓練のようなものだ」

柿田は、ちょっと安心してうなずいた。

「なるほど……」

考えてみれば、いきなり手渡された自動小銃の腕前が悪いからといって、そこで脱落というのは、いくらなんでもあり得ないだろう。

藤堂が言った体験訓練というのは、どうやら事実だったようで、その翌日は、本隊に引きあげることになった。

18

十一月の終わりだ。最初にテストを受けてから、すでに二カ月が経とうとしていた。

冬の気配が強くなってきている。屋外で訓練していると、風の冷たさがこたえる。夏はあんなに苦痛だった完全装備がありがたく感じられる。

隊に戻り、柿田たちを待っていたのは、体力テストおよび射撃テストを、七人全員が合格したという知らせだった。

この時点で、柿田たちは、正式な試験入隊員として認められたことになる。

柿田は思った。

これまでは、資格もないまま試験入隊訓練を受けていたということか……。

ともあれ、この時点で、柿田たちは、今まで許されなかった特殊部隊教場や専用の倉庫への立ち入りができるようになった。

だが、身分はあくまで試験入隊員で、正式のＳＡＴ隊員ではない。この先、四カ月の訓練が続き、その段階で脱落することもあり得るのだ。

あるとき、藤堂がこんなことを言った。

「最初の体力テストと射撃テストは、結果はどうでもよかったそうだ。本気で訓練を受ける気があるかどうかをチェックするのが目的だったらしい」

なるほど、指導担当たちが考えそうなことだと、柿田は思った。

体力テストと射撃テストに、全員が合格したという事実を受けて、村川の態度が少し変わるかと、柿田は思っていた。だが、村川の態度は相変わらずだった。

正式にＳＡＴ隊員になれば、作戦行動で互いに命を預け合うことになる。呑気な柿田にも、さすがにそういう認識はあった。

ＳＡＴに出動命令が下るのは、緊急性があり、重要な事案であることを意味している。つまり、現場は常に危険だということだ。

隊員同士の信頼が大切なのは言うまでもない。なのに、村川は信頼よりもライバル心を優先している。

あんなやつに命を預けるのは嫌だな……。

柿田は、そう思っていた。

藤堂が言ったように、試験入隊員たちにも自動小銃が貸与された。自衛隊の駐屯地で使用したのと同じ89式五・五六ミリ自動小銃だ。

同時に、自動拳銃も貸与された。ヘッケラー・アンド・コック社のＵＳＰだ。これは、アメリカのドラマ『24』で、主人公のジャック・バウアーが使用していたのと同系統の銃だと、藤堂が教えてくれた。

柿田は、『24』にはあまり興味がなかった。ずいぶんと評判になっていたことは知っていたが、真剣に観《み》た記憶がない。

だが、藤堂は大好きだったそうだ。なんでも、主人公は、『ＣＴＵ』という架空の組織の責任者だったという。『ＣＴＵ』は、カウンター・テロリスト・ユニットの略で、テロに対抗する目的で作られたという設定だった。

藤堂は、このドラマを見て、自分もテロと戦うような仕事に就きたいと考えたのだという。リーダー気質でしっかりしていると思っていたが、根は意外と単純なのかもしれない。それは、欠点ではなく、好ましい一面だと、柿田は感じた。

桐島も『24』のことはよく知っていると言っていた。ジャック・バウアーと同系統の拳銃を持てることを嬉《うれ》しがっているようだった。

もっとも彼ならば、どんな銃でも確実に的に当てることができるに違いない。

ともあれ、これまではリボルバーを主に練習していたので、USPのような自動拳銃はちょっと勝手が違うと感じた。

グリップの中に弾倉が入っているので、握ると、リボルバーよりもぽってりとした感じがする。撃つたびに遊底が前後するという、リボルバーにはないアクションがある。そのために、反動がちょっとだけ大きくなる。

自動拳銃の構造は、リボルバーとはまったく異なり、どちらかというと、ライフルに近い。発射の際のガス圧で遊底を前後させ、その動きで空薬莢《やっきょう》を排出して、次の弾を装塡するのだ。

分解組み立てを何度もやらされた。まず、遊底を後方に少しずらして、フレームと遊底に刻んである線をそろえる。

その状態で、スライドストップと呼ばれる部品を銃から抜き出す。そうすると、遊底を前方に外すことができる。

その遊底の中には、銃身と、ガス圧で後退した遊底を押し戻すためのバネが入っている。

それを取り出すと、通常分解は終了だ。発射後は必ず、この通常分解をして、銃身をオイルで掃除しなければならない。

そうしないと、すすや火薬の成分のためにたちまち錆《さ》び付いて使い物にならなくなるのだ。

自動小銃の分解組み立ても、ずいぶんとやらされた。

時には、目隠しをされて訓練をした。これは、別に意地悪ではなく、暗闇の中でも分解組み立てができるように、という訓練なのだ。

柿田は、「何となく仕組みが頭に入ってくる」という桐島の言葉を参考に、まず構造を徹底的に理解するところから始めた。

たしかに、構造がわかれば、部品の役割がわかる。すると、分解組み立てもそれほど難しくはないということがわかってきた。

ただ、分解組み立てがうまくできるようになったからといって、射撃がうまくなるわけではない。

柿田は、慣れない自動拳銃と自動小銃に苦戦していた。

特に自動拳銃はリボルバーとはまったく狙いの感覚が違う。本来は同じなのだろうが、柿田には別物に感じられたのだ。

照門と照星を的に合わせる。

ここまではリボルバーも自動拳銃も、自動小銃も同じだ。

だが、そこからの感覚がまったく違う。だから、リボルバーではそこそこの命中率だったが、自動拳銃のＵＳＰに持ち替えてからは当たらなくなった。

あるとき、射撃訓練を終えて、柿田は桐島に相談した。

「ＵＳＰになったとたん、当たらなくなったんだ」

「へえ、そいつは不思議だな」

桐島は、ＵＳＰだろうが何だろうが、相変わらず、全弾命中だ。柿田に言わせれば、そのほうがずっと不思議だ。

「どうしてだと思う？」

桐島は、うーんとうなって考え込んだ。

「たぶん、反動のせいだと思うよ。自動拳銃には、リボルバーにはないスライドアクションによる独特の反動がある」

「それはわかってるんだ」

「わかっていても、体が反応するんだと思う」

「なるほど……」

「反動にあまり逆らわないことだ。逆らおうとすると余計な力が入って、二発目が当たらなくなる。それと、グリップだな。リボルバーより太いから、親指と人差し指の股のところに、正確にグリップが収まっていないのかもしれない。つまり、銃を斜めに保持していることになるんで、当たらなくなる」

「あ、それはチェックしていなかったな」

「そして、トリガーだ。リボルバーをダブルアクションで撃つと、ファーストステージが短いから撃ちやすい。だが、ＵＳＰは、ファーストステージがちょっと長めだから、ついガク引きになってしまうのかもしれない」

柿田は、そのチェックポイントを頭に叩き込んだ。

「わかった。次回は、それに気をつけてみる」

桐島に礼を言って別れようとすると、村川が二人のことを見ていたのに気づいた。眼が合うと、村川はさっと視線をそらして、歩き去った。

何で、俺と桐島のほうを見ていたんだろう。

柿田は、そんなことを思った。

偶然眼が合っただけではない。たしかに、村川は、柿田と桐島のことを見ていた。その眼差《まなざ》しが、何か意味ありげな気がした。

なんだよ、あいつ……。

柿田は思った。

また、俺たちが馴れ合っていると言いたいのだろうか。まあ、放っておこう。俺たちを「敵」だと言っているやつだ。

柿田はそんなことを考えて、部屋に戻った。


柿田は桐島に言われたことに気をつけて、次回の射撃訓練に臨んだ。

まずは保持の仕方だ。親指と人差し指の股に、しっかりとグリップが収まるように握る。

なるほど、今までにない安定感を覚えた。それから、トリガーの具合を確認した。桐島が言うように、ファーストステージ、つまり引き金を引き始めて、かちりとひっかかりを感じるまでの段階が、撃鉄を起こした状態のリボルバーよりも長い。それを意識しないと、桐島が言ったようにガク引き、つまり、銃口が下を向くほど力を入れて引き金を引いてしまうことになりがちだ。

指導担当の号令で、グリップの下から弾倉を入れる。

狙いを定め、「てー」の号令で撃ちはじめる。

弾倉には五発入っている。

柿田は、落ち着いてファーストステージを引いた。そして、ひっかかりを感じたところで一呼吸置き、静かに引き金をしぼった。

銃が跳ね上がるが、それはあまり意識せずに、すぐに二発目のために狙いを定める。

そして、ファーストステージをしっかり意識して、すとんとセカンドステージを落とす。反動はあまり意識しない……。

それを繰り返した。結果は上々だった。ど真ん中ではないにしろ、全弾的に当たっていた。

この感覚を忘れないようにしよう。そうすれば、もう的を外すことはないだろう。

今まで、柿田が射撃をするときには、ひときわ怖い顔をしていた指導担当も、全弾命中の結果を見て、表情をやわらげた。

訓練中は、個人的には声をかけてはくれない。だが、その表情は、「よくやった」と言ってくれていた。

拳銃が当たるようになると、不思議なもので、自動小銃も当たるようになってくる。何度か訓練を重ねるうちに、柿田は、肩づけ、頰づけの大切さが、ようやく実感できてきた。

頭でわかっているのと、実際に体で理解するのは別物だ。しっかり銃床を肩に押しつけ、頰を銃床に押しつけることで、自動小銃の重さをあまり感じなくなってきた。

訓練を始めた頃は、すぐに重さがこたえてきて、保持することもままならなくなった。

肩づけ、頰づけがきちんとできていなかったのだ。

姿勢も問題だった。銃が重いと感じていたので、どうしても上体が反り気味になる。すると、さらに保持するのが難しくなるのだ。逆に、上体は少々前傾させるくらいがちょうどいい。そうすることで、狙いも楽になる。それがわかってから、命中率も上がった。

自分でも射撃姿勢が安定したのがわかる。ようやく、自分の武器を「持つ」ことができるようになった。

武器というのは、「持てる」ようになるまでがたいへんなのだ。それは、剣道や逮捕術などでも同じことだ。

いや、武器に限らない。道具というのはそういうものだろう。農家の人にとっては、鋤《すき》や鍬《くわ》がそうだろうし、大工さんにとっては、ノコギリやトンカチがそうだ。

まず、ちゃんと「持つ」ことができないと、使うことなどできない。

19

自動拳銃と自動小銃の命中率が上がり、気をよくしている頃、また自衛隊の駐屯地で訓練をすることになった。

寮の廊下で会った藤堂が、柿田に言った。

「おい、今度は習志野だぞ」

ちょっと興奮している様子だ。柿田には、その理由がわからない。

「ああ、そうらしいですね」

藤堂は、あきれたような顔で柿田を見て言った。

「そうらしいですねって、おまえ、こう、何というか、熱くなったりしないのか?」

「はあ……?」

「習志野だよ」

「それがどうかしたんですか?」

「習志野といえば、第一空挺《くうてい》団だ。陸自最強の部隊だぞ」

陸上自衛隊で最強という言葉に、ぴんとこない。

「自分らだって、警視庁最強の部隊の訓練を受けているじゃないですか」

「もちろんSATは精鋭部隊だ。だが、第一空挺団は、何というか、レベルが違う」

「どういうふうにレベルが違うんですか」

「日本で唯一の空挺部隊だ」

「あのお、それがよくわからないんですが……」

「何がわからない？」

「空挺部隊って、もともとは空中挺進《ていしん》とか空輸挺進の略なんですよね」

「なんだ、ちゃんと知ってるじゃないか」

「それがすごいことなのかどうか、自分にはよくわからないんです」

「どんな時でも、どんな場所でも、命令が下ればすぐさま飛んで行って、落下傘降下やヘリボーンで部隊展開する即応部隊だ」

「でも、それが役目なんだから、特別すごいことじゃないでしょう」

「いや、役目と一言で言うが、それはけっこうすごいことなんだよ」

藤堂は、その第一空挺団がいる習志野駐屯地で訓練できることに興奮しているようだ。

なんか変だな、と柿田は思った。

そんなに第一空挺団が好きなら、自衛隊に入って、そこを目指せばいいじゃないか。

だが、先輩である藤堂に、そんなことは言えない。

「テロリストを相手に、立ち向かっていくＳＡＴだって、すごいと思いますよ」

「それはそうだが……」

「どんな時でも、どんな場所でも、すぐさま飛んで行って展開できるように、自分らも訓練を受けるわけでしょう？　だったら、大差ないじゃないですか」

柿田の言葉に、藤堂はうなった。

「うーん、どうも俺が言いたいことが伝わらないようだ。まあ、習志野に行ってみれば、おまえにもわかるだろう」

何がわかるというのだろう。

レベルが違うなんて言い方は、ＳＡＴをばかにしているように聞こえた。

もともと、柿田は池端などとは違い、ＳＡＴを志していたわけではない。試験入隊訓練を受けることに決めたのも、だめでもともと、という気持ちだった。

だが、こうして訓練を続けているうちに、ＳＡＴに対する誇りのようなものが芽生えてきたのを感じていた。

せっかくここまで来たのだから、ＳＡＴの隊員になりたい。柿田は、これまで以上に、そう思うようになっていた。

だから、藤堂の言葉に納得がいかなかった。

命を懸けているのは、警察も自衛隊も同じじゃないか。いや、むしろ、実戦の場面は警察のほうが、ずっと多い。

昨今、集団的自衛権が話題になっているが、今のところ、自衛隊が誰かと撃ち合うことなどあり得ないだろう。

だが、警察は犯人と撃ち合うことがあり得るのだ。大げさに言えば、警察官は日常的に危険と隣り合わせの仕事をしているのだ。

その警察の精鋭部隊であるＳＡＴが、空挺団に劣っているはずがない。柿田は、そう信じたい。

あんなに、第一空挺団のことを持ち上げるなんて、なんだか、藤堂さんらしくないな。

柿田は、そんなことを思っていた。

陸上自衛隊習志野駐屯地は、習志野市にあるわけではない。所在地は、船橋市薬円台だ。昔は、この辺一帯が、習志野と呼ばれていたので、その名がついたのだという。

自衛隊駐屯地での訓練は、もう何度か体験している。だから、それほど緊張はしなかった。他の駐屯地同様に、寮に寝泊まりして、訓練を受けることになった。

何げなく、指定された部屋に向かおうとして、柿田は思わず立ち止まってしまった。

なんとなく寮の中の雰囲気が、他の駐屯地とは違う。どこがどう違うのか、はっきりとはわからない。だが、確かに違うのだ。

寮にいる空挺団の隊員たちの醸し出す雰囲気のせいだろう。一言で言うと、すごみがあるのだ。もちろん、警察官相手にすごんだりするわけではない。隊員たちは、ただ普通に生活しているだけだ。それでも、行動の端々に余裕と自信を感じさせる。

あまりいい言葉ではないが、その印象に一番近いのは、「ふてぶてしい」という表現だった。寮に住んでいる隊員たちの年齢は、柿田たちとそれほど変わらない。むしろ、柿田よりも若い隊員も眼につく。なのに、彼らはずいぶんとたくましく見えた。

簡易ベッドを整理していると、部屋に桐島が入って来た。

柿田は、声をかけた。

「よう、同室か？　よろしくな」

「よろしく……」

なんだか元気がない。いつも、何を考えているかわからない、いや、はっきり言うと、何も考えていないように見える桐島だが、今日は何事か悩みを抱えているように見える。

柿田は気になって尋ねてみた。

「何か心配事でもあるのか？」

「俺さ、射撃以外は苦手なんだよね」

たしかに、訓練生の中で彼の体力は最低だ。

「これまで、試験入隊訓練についてこられたんだから、たいしたもんじゃないか」

「なんか、気休めに聞こえるんだよね……」

「そんなことないって。どうしたんだよ、急にそんなことを言い出すなんて……」

「ここ、習志野だよ」

藤堂と同じようなことを言っている。

「それがどうした」

「あのね、ここの連中、普通じゃないんだよ。四キロの自動小銃を抱えて長距離走して、ひいひい言っている一般隊員を、第一空挺団の隊員は、カールグスタフ担いで、平気で追い抜いて行くんだぞ」

桐島の言葉に、柿田は眉をひそめた。

「カールグスタフって、何だ？」

「対戦車無反動砲だ。十四キロもあるんだぞ」

「へえ……。まあ、タフなのはわかるよ」

「タフなんてもんじゃない。みんな、三階くらいから平気で飛び降りるって噂だ」

「三階……。本当か？」

「パラシュート降下のときは、飛行機から九秒くらいで着地するんだそうだ。もっと怖いだろう」

「まあ、彼らは飛び降りるプロだからな……」

「三十キロの荷を背負って、百三十キロの行軍をやるそうだ。人間離れしているよ。空挺レンジャーの訓練では、一カ月くらい、山に放置されるらしい。食料は数日分しか与えられないで……」

「まじか……」

「蛇や蛙《かえる》を食うんだぞ。それも、無理やり食わされるわけじゃない。食い物だって、喜んで食うようになるらしい」

「でも、俺たちが、そういう訓練をやらされるわけじゃない。落ち込むことはない」

「第一空挺団の隊員は、朝霞や練馬の連中は本物の自衛官じゃないと、豪語するらしい。それくらい訓練の内容が違うんだ。その朝霞や練馬の陸自の連中だってすごい訓練をしてるんだ。彼らは、航空自衛隊のことを、本物の自衛隊員じゃない、なんて言うらしい。俺なんて、完全にばかにされちまう」

「でも、おまえは射撃の腕があるじゃないか」

「第一空挺団の隊員は、射撃の腕もすごいんだ。かつて、オーストラリアで開かれた世界射撃大会に第一空挺団が参加した。そのとき、四百六十メートル先の標的を、89式で、しかも肉眼で撃ったんだ」

これには、柿田も驚いた。89式自動小銃は普段使っているのでよくわかる。四百六十メートルも先の標的を狙えるとはとても思えない。それは、狙撃用のスコープを使用するべき距離だ。

「でも……」

柿田は言った。「何度も言うが、俺たちが彼らと同じ訓練を受けるわけじゃないだろう?」

柿田の問いに、桐島は溜め息をついた。

「そりゃそうだけどさ。俺たちも、空挺レンジャーの初期課程をやらされるらしいよ」

これには、呑気な柿田も、少々慌てた。

「え、俺たちもレンジャーやらされるの？　山の中で、蛇や蛙を捕まえて食わなけりゃならないわけ？」

「いや、山で放置される生存自活は後期課程なんで、そこまではやらないらしい。ヘリボーンや武装水泳、緊急脱出とかの段階で、俺たちは終了らしい」

「武装水泳って何だ？」

「その名のとおりだ。完全装備のまま水泳するんだ。緊急脱出は、同様に完全装備で水に落ちたことを想定して、水中で靴を脱いだりする訓練だ」

「いつも不思議に思うんだけどさ、藤堂さんやおまえ、どこからそういうことを聞いてくるわけ？　俺なんか、何も知らないいんだけど……」

「この前から、先輩隊員といっしょに訓練するようになったじゃない。彼らから、ぽろりぽろりと話が洩《も》れ伝わってくる」

「あ、そういうことか……」

先輩隊員たちは、空挺レンジャーなんかの情報に通じているということか。

「それにね……」

桐島がさらに言った。「空挺団の人たちとも、ときどき話をするしね……」

柿田は、ちょっと驚いた。

「俺はまだ、自衛隊の人たちと話をしたことがないなあ」

「クラブへ行くと、わりと気軽に話ができるようだよ」

駐屯地内には、必ず隊員クラブがある。これは民間がやっている飲み屋だ。先輩隊員たちは、訓練で自衛隊駐屯地を訪れると、夜はクラブに飲みに行くらしい。

だが、柿田にはとてもそんな余裕はなかった。訓練のことで頭が一杯だったのだ。

当然、桐島や藤堂たちもそうだろうと思っていた。

「おまえ、クラブなんかに飲みに行くのか?」

「滅多に行かないよ。でも、行ったことがないわけじゃない。いい情報交換の場だと言うやつもいる」

柿田は、特に酒が好きなわけではない。だが、隊員クラブがどういうところなのか、ちょっと興味をそそられた。

「空挺レンジャーの訓練が終わったら、俺もクラブに行ってみようかな……」

桐島は、とたんに暗い顔になった。

「俺、無事に空挺レンジャーの訓練、終えられるかな……。もしかしたら、そこで俺は脱落して、SATには入れないかもしれない」

「おいおい、訓練が始まる前から落ち込んでどうする」

「だって、俺は体力的には、訓練生の中で最下位だよ。おまえだって、それ知ってるだろう?」

いつものんびりしている桐島の発言とも思えない。

「おまえは、射撃で俺を助けてくれた。だから、今度は一つアドバイスをするよ」

「おお、どんなアドバイスだ?」

「俺が、機動隊やSATの訓練にどうやって耐えてきたか教えてやるよ」

「おまえは、もともと走るのが得意だったんだろう?」

「いや、そんなことはない。行きがかり上、しかたなく駅伝特練や、近代五種部に参加していただけで……」

「駅伝大会で、伝説の走りを見せたって噂だ」

「いや、あれはただ、めちゃくちゃに走っただけだ。走り終わったときには、ぶざまにぶっ倒れたよ」

「倒れるまで走れるなんて、俺にしてみればすごいことだよ」

「だからさ、みんな自分にブレーキをかけているんだよ」

「ブレーキをかけている？」

「そう。マイナスイメージで、自分自身の限界を狭めているんだ。そこで、俺のアドバイスだ。訓練のことをなるべく考えない。だって、考えたって、訓練担当たちは、なんとかその予想を覆そうとするわけだよ。俺たちに精神的な負荷をかけるためにな。だったら、最初から考えないほうがいい。そして、できるだけ、こんなの、どうってことない、って考えることだ。まだまだ行けると心の中でつぶやくんだ」

柿田の言葉に、桐島はぽかんとした顔になった。

桐島が言った。

「それがアドバイスか？」

桐島の反応に、柿田はちょっとがっかりした。もっと、感動してくれるかと思っていたのだ。なんだか、自分のギャグが不発に終わったお笑い芸人のような気分になった。柿田は、恥ずかしくなって、うつむいて言った。

「俺は、これまでそうやって訓練に耐えてきたんだ」

「そうか。じゃあ、そうするように努力してみるよ」

桐島が、少しだけいつもの、ぼんやりとした表情に戻った気がした。

桐島が言っていたとおり、柿田たち試験入隊訓練生と先輩隊員たちは、空挺レンジャーの初期課程訓練を受けることになった。

桐島が心配するほどのことはないだろうと、柿田は思っていた。

SATは、警視庁の精鋭部隊だ。柿田も、これまで多くの訓練を経験してきた。自衛隊のレンジャーといっても、たいしたことはないに違いないと考えていた。

いや、そう思うようにつとめていた。桐島に言った言葉は、同時に自分自身に言い聞かせたものだった。

訓練の最初は、体力トレーニングだ。

これなら楽勝だと、柿田は思っていた。第四機動隊時代から、体は鍛えに鍛えているつもりだ。

かがみ跳躍、ロープ渡り、ロープ上り、ハイポート、完全装備で自動小銃を携行した二十キロ走と、徹底的に絞られる。

だが、思ったとおり、機動隊の訓練とそれほど差があるわけではない。

かがみ跳躍というのは、文字通り、かがみ込んでから跳躍する動作を繰り返す。ロープ渡りは、横に張ったロープを渡る訓練、ロープ上りは、腕力だけでロープを上っていく訓練だ。

ハイポートは、小銃を両手で掲げた状態で行う長距離走のことだ。機動隊では、小銃の代わりに、ジュラルミンの楯でやらされた。すでに経験済みなのだ。

完全装備の長距離走も、何度も経験している。

問題はその先だった。

森林戦、夜戦、山岳戦、雪中戦、市街戦といった戦闘訓練は免除される。そして、桐島が言ったとおり、生存自活訓練も免除だ。

だが、基礎的な戦闘技術についての訓練は受ける。つまり、小銃射撃、爆破、襲撃、伏撃、斥候、徒手格闘、隠密処理といった訓練だ。

隠密処理というのは、刃物等《など》の音のしない武器だけを使った襲撃や暗殺の技術だ。警察官にそんな技術が必要あるのかと、柿田は一瞬疑問に思った。

だが、知らないより知っていたほうがいいに決まっている。そう考えることにした。テロリストが、そうした技術に精通していることは充分に考えられるのだ。

それを防ぐ側も、技術に通じておく必要があるはずだ。

こうした訓練には、体力だけではなく、頭をおおいに使う必要がある。小銃射撃には慣れているが、爆発物を扱う訓練には神経を使った。

徒手格闘については、そこそこ自信があった。警察の術科で柔道、剣道、逮捕術をたっぷりやらされた。特に、機動隊に入隊してからは、特練生といっしょに柔道の朝練にも参加した。

だが、レンジャーの徒手格闘術は、まったく別物という気がした。根本的な考え方の違いだと、柿田は感じた。

警視庁の柔道や剣道は実戦的だと言われている。実際、町道場や学生の部活などに比べると、相当に荒っぽい。

柔道では、相手を絞め落とすことなど当たり前だし、剣道ではつばぜり合いで足をかけて、相手を転倒させるようなことも普通に行われる。

これは、柿田も経験したことだが、面を着けたまま、足をかけられて後方に転倒すると、後頭部を打って気を失うこともある。

それくらいにハードな稽古をしているが、柔道や剣道は、根本的にはスポーツだという一面がある。あくまでも、ルールの中での戦いだということだ。

だが、自衛隊レンジャーの徒手格闘術にルールはない。できるだけ効率よく相手を無力化するための技術なのだ。反則などという概念すらないのだ。

パンチやキックよりも、密着して関節技や投げ技を多用するという印象がある。

さんざん柔道をやってきたが、レンジャーの助教に技をかけられると、あっという間に天地がひっくり返った。

そして、気がついたら身動きできないように制圧されていた。

徒手格闘術と隠密処理は、柿田にとってはいい経験になった。ただ、身につけるためには、反復練習が必要で、体力、集中力ともに、ひどく消耗した。

徒手格闘や隠密処理の訓練が終了したときには、実際に足腰が立たなくなっていた。柔道とは、また違った筋肉の使い方をするからだろうか。

あるいは、精神的な疲労のせいかもしれない。

空挺レンジャーの訓練が始まってから、柿田は、宿舎に戻って風呂と飯だけで精一杯だった。機動隊に入隊したときのことを思い出した。

とても隊員クラブに行くどころではない。毎日、泥のように眠った。

訓練が進むうちに、藤堂が「レベルが違う」と言っていた意味や、桐島が怯《おび》え、落ち込んでいた理由がわかってきた。

たしかに、柿田は、空挺レンジャーの訓練を甘く見ていたかもしれない。自衛隊のレンジャーは、柿田たちとは違う。それは、認めざるを得ない。

だが、それは兵士と警察官の違いだ。柿田たちは、兵士になる必要はない。いや、兵士になってはいけないのだ。

だが、兵士たちの技術に精通しておく必要はある。そのためのレンジャー訓練だ。

特に、柿田にとってきつかったのは、ヘリボーン訓練だった。

建物を使ったロープ降下の訓練は、すでに第四機動隊時代から何度も経験している。

だが、本物のヘリコプターからのロープ降下などは初めてのことだった。これにはびびった。ヘリコプターの揺れ方が半端ではない。

不安定な状態から、ラペリング降下と、ファストロープ降下を訓練する。通常のラペリング降下というのは、命綱とカラビナという金具を装着して行うロープ降下法だ。

それに対してファストロープ降下は、最終的には一本のロープを両手・両足で保持して降下する方法だ。

足にロープを絡めて停止する「鐙《あぶみ》」と呼ばれる方法を習得しなければならない。

建物に固定されたロープでの訓練とは、やはり根本的に何かが違うと感じた。これが実戦の感覚なのだ。

柿田は、ヘリボーン訓練の日も、心身ぼろぼろになって宿舎に引きあげた。部屋に戻る前に、藤堂を見かけたので声をかけた。

「いや、俺が間違っていた。すまん」

藤堂は怪訝《けげん》な顔をした。

「何の話だ?」

「習志野に来る前に、第一空挺団の話をしただろう。そのときに、俺は、空挺団と俺たちは大差ないと言った。空挺レンジャーの訓練を受けてみて、俺は認識が甘かったと思った」

藤堂がにやりと笑った。

「そうだろう」

「実は、訓練前に、桐島もかなりびびってたんで、俺はこう言ったんだ。どうってことないと思えって……」

「どうってことない、か……。それで、実際はどうなんだ？」

「いや、参った。ヘリボーン訓練なんて、おっかなくて、しょんべんちびりそうになったよ」

「俺もだ。俺たちは、落下傘降下の訓練をやらされなくて、本当によかったと思った」

「まったくだよ。飛行機から飛び降りて、九秒で着地なんて、信じられない」

「でもな、一人も脱落者が出てないんだよ」

藤堂の言葉に、柿田は目をぱちくりさせていた。藤堂が続けて言った。

「あの桐島もちゃんとついてきているんだ。おまえだって、やれてるだろう」

「そう言えば、そうだな……」

「俺はおまえが言った、空挺団も俺たちも大差ない、という言葉を心のよりどころにしている」

柿田は、そう言われて照れ臭くなった。藤堂は、熱血漢だから、時々聞いていて気恥ずかしくなるようなことを、平気で言う。

だが、言われて悪い気はしなかった。柿田は言った。

「そうだよ。俺たちは実戦部隊だ。空挺団が敵と直接戦うことはないかもしれないけど、俺たちは、今後、テロリストと戦うことになるだろう。その自覚を持つべきだと思う」

「そうだな」

藤堂が言った。「今のところは、訓練だけだけどな……」

柿田は、藤堂のその一言が妙に気になった。どうして気になったのかは、本人にもわからない。柿田の心の奥底にある何かと共鳴し合ったという感じだ。だが、それがどんなものなのかもわからない。

まあ、いいや。

柿田は思った。考えてわからないときは、考えても仕方がない。なぜ藤堂の言葉が気にかかったのか、いつか気がつくときがくるかもしれない。

そう思い、柿田は藤堂と別れた。

20

レンジャーの訓練が始まったときは、永遠に続くような気がしていた。だが、最終日になると、意外と、あっという間に過ぎて行ったような気がした。

とにかく、柿田は無我夢中だった。

思えば、柿田は駅伝大会に出場したときから、とにかく無我夢中だった気がする。がむしゃらに訓練についていったら、いつの間にか、ＳＡＴの試験入隊訓練生になっていた。

そして、陸上自衛隊の空挺団で、レンジャーの訓練を受けるはめになっていたのだ。なかなか感慨深いものがある。

レンジャーの訓練が終了した夜は、さすがに気持ちのタガが外れたような状態になった。

体は疲れているのだが、妙に気分が高揚している。一杯飲まないと、とても眠れそうになかった。

そこで、初めて隊員クラブに行ってみることにした。

隊員クラブは、民間が経営しているということだ。行ってみて驚いたのだが、ちゃんと若い女性が接客をしてくれる。

ソファの席には、自衛隊の曹クラスの連中や、ＳＡＴの先輩隊員たちがいたので、柿田は遠慮して、カウンターで飲むことにした。

どのくらいの飲み代がかかるのかわからないので、取りあえず生ビールを注文した。

冷えたビールの一口目は、声が洩れるほどうまかった。一気にジョッキの三分の一ほどを飲んでいた。

カウンターの中にいる女性が声をかけてきた。

「お客さん、自衛官じゃないわね」

まだ若い女性だ。二十代の前半ではないかと、柿田は思った。

「わかりますか？」

「お見かけしないし、何となく雰囲気が違うのよねえ？　警察の人？」

「はい」

「千葉県警？」

「いえ、警視庁です」

「あら、東京からいらしたの？」

「ええ、そうです」

「ごくろうさまね」

「はあ……。あの……」

「なあに？」

「雰囲気が違うと言いましたよね？　どういうふうに違うんでしょう？」

「そうね……。自衛官のほうが、何というかヤンチャね。あなたたちは、それに比べれば、生真面目な気がする」

「ヤンチャですか……」

「特に、この空挺団の人たちはね。ヤンチャというか無邪気というか……」

そうでなければやっていられないのだろうと、柿田は思った。また、実戦で役に立つのも、そういうタイプなのかもしれない。

ビールのジョッキが空になり、柿田はお代わりを注文した。

柿田の前に新たなジョッキを置くと、カウンターの中の若い女性が言った。

「あら、イっちゃん」

「よう」

のっそりと一人の男が柿田の隣にやってきた。

カウンターの中の女性が、その男性に言う。

「こちら、警視庁からいらしたんだって」

男が、柿田のほうを見た。柿田は、小さく会釈した。

「へえ、警視庁か……。じゃあ、特殊部隊？」

柿田は、どうこたえていいかわからなかった。

「あの……。そういう質問には……」

男は笑った。

「警察は秘密主義だからなあ。こちとら、みんな知ってるんだよ。ＳＡＴが訓練で来るってな」

女性が柿田に言った。

「こちら、市ノ瀬《いちのせ》さん。陸士長よ」

「あ、柿田巡査です。よろしくお願いします」

柿田はスツールから立ち上がって、礼をした。

市ノ瀬陸士長は、ぽかんとした顔で柿田を見て言った。

「いいって、いいって、そんな堅苦しい挨拶は……」

「あの……。自衛隊の階級がよくわからないので……。でも、自分は巡査ですから、自分より下はいないわけですから……」

「なに、俺だって似たようなもんだよ。自衛官の士は、二士、一士、士長といるけれど、まあ、警察で言えば巡査みたいなもんじゃないか」

「おそらく士長というのは、巡査長に当たるんでしょうね。だとしたら、やはり自分より上です」

「自衛隊の階級と警察の階級を比べても意味がないよ。たぶん、役割が違うんだから」

「でも、海上保安庁と海上自衛隊の人たちは、階級を比べたりするわけでしょう？」

「ううん、どうかな……」

市ノ瀬陸士長は、柿田の質問に首を捻《ひね》った。

柿田は、あらためて市ノ瀬を見た。スポーツ刈りでよく日焼けしている。それほど大柄ではないが、鍛え上げられた者独特のたくましさとしなやかさを感じる。

笑うと、ずいぶんと無邪気な顔になる。カウンターの中の女性が言ったことが理解できるような気がした。

この際だから、いろいろ訊いておこうと、柿田は思った。

「士の次は曹なんですよね？」

「ああ。曹の上が、尉官、その上が佐官、そして、その上が将官だ。たぶん、曹は警察でいうと、巡査部長あたりじゃないかなあ」

「なるほど……」

「尉官が警部補、佐官が警部や警視……」

「そう言ってもらうとわかりやすいです。将官が、警視正、警視長、警視監あたりですね」

「へえ、警察の上の階級って、そんなのがあるんだ。俺、警視正くらいまでしか知らなかったな……」

「自分らは、滅多に会えませんけどね……」

「まあ、俺たちもそうだよ。日頃顔を合わせるのは、曹だ」

「自分らも、普段は巡査部長から下命されますね」

「ところで、空挺レンジャーの訓練を受けたんだろう？」

「はい。フルコースじゃないですけど……」

市ノ瀬は、にっこりと笑った。

「一度フルでやってみるといい。若いうちにな」

おそらく市ノ瀬は、柿田とそれほど年齢は違わないだろう。年下ということもあり得る。だが、彼には独特の迫力と貫禄があった。

これが空挺団隊員の雰囲気だ。

「いやあ、ヘリボーンで音を上げましたよ。フルとなれば、山に一カ月ほど残されて、自分で食料を調達しながらサバイバルするんでしょう？　自分は脱落しそうですね」

「やってみれば、そうでもないさ。蛇とか鳥とか、食ってみるとうまいぞ。蛇なんか、鳥のササミと魚の中間みたいな食感だ」

柿田は、想像してぞっとした。蛇は苦手だ。

「いや、自分らは、一カ月も食料を調達しながら作戦行動を取る、なんてことは、実際には、まずあり得ませんから……。もっと現実的な訓練を積みますよ」

「現実的な訓練って、何だろうね？」

「そりゃ、任務に直接役に立つ訓練です」

「俺たちの訓練が役に立つことが、あってはならないんだよ」

柿田は、その言葉を聞いて、あっと思った。

自衛官と警察官の違いは、充分に心得ているつもりだった。

つい、気が弛《ゆる》んでしまったのかもしれない。柿田は、反省した。

市ノ瀬の言うとおりだ。彼らの訓練が役に立つ事態というのは、つまり戦争のことなのだ。

彼らは、あってはならない事態に備えて、地獄のように厳しい訓練を続けている。なぜ、それに耐えられるのか……。

柿田は、そこまで考えて、不意に思い当たった。

先日、藤堂が言った一言が妙に気になった。その理由に気づいたのだ。

柿田の心の奥底で、疑問が湧き上がっていたのだ。自分たちは、実戦に向けた訓練を積んでいる。

だが、その実戦というのは、いつやってくるのだろう。

自衛隊とは違い、柿田たちは必ず出動がある。だが、それがいつなのかはわからない。

いつ出動するかわからないという状態のまま訓練を続けるのは、自衛隊とそれほど変わりはない。

柿田は、市ノ瀬に尋ねた。

「実戦がないのに、訓練を続けているわけですよね」

「まあ、そうだな」

「それって、たとえてみれば、スポーツの試合がないのに延々と練習を続けているのと同じことですよね」

「まあ、そうとも言えるかもしれないけど……」

「自分らは、大学のときに、試合に合わせて練習のメニューを決めていました」

市ノ瀬が柿田に尋ねた。

「大学で何をやっていたんだ？」

「ラグビーです」

「なるほどね……」

「試合が決まっているから、それに向けて集中して練習ができました。試合に勝つという目標があるから、辛い練習にも耐えられました。でも、自衛隊は、ずうっと試合のないまま、練習だけさせられるということですよね？　それって、あまりに辛くないですか？」

「そうだなあ……」

市ノ瀬が考え込むと、カウンターの中の女の子が柿田に言った。

「あんた、難しいこと考えるのね。自衛官は、あんまりそういうこと、言ったりしないよ」

柿田はこたえた。

「いや、自分も昔はそんなに物事を面倒臭く考えるタイプじゃなかったんです。でも、がむしゃらに体を動かした後、ふと我に返るようなことが、たまにありまして……」

「ふうん……」

女の子は、口を尖らせた。

「ミキは、かわいいだろう」

市ノ瀬が言った。

「ミキ……？　ああ、彼女のことですか？」

「クラブの人気者なんだ」

あ、ひょっとしたら、市ノ瀬のお目当ては、ミキなのかもしれない。柿田は、とんだ邪魔者というわけだ。

「あの、自分は邪魔ですか？　消えましょうか？」

市ノ瀬が笑った。

「気にするな。ミキにはいつでも会える。それに、あんたと話しているとおもしろい」

「自分がおもしろいですか？　自分ではそうは思わないんですが……」

「おもしろいよ。そうか……。スポーツの試合がないのに、延々と練習をしているのに似ているか……。ラグビーをやっていたから、そういう発想になるんだろうな」

「でも、そういうことですよね？」

「ううん、ちょっと違うような気がする」

「どこが違うのでしょう」

「スポーツにたとえるから話が違ってくる。武道の稽古だと思ったらどうだ？」

柿田は、市ノ瀬に聞き返した。

「武道の稽古？」

「そう」

「でも、柔道や剣道だって試合があるじゃないですか。自分らも、さかんに署対抗だの、機動隊対抗だのという試合をやります」

「それは、柔道や剣道をスポーツとして見た場合だろう。本来の柔術や剣術には、試合などなかったはずだ。ひたすら、実際の戦いをイメージして、稽古を続けるだけだ」

「なるほど……。武術は、もともと合戦のために稽古を続けるわけですからね」

「そう。近代になり、柔道や剣道、空手なんかも試合をするようになったが、それはスポーツとして考えるからだ。武道の試合というのは殺し合いだ。だから、簡単に試合などできない」

　武道の試合が殺し合いだという市ノ瀬の言葉が、一瞬ぴんとこなかった。だが、それは、自分がスポーツの柔道、剣道しか知らないからだと気がついた。

　市ノ瀬が言うとおり、武術というのは、本来人を殺す技術だ。

　柿田は、レンジャー訓練の隠密処理や徒手格闘を思い出していた。「始め」の合図などない。

　スポーツの試合だったら、危険な行為があれば、審判が「止《や》め」をかけて止《と》めてくれる。だが、レンジャーの徒手格闘や隠密処理では、そんなことはあり得ない。

　それが、スポーツと武術の違いだと、柿田は思った。

　市ノ瀬が、さらに言った。

「昔、沖縄の有名な空手の先生が、こう言ったそうだ。『長年修行して体得した空手の技が、生涯を通して無駄になれば、空手道修行の目的が達せられたと心得よ』と……」

「生涯を通して無駄になれば、ですか……。それはまた、思い切った言い方ですね」

「それが、武道の稽古の精神だと、俺は思う。そして、それが自衛隊の訓練に通じると、俺は考えている」

「なるほど……」

　柿田は、ようやく市ノ瀬が言おうとしていることを理解できた気がした。たしかにスポーツの練習と武道の稽古は違う。

　スポーツの練習の目的は一つだ。試合に勝つため。それ以外にない。それは、一流のアスリートだろうと、草野球の選手だろうと変わりない。

柿田は市ノ瀬に言った。

「スポーツはゲームだから勝つことに意義がある……。でも、武道はそうじゃないということですね？」

「俺はそう思う」

「でも、勝負に勝たなけりゃ、死んじゃうかもしれないんですよね」

「勝たなくてもいい。負けなけりゃいいんだ。そして、俺は勝負というものの考え方が、スポーツと武道では違うという気がする」

「どう違うんですか？」

「例えば、柔道も剣道も試合では、戦うことを強制されるわけだ。選手は戦わなければならない。そうでないと、試合が成立しないからな。戦わない選手がいると、相手が不戦勝となってしまう。だが、武道では戦わなくてもいいんだ。勝負の最高の境地は、戦わずに勝つことだというからな」

「あ、それ、よくいわれますね。でも、自分はよくわからないんです」

「よほどの達人でないと、その境地には至らないだろうからな。でも、さっきの沖縄の偉い先生が言っていたことと、おそらく同じことなんだと、俺は思う」

柿田はうなずいた。

「何となく、わかるような気もするんですが……。それから、武道って、何か素養というか、たしなみというか……。そういうイメージがありますね。柔道や剣道の心得がある、という言い方はしますが、野球やラグビーの心得がある、という言い方は、あまりしませんからね」

「そう。身を守るための心得だ。自衛隊の訓練は、まさにその心得だと、俺は思っている。だから、試合は必要ないいんだ」

「おっしゃることが、わかってきました」

「それに、こんな言葉もある。『稽古は実戦のように、実戦は稽古のように』。まさに、俺たちは、実戦の心構えで訓練をしている。それだけで、充分なんだ」

「なるほど、それは頼もしいですね」

「それに、俺たちだって出動するんだ」

市ノ瀬にそう言われて、柿田はうなずいた。

「そうか、災害派遣ですね？」

「そう。知ってるか？　自衛隊というのは、隊員数より多くの人命を救助している、世界で唯一の武装組織だ」

「そうなんですか？」

「そして、殺した数よりも、救った命の数のほうが多い、世界でただ一つの武装組織でもある。俺は、そのことを誇りに思っている」

地震、津波、大雨、そして原発事故……。たしかに、これまで自衛隊は、どれだけ多くの人命を助けてきたかわからない。

「立派な仕事だと思います」

「立派だが、日陰者だ」

「そんな……。日陰者だなんて……」

「昭和三十二年のことだ。防衛大第一期の卒業生に向けて、元総理大臣の吉田茂がこう言っている。『自衛隊が国民から歓迎されちやほやされる事態とは、外国から攻撃されて国家存亡の時とか、災害派遣の時とか、国民が困窮し国家が混乱に直面している時だけなのだ。言葉を換えれば、君達が日陰者である時のほうが、国民や日本は幸せなのだ。どうか、耐えてもらいたい』と……」

柿田は、ぽかんとしてしまった。

「全部、暗記してるんですか？」

「我々自衛官は、この言葉を決して忘れない。何度も引用するから、自然に覚えてしまった」

「なるほど、それで自分たちのことを、日陰者だとおっしゃるわけですか？」

「そういうこと」

「地獄のような訓練に耐え、災害派遣でも地獄を見る……。それなのに、日陰者と言われる。いったい、何が自衛隊員を支えているんですか？」

「ううん……。何だろうね……」

「何のために、耐えているのですか？　国のためですか？」

「近いけど違うな」

「近いけど違う……」

「そう。国のためじゃない。国民のためだ」

「国民のため……？　国のためと、どう違うんですか？」

柿田の問いに、市ノ瀬はこたえた。

「俺たちは、国の偉いさんを守るために戦うわけじゃない。国の体制とか、そういうこともあまり考えたことがない。ただ、日本国民の誰かが助けを求めていたとしたら、俺たちは、いつでもどこへでも飛んで行く。その覚悟はできている」

柿田は、自分でも驚くほど、市ノ瀬の言葉に感動していた。

藤堂や桐島が言っていたとおり、空挺部隊はたいしたものだ。

警視庁は、東京都の警察本部だ。だから、SATといえども、基本的には東京都内の事案を担当する。それに対して、市ノ瀬たちは、日本中を担当しているわけだ。さらに、PKOなどで海外に派遣されることもあるかもしれない。

柿田が感心して市ノ瀬を眺めていると、ミキが言った。

「イっちゃん、かっこいい……」

市ノ瀬の表情が、とたんに崩れた。

「え？　あ、そう。やっぱり？」

「うん。本気のところがかっこいい。PKOで、現地の人に一番感謝されたり尊敬されるのが日本の自衛隊なんだってね」

柿田は驚いた。

「そうなんですか？」

ミキはきっぱりとした口調で言った。

「そうよ。現地の住民は、自衛隊が引きあげるときには、必ずお別れのセレモニーをしてくれるのよ。彼らは心から感謝してるわけ」

市ノ瀬が照れ臭そうに言った。

「PKOでは、橋や道路を直したり、医療活動をやったり、井戸を掘ったり給水したりといったことが主な仕事だからな」

ミキが真剣な表情で市ノ瀬に言った。

「紛争地帯で、住民が一番つらいのは、普通の暮らしができないことでしょう？　自衛隊は、橋や道路を直して、水を配って、病気の人を治療したりする。これって、普通の暮らしに少しでも近づけてあげるという活動じゃない。紛争地帯の人たちが、何より求めているものだわ」

柿田は言った。

「驚きました。マスコミでは、そういう活動について、あまり報道されませんよね」

「だからさ」

市ノ瀬が柿田に言った。「俺たちは、日陰者でいなければならないんだ。マスコミが、自衛隊をもてはやすようになったら、この国は危険な状態だということだよ」

「はあ……」

柿田は、なんだか納得がいかない気分だった。

「警察だって、似たようなもんだろう。普段の地道な活動は、あまり一般人には伝えられない。その代わり、何か不祥事があれば、マスコミは鬼の首を取ったような大騒ぎだ」

「まあ、たしかに、言われてみればそうですね」

「日本人は、平和や安全がただで手に入ると考えている。平和ボケだなんて言われているが、俺はそれでいいと思っている。平和を切望したり、安全な生活を夢見るような世の中になったらたいへんだよ。そうならないように、俺たち自衛隊員やあんたら警察官ががんばらなくちゃならないんだ」

「おっしゃるとおりだと思います」

市ノ瀬は、にっこりと笑った。発言はしっかりしているが、やはり笑うと無邪気で人なつこい顔になる。

「今日でここの訓練は終わりなんだろう?」

「はい」

「じゃあ、お祝いに一杯おごるよ」

「いえ、そんな……」

「遠慮するなよ。訓練の打ち上げなんだ。飲みたい気分だろう?」

市ノ瀬の言うとおりだった。

「では、お言葉に甘えて、いただきます」

市ノ瀬は、ミキにビールを三杯頼んだ。自分のお代わりと、柿田の分、そしてミキのためだ。

三人は、改めて乾杯した。

「いたいた、やっぱりここにいたか」

後ろから肩を叩かれて振り向いた。桐島だった。

彼は笑顔だった。いつになく陽気だ。おそらくアルコールが入っているせいもあるだろうが、何より無事に訓練を終えたという解放感のためだろう。

柿田は言った。

「立派に訓練をやり終えたじゃないか」

桐島が、これまで見せたことのないほどの笑顔になった。

「柿田、おまえのおかげだよ。おまえのアドバイスが、けっこう役に立った」

「そうなのか? 俺がアドバイスしたとき、おまえ、拍子抜けしたような顔をしていなかったか?」

「いや、実はおまえの言ったことを、あまり信じていなかった。そんなことで、訓練が楽に感じられるはずはないって思ってたんだ」

「それで……?」

「俺、訓練の間中、ずっと呪文のように頭の中で繰り返していたんだ。こんなの、どうってことない、こんなの、どうってことない、ってな。そうしたら、いつの間にか訓練が終わっていた」

「そりゃ、言い過ぎだろう」

「いや、本当にそんな気がしたんだ。おまえが教えてくれたのは、魔法の呪文だよ」


「大げさだな……」

柿田の言葉を聞いて、市ノ瀬が言った。

「いや、実際に魔法の言葉かもしれない。俺も、同じようなことをやった経験がある。レンジャー訓練で、途中で倒れたりしたら、助教なんかに、ヘルメットの上から頭を蹴られたり、踏みつけられたりするんだけど、そんなときに、ふん、てめえらにできるのはその程度かよ、って心の中で言っていたな」

柿田は、立ったままの桐島に、紹介しようとした。

「こちらは、空挺団の……」

すると桐島が言った。

「知ってる。市ノ瀬さんでしたね」

「なんだ、知ってたのか……」

「一度クラブでお話ししたことがある」

市ノ瀬が言った。

「たしか、桐島さんだったね。訓練終了、おめでとう。さあ、そんなところに突っ立っていないで、座って飲もうぜ」

それから、三人でかなりの量を飲んだ。市ノ瀬は、ミキにも何杯か酒をおごった。

21

翌日は、二日酔いだが、容赦なく早朝に起こされて、国旗掲揚だ。朝食後すぐに、隊に戻るために出発した。

習志野駐屯地を出るときには、独特の気分だった。短い間だったが、柿田は確実に自分は変わったと感じた。

体力や技術だけの問題ではない。意識が変わったのだ。それだけ、習志野第一空挺団は、存在感があると感じた。

藤堂が興奮したり、桐島がびびったりした気持ちが、今では柿田にも充分に理解できた。

警察官の中にも、機動隊の日常を見て、「軍隊みたいだ」と、やや批判的に言う者もいる。

だが、空挺団は質が違う。自衛隊が軍隊かどうかは、いろいろな議論が続いているようだが、訓練の内容は間違いなく軍隊と同じだ。

そして、自衛隊員個人個人の実力は、米軍をもしのぐのだという。

機動隊は軍隊ではない。同様に、ＳＡＴも軍隊ではない。そこに、大きな意味があると、柿田は思った。

どんな意味があるのかは、まだわからない。

だが、役割が違うのだから、当然組織のありかたも違ってくるはずだと思った。ＳＡＴにはＳＡＴの役割と存在理由がある。

だから、隊員たちは、空挺団とは違う何かを求められているはずだ。この先、正式に配属されたら、自分たちに何が求められているのかがわかってくるのだろうか。

帰り道、柿田はそんなことを考えていた。


東京の部隊に戻ると、さすがにほっとした。ここにやってきた当初は、辛い訓練のことしか考えたことがなかったような気がする。だが、こうして戻って来てみると、わが家に帰ってきたように感じる。早くここに落ち着きたいと、柿田は思った。

正式採用はいつになるのだろう。柿田たちは、それすらも聞かされていなかった。とにかく、六カ月の予定の試験入隊訓練を終えることだ。今は、それだけを考えていようと柿田は思った。

翌日からまた、試験入隊訓練は続いた。すでに、先輩隊員とともに訓練をするようになっていたから、実質的には通常の訓練と変わらない。

先輩隊員に、楽々できることが、できないことが悔しい。たった一年でも大きな差があるものだ。例えば、射撃は、一年以上の先輩は全員が上級検定に合格していた。柿田はまだ上級に合格したことがない。

今では射撃に対する苦手意識こそないものの、上級検定というのはさすがにハードルが高かった。上級には早撃ち種目がある。三秒間だけ現れる的に素早く照準を合わせて撃たなければならない。的までの距離は約二十メートル。拳銃を下ろした状態から、的が現れた瞬間に片手で拳銃を掲げ、狙いを定める。

いや、もう、これがとんでもなく難しい。なんとか、恰好はつくものの、弾はなかなか的に当たってくれない。

だが、これをクリアしないと、実戦では使い物にならない。テロリストや凶悪犯罪者たちは、じっとしていてはくれないのだ。

柿田は、前向きに射撃の上級検定に挑もうと思っていた。これも、習志野帰りの変化の一つだ。かつては、検定などそのうちに合格すればいいと思っていた。今は違う。

早く一人前になりたい。そんな思いが強い。そのためには、射撃の上級検定にも合格し、辛い体力トレーニングもこなし、そして、特殊部隊としての技術も、ものにしていかなければならない。

柿田たちは、まだ正式隊員ではない。常に脱落する恐れがある。だが、それを気にしていては始まらないと思うようになっていた。

試験入隊訓練が始まったばかりのときは、訓練についていくのがやっとだった。次第に訓練に慣れてきて、このまま訓練をこなせればいいと思っていた。だが、今はさらに一歩前進した。何のために辛い訓練を積むのかを考えるようになったのだ。

それは、つまり自分自身のためであり、国民を守るためなのだ。充分な体力と技術がなければ、テロリストや凶悪犯に負けてしまうだろう。

負けるということは、すなわち、死ぬことを意味している。武道と同じだ。だから、厳しい稽古が必要なのだ。


ＳＡＴの訓練は、厳しさを増していった。先輩隊員といっしょに訓練するようになってからは、実物大模型の航空機を使った突入訓練もこなした。

訓練は厳しくなるだけでなく、高度になっていったのだ。

柿田は、毎日無我夢中で訓練を続けていた。それは、藤堂や桐島も同様に違いない。

あの村川はどうなのだろうと、柿田は思った。やはり、柿田たちに接触してこない。自分だけは、絶対に選ばれると信じているはずだ。

今のところ、誰かが脱落したという話は聞いていない。体力に自信がないと言っていた桐島も、空挺レンジャーの初期課程を無事終了したのだ。

そして、いつしか季節は巡り、桜前線の話題がテレビなどで取り上げられるようになった頃、柿田たちは、突然伝令に呼ばれて、管理官室に行けと言われた。

ＳＡＴにおいて、「管理官」といえば、隊長のことだ。

何事かと、柿田は駆け足で管理官室に向かった。

管理官室、つまり隊長室に、柿田はじめ試験入隊訓練生全員が顔をそろえた。整列して気をつけのまま、隊長の言葉を待っている。

背広姿の隊長は、立ち上がると言った。

「六カ月間の訓練によく耐えてくれた。今日から、君たちは、特殊部隊、すなわちＳＡＴの隊員だ」

柿田は、ついにこの日がきたかと思った。この日のために、何度も気を失いかけるような訓練を続けてきたのだ。

隊長の言葉がさらに続いた。

「おめでとうとは言わない。これから君たちには、危険な状況に果敢に立ち向かってもらわねばならない。いつ出動があるかわからない。たいへんな任務だということを、しっかりと認識してほしい。だが、これだけは言っておこう。ようこそ、特殊部隊へ。以上だ」

さすがに特殊部隊の隊長だ。言葉に重みがある。でも、やはり、「ようこそ」と言われると柿田はうれしかった。脱落せずにここまで来られたのだ。

ここに訓練生全員がそろっているということは、誰も脱落しなかったということだ。それから教場に移動して、細かな注意を受けた。

まず、柿田たちは所属の記録から抹消される。人名簿にも特殊部隊所属などとは書かれないらしい。なんでも、警備第一課までしか記載されないという。

SATに配属になったことは、友人はおろか、親兄弟にも秘密にしなければならないということだ。

そして、普段は所属がわからないように背広を着るようにと言われた。髪型も丸刈りは禁止だ。

目立たぬように、なおかつ訓練の邪魔にならないように、短めの七三分けが推奨されるということだが、今どき、七三分けなんかのほうが目立つんじゃないのかと、柿田は思った。

つまりは、徹底的に身分を秘匿しなければならないということだ。

その夜は、先輩隊員に徹底的に飲まされることになった。

訓練生のときは雲の上の先輩たちだった。これからは、互いに命を預ける関係になるのだ。

柿田は、藤堂、桐島の二人と乾杯をした。

「いやあ、桐島。よく脱落しなかったな」

柿田が言うと、桐島は、いつもの茫洋とした顔でこたえた。

「習志野がピークだったね。おまえに、魔法の呪文も教わったし……」

藤堂が尋ねた。

「何だ、その魔法の呪文ってのは？」

桐島が、かいつまんで説明した。彼はもともとあまり余計なことは言わないので、解説も実に簡潔だった。

話を聞いた藤堂が言った。

「へえ。そんなに効果があるんだったら、習志野のレンジャー訓練で俺も試してみたかったな」

柿田は言った。

「効果は人によると思うよ。俺は、それで訓練を切り抜けてきたけどね」

「この先も、役に立ちそうだな」

藤堂が言った。そうだ。これからも、ずっと訓練は続くのだ。

村川は、やはり柿田たちに近づいてこようとしない。先輩とも打ち解けた様子ではない。

入隊試験訓練の間、柿田は村川のことを気にしないようにしていた。同期の訓練生がみんなライバルだ、などと言っていると、孤立するのは当然だ。

それは自業自得だと思っていた。

村川は、柿田たちのほうを気にしている様子だ。

前にもそんなことがあったのを思い出した。

桐島と立ち話をしているとき、村川が二人のほうを見ているのに気づいたのだった。

なんだよ、あいつ……。

柿田はそんなことを思っていた。柿田のほうから声をかける義理はない。

今日はおおいに飲んで盛り上がろう。柿田と藤堂、桐島は、先輩隊員と盃《さかずき》を重ねた。

しばらくすると、村川がすっくと立ち上がった。

柿田はそれに気づいた。

あいつ、もう引きあげるのかな……。

そう思って見ていると、村川はグラスを持って柿田たちのほうに近づいてきた。

何だよ、こっちに来るのかよ……。

村川は、なんだか思い詰めたような顔で、柿田たちのそばに立った。それでも、柿田は声をかける気がしなかった。

一瞬、気まずい雰囲気になりかけた。その場を救ったのは、やはり藤堂だった。

「よお、村川。こっち来て座れよ」

村川は、しばらく躊躇《ちゅうちょ》していたが、藤堂の隣にどっかと腰を下ろした。

藤堂はさらに言った。

「おまえは心配していたようだが、こうして無事に全員脱落せずに隊員になれた。乾杯しようじゃないか」

村川は無言でグラスを上げた。

桐島は、何も気にしない様子でグラスを合わせた。仕方なく柿田も乾杯した。

藤堂が言った。

「なんだ？　何か言いたいことがあって俺たちのところに来たんじゃないのか？」

村川は、ちらりと藤堂を見ると、グラスのビールをあおった。そして、言った。

「おまえたちに言ったことは、本音だった」

その村川の言葉を聞いて、柿田は言った。

「なんだよ、わざわざそんなことを言いに来たのかよ」

村川はさらに言った。

「柿田は、射撃の成績で脱落すると思っていた。そして、桐島は体力トレーニングで脱落すると思っていた」

柿田は言った。

「そして、自分だけが合格すればいいと思っていたわけか?」

村川は、かぶりを振った。

「俺は自信がなかったんだ。脱落することが怖かったんだよ」

藤堂が言った。

「みんなそうだよ。だから、助け合って訓練に挑んだんだ。桐島は、柿田に射撃のコツを教え、柿田は桐島に体力面を補うメンタルなコツを教えた。だから、こうして全員が……」

「俺、警察に入るときから、妙な思い込みをしていた。警察学校も、その後の訓練も、ふるいにかけるためのものだって思い込んでいた」

「ああ……」

藤堂は笑った。「なんか、そんなことを言うやつもいるらしいな。それで、おまえは人一倍、他人をライバル視するようになったというわけか」

「実際に、みんな競争相手だと思っていた」

「競争するのは当たり前だ。そうやって互いを磨くんだ。けどな、ふるいにかけるってのは間違いだ。警察学校の教官も、SATの訓練担当も、俺たちをふるい落とそうとなんかしていない。なんとか全員を育てようとしているんだ。せっかくの人材を、ふるい落としてどうする。俺たち一人一人に多額の金がかかっている。それはみんな税金でまかなわれている。脱落者なんて、誰も出したくないんだよ」

村川は、恥ずかしそうに言った。

「俺、今回の訓練で、ようやくそれに気づいた。俺は、大きな勘違いをしていたらしい」

なんだよ、今さら。

柿田はそう思いながら、尋ねた。

「俺と桐島が立ち話しているとき、何か言いたそうだったよな」

「藤堂さんに、最初に声をかけてもらったとき、大見得《おおみえ》を切っちまって……」

村川がばつの悪そうな顔で言った。「なんだかひっこみがつかなくなって、一匹狼《おおかみ》を気取っていたんだけど、だんだん心細くなってな……」

柿田は、意外な思いで村川の言葉を聞いていた。

藤堂が笑った。

「妙な意地なんか張る必要はなかったのに……」

村川が言った。

「意地を張らなけりゃ、俺、脱落していたかもしれない」

柿田は言った。

「ええっ。おまえ、自信があったんだろう。自分だけは、選抜されるって。俺は、射撃で脱落するし、桐島は体力のなさで脱落する……。そういうふうに思っていたんじゃないのか?」

「自分にそう言い聞かせなけりゃ、もたないと思っていたんだ。馴れ合っていたら、気がゆるむってな……。おまえたちが、訓練を乗り越えるために協力し合っているって知って、不思議な思いだった。どうしてこいつら、そんな余裕があるんだろうって……」

「うーん……。余裕なんてなかったな」

柿田は言った。「逆に余裕がないから、助け合ったんだと思うぞ。おまえが言うとおり、俺は射撃がうまくないから、桐島にアドバイスしてもらった。桐島は、体力面で不安があるというので、それについて、俺がアドバイスした。一人じゃできないことも、仲間がいれば乗り越えられる」

村川が、しげしげと柿田を見て言った。

「おまえ、クサいことを平気で言えるんだな……」

そう言われて、柿田は急に恥ずかしくなった。

「俺は、大学の部活時代から、そう考えていたんだ」

村川が言った。

「何を話しているのか、気になったんだよ」

「え……？」

「おまえと桐島が、立ち話をしているのを見たときのことだよ」

「ああ……」

柿田は、村川に言った。「それで、俺たちのほうを見ていたのか」

藤堂が言った。

「本当は、おまえもいっしょに話をしたかったんじゃないのか？」

村川は、しばらく戸惑った様子で黙っていたが、やがて言った。

「そうだったのかもしれない。自分でもよくわかんないんだ」

桐島が、いつもと変わらないのんびりした調子で言った。

「みんな合格してＳＡＴに入隊できたんだから、もういいじゃないか」

藤堂がうなずく。

「そういうことだ。村川も、いい勉強をした。柿田が言ったとおり、一人じゃできないこともチームならできる。それを学ぶのも、訓練の目的の一つだったんじゃないかと思う」

村川は、今度は、藤堂をじっと見て言う。

「あんたも、柿田と同じで、クサいことを言うんだなあ……。俺、もしかしたら、あんたらのそういうところに、ついていけないと思ったのかもしれない……」

「うるせえよ」

柿田は言った。「本当は、仲間に入りたかったくせに」

村川が言う。

「いや……。俺、なんか、そういうの恥ずかしくなるんだよね。俺なりの美意識があるっていうか……」

「おまえの美意識なんか知るか。とにかくね、これで訓練が終わりじゃないんだ。これからが本番なんだよ。今後も一匹狼でいくのか、仲間としてやっていくのか、今決めろ」

藤堂が柿田をなだめる。

「まあまあ、そう責めるな。村川の気持ちはもう決まっているさ。だからこそ、俺たちのそばにやってきたんだろう」

「ええと……」

村川が言った。「そういうことを、いちいち口に出すことが、俺の美意識に反するわけで……」

「だから、おまえの美意識なんて、どうでもいいんだよ。わかったから飲め」

「こらっ。新入隊員同士で、何をやってるか」

先輩隊員が、柿田たちのほうを見て言った。

柿田は緊張した。部活の習慣がまだ体に染みついている。一年でも違えば、立場は雲泥の差なのだ。

柿田は、無礼講にもかかわらず、その場で立ち上がり、気をつけをしそうになった。

先輩隊員が柿田に言った。

「いちいち立たなくていい」

「はあ……」

「いい機会だから、ひとこと言っておく。同期で結束を固めるのもいい。だが、これからは、正式な隊員として訓練に臨むんだ。他の期の者とも親交を持っておくべきだ」

「はい」

柿田たちは、声をそろえて返事をした。

「じゃあ、こっちへ来て飲め」

柿田たちは、言われたとおりに先輩隊員のそばに移動した。

明日からまた、本格的な訓練が始まる。今日だけは、しばし訓練のことを忘れて楽しもう。

柿田はそう思い、先輩にすすめられるままに飲んだ。

22

翌日は、お約束の二日酔いだが、早朝の国旗掲揚は欠かせない。柿田は、最悪の体調で国旗を見上げていた。

四月の暖かな晴天の日だった。

思えば三年前の四月に警察学校に入学した。去年の四月には、機動隊に異動になっていた。そして、今年の四月にはSATに入隊していた。

たった三年の間に、こんなにいろいろなことが起きるなんて、学生のときには考えられなかった。これが警察官の生活なのだ。

この日、所属が発表された。SATには、制圧班、指揮班、技術支援班、狙撃班という四種類の班がある。

柿田は、制圧班に配属になった。藤堂と村川も同じく制圧班だ。同期の巡査部長訓練生たちは、指揮班に入った。

桐島は、言うまでもなく狙撃班だ。

正式入隊初日から、厳しい訓練が始まった。

新入隊員だからといって容赦はない。当然だ。柿田たちはすでに、いつ出動するかわからない立場だ。

出動したはいいが使いものにならない、では困るのだ。

月に一度くらいのペースで、試験入隊訓練の初日と二日目にやらされたような体力テストや射撃テストが行われる。

テストは、たいてい抜き打ちだ。試験入隊訓練のときは、訓練生だけで競えばよかったのだが、正式隊員になってからは、先輩隊員たちとも競わなければならない。

ハードルは上がっていくが、柿田たち新入隊員だって、体力や技術は向上していく。

柿田は、第一空挺団の市ノ瀬が言ったことを胸に刻んで訓練に臨んだ。

「訓練は実戦のように。実戦は訓練のように」

そして、一生懸命稽古したことが、生涯無駄になることが、稽古の本来の目的だ、という空手家の言葉も忘れていなかった。

実戦があるかないかは関係ない。訓練そのものが、柿田にとっては実戦だ。そのくらいの覚悟が必要なのだと思った。

実際、先輩隊員たちも、訓練では決して手を抜かない。毎回、全力を出し切る気合が伝わってくる。

自分たちの立場がわかっていると、訓練で手を抜こうなどとは思わなくなるだろう。

先日の酒宴の席で、柿田は先輩隊員からこんな話を聞いていた。

「俺たちが呼ばれるのは、最終的な局面だ。だから、失敗は許されない。敗北も許されない。俺たちは、最後の砦《とりで》だ。それはつまり、日本の最後の砦であることを意味しているんだ」

柿田は、そこまで考えたことがなかった。SATが失敗するということは、日本がテロに屈するということなのだ。もう、SATの後はない。自分たちが最終手段なのだ。

それを理解していれば、訓練がいかに重要かがわかるだろう。そして、訓練に臨む心構えも、おのずと変わってくる。

さらに、先輩隊員が言った。

「俺たちは、たしかに特殊部隊と呼ばれている。だが、軍隊の特殊部隊とは違う。その違いがわかるか？」

それは、習志野で、柿田自身が考えていたことだった。柿田は、素直に思ったとおりのことをこたえた。

「第一空挺団で訓練したときに、こう考えました。たしかに、空挺団の人たちはすごい。でも、自分たちＳＡＴとは役割が違うのだ、と……」

先輩隊員は、うなずいた。

「どう役割が違うんだ？」

「いや、それがよくわからないんです。習志野で訓練したときは、まだ正式隊員ではなかったので、隊員になって本格的な訓練が始まればわかるんじゃないかと思っていました」

「そうか。まだわからないんだな？」

「はい」

「じゃあ、ヒントをやろう。俺たちは、警察官だということだ」

「それはわかってますが……」

先輩隊員は、にっと笑った。

「本当にわかっているか？　まあ、よく考えてみることだ」

それからずっと、柿田は考えていた。

ＳＡＴの訓練は、間違いなく軍隊の特殊部隊に近い。もともとは、ドイツの特殊部隊を手本にしたという話を聞いたことがある。

今でも、海外の特殊部隊とともに合同訓練をやることがある。テロリストと戦うためには、そうした訓練が必要なことは間違いない。そして、SATは負けることが許されない。必ずテロリストや凶悪犯を制圧しなければならないのだ。

つまり、SATは限りなく軍隊の特殊部隊に近い存在なのだと、柿田は考えていた。自衛隊にも特殊部隊はあるはずだ。だが、テロや凶悪事件に自衛隊が出動するわけにはいかない。

おそらく、それが欧米と事情が違うところだと思う。だから、警察の特殊部隊が必要なのだ。では、SATは、軍隊の代わりに戦うためにあるのだろうか。

なんだか、それもちょっと違う気がする。どこが違うのかはわからない。軍隊と同じような訓練はしているが、軍隊とは違う。

柿田には、そこまでしかわからない。

先輩隊員は、警察官であることが、そのこたえに対するヒントだという。

こっちは三年前から警察官だ。今さらあらためて、それがヒントだと言われても、何のことかさっぱりわからない。

先輩隊員は、こたえを教えてくれなかった。自分でこたえを見つけろということだろう。

柿田も、自分自身で考えなければ意味がないと思っていた。

その日は、立てこもり犯を想定した、ビルへの突入訓練を行っていた。

まず、狙撃班が対象となるビルの周囲に展開して、狙撃ポイントを決定する。狙撃班は、狙撃手と観測手がかならず一組になって行動する。

観測手は、状況把握や命令の伝達を行うが、時には接近する敵の排除も担う。

次に、技術支援班がコンクリートマイク、熱感知カメラ、ファイバースコープなどを駆使して、中の状況を調べる。

技術支援班からの情報は、逐一指揮班に報告される。

柿田たち制圧班は、すぐにでも突入できる位置についていた。

無線で技術支援班と指揮班のやり取りが聞こえてくる。柿田は、対象のビルを見つめていた。

指揮班から指令が来る。

「マル対は、三階の右から二つ目の窓にいる模様」

狙撃班は、その窓に狙いを絞るように、また制圧班には、ビルの屋上からの突入の準備をするように、という指令だった。

そのビルは五階建てだ。ビルの屋上からロープ降下をして突入するということだ。制圧班は、二手に分かれた。部屋の外に待機する班と、屋上で待機する班だ。

柿田は、屋上組だった。先輩隊員が、すばやくロープを固定する場所を見つける。そこにロープをしっかりと縛りつけた。

ロープ降下する際には、必ず補助要員がつく。訓練の場合は、新人が降下を行い、先輩が補助要員となる。

柿田の補助要員である先輩が言った。

「行けるな？」

「はい」

命綱とカラビナを装着して、指示を待つ。

指揮班と狙撃班の無線のやりとりが聞こえてきた。

「狙撃班、ターゲットを捕捉しているか？」

「S1、狙撃不可。繰り返す、狙撃不可」

「S2、狙撃不可」

「S3、ターゲット捕捉。狙撃可能」

S3は、たしか桐島と観測手のコンビだ。

無線でこたえているのは、観測手だ。

「S3、現状のまま待機」

柿田は、ふと疑問を抱いた。

せっかく狙撃手がスコープの中にターゲットを捉えているのに、待機なのか。

犯人を狙撃すれば、この事件は解決するのではないか。そのための狙撃班だろう。

続いて、指揮班から柿田たちに指令があった。

「制圧班、突入。繰り返す。制圧班、突入」

柿田の補助要員が言った。

「行くぞ」

「はい」

まず、先輩隊員がロープ降下していく。訓練用なので、窓にガラスはない。本番だと、ガラスを突き破っての突入となるだろう。

最初に降下した隊員が、閃光《せんこう》弾を投入する。

「ゴー」

補助要員が、柿田に声をかける。

それからの一連の行動を、柿田はよく覚えていなかった。ロープで降下していき、勢いをつけて窓から室内に飛び込んだ。

室内は煙がたなびいていた。怒号が飛び交う。ドアの外で待機していた班も突入してきた。

ずいぶんと長く時間がかかったような気がする。それと同時に、あっという間に片づいたようにも感じた。

不思議な感覚だった。興奮しているのだが、頭の一部が妙に冷めている。

気づくと、口の中がからからだった。犯人役は三人おり、そのすべてを無事に制圧できた。

訓練参加者全員が集合して、訓練担当から講評をもらう。今日は、まずまずのできだったと、柿田も思った。

最後にこうして、全員が集合することにも重要な意味がある。反省点をチェックすることはもちろんだが、クールダウンでもあるのだ。

突入した後は、独特の興奮状態にある。それを冷まして、日常感覚を取り戻してから解散するのだ。

おかげで、訓練担当の講評が終わる頃には、柿田の口の渇きも癒え、気分も落ち着いていた。

寮に引きあげるときに、桐島といっしょになった。

柿田は歩きながら、桐島に言った。

「S3って、おまえたちだろう?」

「そうだよ」

「おまえ、ターゲットを捉えていたんだよな?」

「ああ……」

「いつでも撃てる状態だったということだ」

「そうだよ」

「なのに、指揮班は待機を命じた。犯人を撃てるなら、撃ってしまえばいいのに……」

桐島は、いつものぼうっとした顔で考えていた。やがて彼は言った。

「できるけど、やっちゃいけないことがあるんじゃないのかなあ」

「それ、どういうこと？」

「うーん……。俺さ、ただスコープのぞいて、ターゲットに狙いをつけていただけなんだよね。撃てと言われれば撃ったし、待てと言われたら、待つ。それだけだよ」

「それじゃ犬みたいじゃないか」

「俺たちには、犬のような従順さも必要なんじゃないかと思うよ」

なんだか、話題がずれているような気がした。


そのまま桐島と別れて部屋に戻った。風呂に入り、夕食をとるために食堂に行った。食堂では、なんとなく同期の仲間が集まってしまう。

最近は、村川も仲間に加わっていた。柿田は、まだ疑問を抱いたままで、すっきりしない気分だった。

藤堂ならば、何かこたえを出してくれるかもしれない。そう思って、柿田は言った。

「今日の訓練でさ、桐島はいつでも犯人を撃てる状態だったんだ。なのに、待機を命じられた。あのとき、犯人を撃てば、事件は解決だったんじゃないのか？」

藤堂が桐島に尋ねた。

「狙撃することは本当に可能だったのか？」

「ああ、いつでも撃てたよ」

村川が言った。

「ばっかだなあ」

こいつ、今でもちょっとむかつく。柿田はそんなことを思いながら尋ねた。

「何がばかなんだよ」

「いいか？　犯人は複数だった。それは、技術支援班からの情報でわかっていた。一人狙撃しても事件は解決しない」

「でも、一人でも倒しておけば、突入も楽になったんじゃないか？」

「かえって残りの犯人たちを刺激することになったかもしれない」

「そうかな……」

いや、俺が知りたいのは、そういう技術的なこととか戦術的な話ではない。柿田がそう思ったとき、藤堂が言った。

「撃てるからといって、すぐに犯人を狙撃するのは、日本の警察にそぐわないと思う」

柿田は藤堂に尋ねた。

「日本の警察にそぐわないって、どういうこと？」

「狙撃手が、スコープにターゲットを捕捉したとたんに撃つっていうのは、軍隊が戦争のときにやることだろう。俺たちは、戦争をしているわけじゃない」

「でも、ＳＡＴはテロとの戦いを想定して創設されたんだろう？　そして、訓練の内容も、外国の特殊部隊や自衛隊のレンジャーと同じようなものが多い」

「だが、俺たちは軍隊じゃない。あくまでも、警察官だ」

藤堂の言葉に、柿田は思わず身を乗り出した。

「それ、先輩にも言われたんだけど、よくわからなかった。習志野に行ったときに、俺、漠然と感じたんだ。自衛隊の空挺団も優秀だけど、俺たちＳＡＴとは、役割が別じゃないかって……。どう違うのか、はっきりしたこたえが出なかった。それを先輩に言ったら、ヒントをくれたんだ」

村川が柿田に尋ねる。

「どんなヒントだ？」

「俺たちは、警察官だということだ。先輩はそう言った」

村川が藤堂を見て言った。

「今、あんたが言ったことと同じだな」

柿田は言った。

「そう。だから、ちょっとびっくりしたんだ。俺たちが警察官だというのは、今さら言われるまでもないことじゃないか」

藤堂が言った。

「テロは犯罪だ。警察官が犯罪者と対峙《たいじ》したとき、やるべきことは何だ？」

柿田はこたえた。

「検挙だ」

「そうだ。だから、いきなり狙撃したりはしないんだ」

「でも……」

柿田は言った。「それじゃ、他の警察官と同じじゃないか。俺たちは特殊部隊なんだ。テロと戦うために組織された部隊じゃないのか？」

藤堂はかぶりを振った。

「戦うという意味が違うと思う。軍隊のように、相手を撃ち殺すという意味じゃない。テロリストを制圧して検挙するために戦うんだ。それが、おまえの求めているこたえだよ」

「制圧して検挙するために戦う」

「そうだ」

「それって、甘くないか？　たとえばアメリカでは、テロリストをとことん追い詰めて殺害したりするじゃないか」

「甘いかどうかはわからない。だが、それが日本の警察だ。だから、ある意味では軍隊以上の能力が要求されるんじゃないか？」

「軍隊以上の能力？」

「余裕を持って対処するだけの実力だ」

藤堂の言葉に、柿田たちは箸を持つ手を止めていた。

「なるほどね」

村川が言った。「相手を撃ち殺すだけなら、それほどのスキルは必要ない。射撃の腕だけあればいい。だが、相手を生かしたまま制圧して検挙するとなると、相手をはるかに上回る実力が必要だというわけだ」

藤堂はうなずいた。

「そして、軍隊とは別の判断力が求められているんだと思う。兵士は上から言われるまま、作戦を遂行すればいい。だが、俺たちは同時に、状況を自分自身で見極めることも求められている。なぜなら、俺たちは兵士じゃなくて警察官だからだ」

柿田は言った。

「SATの先輩が、俺たちは警察官だと言ったのは、そういう意味だったのか……」

藤堂がうなずいた。

「俺はそう思う」

柿田は、桐島に尋ねた。

「できるけどやっちゃいけないことがあるって、おまえは言ったけど、それは、警察官としてやっちゃいけないこと、という意味だったんだな？」

桐島は、少しばかり困った顔になった。

「ええと……。それほど深く考えて言ったわけじゃないんだよね。でも、まあ、言われてみれば、そういうことかな」

すとんと腑《ふ》に落ちたわけではない。だが、じわじわと藤堂の言ったことが、理解できてきた。

SATも警察の組織である以上、敵を殲滅《せんめつ》するのが目的ではない。どんなに手強《てごわ》いテロリストであろうと、あくまでも検挙することを目指すのだ。

まずは、犯人を説得する。それでだめなら、強行突入をする。だが、その際も、身柄を押さえるのが目的だ。狙撃は、最後の手段だ。安易に使ってはいけないのだ。

「さすがは、藤堂さんだな」

柿田は言った。「俺、ようやくすっきりしたよ」

「だから、そのさんづけはやめろよ。同期なんだから」

「いや、敬語使わないだけでいっぱいいっぱいなんだから……」

「こら、おまえら」

先輩隊員がやってきて言った。「なにチンタラ飯食ってるんだ。特殊部隊は常に早飯だぞ」

柿田たちは立ち上がりこたえた。

「はい、すいません」

「さっさと食っちまえ」

「はい」

先輩隊員が立ち去ると、柿田たちは着席して、夕食をかきこんだ。


自衛隊とSATの役割の違い。それが明確になると、柿田には訓練がまた一段と意味深いものに感じられるようになった。

村川が言ったことは正しいと、柿田は思った。

敵を撃ち殺すだけなら、射撃の腕があればいい。相手を制圧し検挙しようと思うと、相手を上回る実力が必要になる。

体力や技術もさることながら、頭を使わなければならないということだ。

剣道や柔道の試合でもそうだ。力が互角だと、どうしても派手に打ち合ったり、技を掛け合ったりすることになる。そういうときはお互いに怪我《けが》も多い。

力の差が歴然としているときは、危なげのない試合となる。

実戦でも同じだろう。力の差があればあるほど、強いほうはきれいに相手を倒すことができる。

その差がどんどん大きくなっていくと、やがて戦わずして勝つという境地に至るのかもしれない。

もちろん、頭を使うといっても、個人個人が勝手な判断をするということではない。指揮系統は大切だ。

制圧班や狙撃班は、指揮班の指示に、的確に従わなければならない。そして、指揮班は、警察機構の上部の指示に従わなければならない。

ＳＡＴが勝手に出動したり、現場で独自に行動したりすることはあり得ないのだ。作戦行動には命令系統の徹底が不可欠だ。

だが、ＳＡＴの隊員に求められているのはそれだけではない。指揮班や指揮官の指示を遵守《じゅんしゅ》しながらも、警察官としての判断が必要なのだ。

これは、とてもたいへんなことだと、柿田は思う。命令に従いつつも、自分自身で判断するというのは、相反する二つのことを同時にやらなければならないということではないか。

だが、ＳＡＴはそれをやらなければならない。それができるからこそ、ＳＡＴは最後の砦なのだと、柿田は思った。

問題は、どうやったらそれができるようになるか、だ。

おそらく、山ほど訓練をこなさなければならないのだろう。実戦の経験も必要かもしれない。

だが、そうそう実戦などあっては困る。ＳＡＴが出動しなければならないということは、重大事件が起きたということなのだ。

そんな事件は起きないに越したことはない。

空挺団の市ノ瀬が言ったように、訓練を真剣にやることで、実戦に近い経験をすることができるはずだ。まさに、「訓練は実戦のように、実戦は訓練のように」だ。

だからこそ、ＳＡＴの訓練は厳しいのだ。ただ強くなるための訓練ではない。判断力を養うための訓練でもあるからだ。

体力を養う訓練もきついが、戦略・戦術を駆使しながらの作戦行動訓練はさらにきつい。

肉体が疲れるだけでなく、神経がすり減る。肉体は、一晩眠れば回復するが、神経が疲れると、なかなか眠れなくなる。

毎年、新入隊員の何人かは、不眠症にかかるという。幸い、柿田は不眠症などにならずに、毎晩ぐっすりと眠ることができた。

それでも、ベッドの中であれこれと考えてしまうことがある。訓練で失敗したこととかは、なかなか頭から離れない。

上官や指揮班の指令は、本当に正しかったのだろうか、とか、自分は、もっとうまくやれたのではないか、などとつい考えてしまう。

そういうとき、柿田は頭を切り換えることができた。眠るのも訓練のうちだと思っていたのだ。

おかげで、柿田は問題なくＳＡＴに順応していたが、どうやら、村川が不眠症にかかってしまったようだった。

23

ある日、村川の様子がおかしいのに気づいた。夕食のときに、宙の一点をぼんやりと見つめていた。柿田たちにとって、食事は何よりの楽しみだ。それなのに、村川はひどく元気がない。眼が赤いのも気になったので、食後、柿田は声をかけた。

「どうした？　ぼんやりしているじゃないか。何かあったか？」

「何でもない」

「眠れないんじゃないのか？」

村川は、どうこたえたらいいか、しばらく考えている様子だった。やがて彼は言った。

「ああ……。あまりよく眠れない」

「あ、おまえがやられるとは思わなかった」

「何のことだ？」

「知らないのか？　毎年、新入隊員の何人かが不眠症にかかるって聞いたぞ」

そこに、藤堂と桐島もやってきた。藤堂が柿田に言った。

「誰が不眠症なんだ？」

柿田はこたえた。

「村川が、最近よく眠れないって言うんだ」

「そいつはいかんな。寝ないと、体力がもたないし、判断ミスにもつながる」

柿田は、藤堂と桐島に尋ねた。

「おまえたちはどうなんだ？」

「俺は、別にそういう兆候はない」

藤堂がこたえた。

桐島が言う。

「俺も、よく眠れるよ」

柿田は、桐島のぼうっとした顔を見て、そうだろうな、と思った。

藤堂が村川に言った。

「分隊長か伝令に相談したほうがいいんじゃないか」

村川が慌てて言った。

「相談なんかして、俺の評価が下がったらどうするんだ」

「そんなことを気にしているときじゃないだろう。寝不足でぼんやりしていたら、訓練中に大きな事故を起こしかねない。おまえ自身にとっても危険だし、いっしょに訓練している仲間にとっても危険だ」

「だいじょうぶだよ。一過性のもんだから、すぐに眠れるようになる」

藤堂が村川に言った。

「意地を張っても、いいことなんて一つもないぞ。事故が起きる前に、ちゃんとケアをしておいたほうがいい」

「ケアって何だよ」

「睡眠導入剤か何かをもらうとか……」

「俺の神経は、そんなにヤワじゃないよ」

「そういうことを言うやつが、一番危ないんだぞ」

そのとき、桐島が言った。

「不眠症とかを乗り越えるのも、訓練なんじゃないか？」

こいつは、自分から積極的に話すことはないが、たまにしゃべると、なかなか鋭いことを言う。

柿田は桐島に言った。

「そういう考え方もあるな」

たしかに、何か弱点や障害を乗り越えたほうが、人は強くなるものだ。

藤堂が村川に言った。

「乗り越えるように努力するのはいいが、あまり辛いなら、医者とかに相談しろよ」

「ああ、わかった」


その翌日は、廃ビルを使った都市ゲリラ対策の訓練だった。

東京郊外の廃ビルだ。ビルは金網のフェンスで囲まれている。広い敷地で、元は病院か何かだったということだ。

ビルの周囲には雑草が生い茂っている。

「元病院かよ……」

同じ制圧班の先輩がぽつりと言う。柿田は尋ねた。

「それがどうかしましたか？」

「こういうところって、出るんだよ」

「出る……？」

先輩は、胸のところで、両手をだらんと下げてみせた。

「これだよ」

「幽霊ですか？」

「気をつけろ」

気をつけろと言われても、相手が幽霊では気をつけようがない。それよりも、訓練内容に集中しなければならない。

このビルに、ゲリラが侵入しているという想定だ。それを追跡して、検挙または排除するのが目的だ。

指揮班を中心に綿密な打ち合わせが行われる。

ゲリラ役は、他の班の連中だ。彼らも本気で攻撃してくるだろう。

ゲリラたちが建物に向かった。彼らが隠れたところで、「状況開始」の声がかかる。訓練の開始だ。

「狙撃班、位置に着け」

指揮班からの無線が入る。

「指揮班、こちらＳ１、了解」

「Ｓ２、了解。移動します」

「Ｓ３、了解」

狙撃班が移動を始めると、次に技術支援班が建物に近づく。制圧班は、それを援護することになっていた。

技術支援班が情報を指揮班に上げない限り、制圧班は動きようがない。また、狙撃班は、状況の変化をいち早く察知する役割も担っている。

スコープで遠くから対象者の様子をつぶさに観察しているので、現場の動向をつかみやすいのだ。

技術支援班の作業が始まった。コンクリートマイクや熱センサーカメラを装着している。柿田たち制圧班は、サブマシンガンを構えて周囲を警戒する。いつでも援護射撃ができる態勢だ。

弾倉は空だ。今日の訓練では、狙撃班は空砲を使用し、制圧班は銃の空撃ちを行う。

「マル対、三名確認」

技術支援班から指揮班への連絡だ。

「B1、こちらベース、マル対三名、了解」

指揮班から技術支援班の班長への返信だ。続いて、すぐに狙撃班への確認が行われるはずだった。

「状況中止」

そのかけ声が無線で流れた。指揮班による、訓練中止の指示だ。

「何だ……」

柿田は、思わずつぶやいていた。同じ班の先輩が空を仰いで言った。

「あれだな……」

柿田も空を見上げた。ヘリコプターが飛来していた。民間のヘリだ。マスコミのものではない。だが、SATの訓練は誰にも見られてはいけないのだ。それ故の訓練の一時中断だった。

SATの隊員たちは、上空から見えにくい場所に移動して、ヘリコプターをやり過ごす。

ヘリコプターは、何事もなく通り過ぎていった。たまたま上空を通りかかっただけなのだろう。それでもSATは、用心しなければならない。

訓練内容はおろか、その装備も、一般には知られたくないのだ。一般に知られるということは、テロリストたちにも知られるということだ。

軍事の専門家なら、装備を見ただけで、その部隊の実力を推し量れるだろう。

ヘリコプターの爆音が去ってもしばらく、待機が命じられた。上空からの視界は、思いのほか広いのだ。

やがて、ようやく「状況再開」となった。中断したところから続行、というわけにはいかない。ゲリラのメンバーを入れ替え、なおかつ潜伏場所も変えて、最初から訓練を行うことになった。

狙撃班の展開、技術支援班の建物への接近。制圧班は、技術支援班を援護する。そこまでは、さきほどと同じだ。

「ベース、こちらB1。マル対確認できず」

技術支援班が、ゲリラたちを見つけられないということだ。コンクリートマイクや熱センサーカメラに、彼らを捉えることができないのだ。

「B1、こちらベース。その場で待機。繰り返す。その場で待機」

「ベース、こちらB1。了解。この場で待機します」

「S1、S2、S3、こちらベース。何か見えるか？　状況知らせ」

指揮班が、狙撃班に情報を求めたのだ。

「ベース、こちらS1。マル対は、二階にいる模様。二階中央の窓に人影を確認」

「ベース、こちらS2。同じく、二階中央の窓に人影発見」

「S3も、二階にマル対確認」

それを受けて、指揮班から技術支援班に指令が飛ぶ。

「B1、こちらベース。建物に進入、二階へ向かえ。マル対は、二階中央部の部屋にいる模様」

技術支援班が指揮班の指示に従って移動を開始する。彼らは、対象者の様子を探るだけではない。突入の際に、ドアを破壊するのも技術支援班の役割だ。

彼らは、プラスチック爆弾などの爆発物の扱いにも精通している。

技術支援班が移動するのに伴い、柿田たち制圧班も移動していく。制圧班は、二班に分かれており、柿田は制圧一班にいる。

制圧一班が、技術支援班に同行し、制圧二班が、建物の外で待機する。ゲリラの仲間が周辺に潜伏していないかどうか警戒するためだ。

制圧二班には、不眠症の村川がいる。

あいつ、だいじょうぶだろうな……。

柿田は、ふとそんなことを思っていた。

技術支援班が、一つのドアの外から中の様子を探るために、さまざまな装置を準備している。

そのとき、状況が一変した。

「マル対、視認」

誰かがそう叫んだ。制圧一班の誰かだ。

「銃だ」

別なやつが叫んだ。

柿田は、素早く左右を見た。すでに先輩隊員がサブマシンガンを構えている。

隊員たちが一斉に空撃ちを始める。

技術支援班の連中も、拳銃を抜いていた。一瞬姿を見せたゲリラたちは、すぐに姿を消した。

「ベース、こちらＰ１。廊下でゲリラを視認。発砲しました。追尾します」

制圧一班の班長が指揮班に報告した。

「P1、こちらベース。了解。P班はマル対を追尾」

続いて指揮班は、制圧二班の班長に無線で呼びかける。

「K1、こちらベース。どうぞ」

「ベース、こちらK1。感度あります。どうぞ」

「K班は、B班と合流。場所は、二階。その後、室内のマル対制圧に向けて待機」

制圧一班に代わって、制圧二班が技術支援班と合流しろということだ。

そして、制圧二班が室内への突入を担当するようにとの指令だ。

「ベース、こちらK1。了解しました」

柿田たち制圧一班は、廊下に現れたゲリラたちを追った。サブマシンガンの銃床を肩につけたまま、廊下を進む。

病院の廃墟《はいきょ》は、不気味だった。先輩隊員が「出る」などと言ったので、余計に緊張する。訓練どおり、廊下の角に来ると、偵察要員が素早く顔の半分を出し入れして様子をうかがう。

「クリア」

偵察要員が進むと、それについていく。二列縦隊が基本だ。最後尾の隊員は、後方の警戒も怠らない。

柿田は、充分に集中しているつもりだった。だが、ふと、制圧二班にいる村川のことが気になった。

あいつ、寝不足でヘマなんかやらかさないだろうか……。

その瞬間に、誰かが叫んだ。

「後ろだ」

柿田は、虚を衝《つ》かれた。一瞬、反応が遅れる。サブマシンガンを後方に向けようとしたが、ゲリラが持つ銃のレーザー照準が柿田を捉えていた。胸に赤いレーザーのポイントが浮かび上がる。

ゲリラが引き金を引くのが見えた。

まわりの隊員が撃ち返した。柿田も引き金を絞った。

ゲリラ役の隊員は、射殺されたということで、訓練から離脱した。

さらに進もうとしていると、柿田は先輩に肩を叩かれた。

「おまえも撃たれた。離脱だ」

「え……？」

「ゲリラに撃たれたんだよ。ご愁傷様」

柿田は、建物の外に出された。途中、制圧二班と技術支援班がいる場所のそばを通った。

誰も柿田のほうを見なかった。村川も、訓練に集中しているように見える。柿田は、排除されたゲリラ役の隊員がいる待機所にやってきた。指揮班の後方だ。

ゲリラ役の先輩隊員が柿田に言った。

「本番だったら、おまえ、殉職だぞ」

「ベスト着てるから、死ぬことはないと思いますよ」

「そんなのわからない。弾はどこに当たるかわからないからな」

先輩の言葉に、柿田はぞっとした。

訓練だからと油断していたつもりはない。だが、まだまだ集中力が足りなかったようだ。

「訓練は実戦のように、実戦は訓練のように」という教訓が、まだまだ活かされていない。柿田は、それを思い知った。

「でも、先輩もやられたんですよね?」

「ばーか。俺は犯人役だぞ」

「犯人だからやられてもいいってことにはならないでしょう。実戦のときは、犯人だって必死だろうし……」

「おまえね、SATほど訓練されている犯人がいると思う?」

そう言われてみればそうだ。

「でも、世の中何があるかわかりませんよ。将来、軍隊並みに訓練されたテロリストが現れないとも限らないじゃないですか」

「どんな場合でもSATのほうが優秀だ。俺はそう信じている」

おお、頼もしい言葉だ。

「自分もそう思います」

「つーか、おまえ、ゲリラ追撃の最中に、なにぼうっとしてたんだ?」

「あ、そう見えましたか?」

「だからおまえに照準を定めたんだよ」

気を抜いたのは、ほんの一瞬のことだ。ふと、村川のことを考えた、その瞬間だけだ。

ゲリラ役の先輩隊員は、それを見逃さなかったのだ。さすがだと思うと同時に、自分のうかつさを反省した。

無線を通じて状況が伝わってくる。制圧一班が追っていたゲリラは、階段を上へ上へと逃走していき、屋上に出た。

制圧一班と膠着《こうちゃく》状態になっていたが、S3、つまり桐島の狙撃で、状況が一変。ゲリラたちは制圧された。桐島は相変わらず淡々といい仕事をしている。

もちろん、桐島が撃ったのは空砲だが、狙撃手がいることを知り、ゲリラたちが混乱をきたし、その隙に乗じて制圧一班が取り押さえたということらしい。

技術支援班と制圧二班も、つづいて室内のゲリラたちを制圧した。技術支援班がドアを破壊し、閃《せん》光《こう》弾を投入。制圧二班が突入した。

訓練担当から、「状況終了」の声がかかる。

柿田は、取り残されたような気持ちで寮に引きあげた。途中で訓練を離脱したので、不完全燃焼の気分だ。

グラウンドでランニングでもしようと、部屋を出たとき、村川と会った。

村川がにやにやとして言った。

「ゲリラに撃たれたんだって？」

そのにやけた顔を見て、腹が立った。

「一瞬、油断したんだ。そこをつかれた」

「今日の訓練が、もし本番だったら、こうして立ち話もできないんだぞ」

「そんなことはわかっている」

村川のことを心配しなければ、撃たれたりなどしなかった。だが、訓練中に村川のことを気に掛けていた、なんて、腹立たしくて口が裂けても言えない。

「次はせいぜい撃たれないように気をつけるんだな」

むかつくやつだ。

「それよりおまえ、不眠症のほうはどうなったんだ？」

「ん……？　昨夜はぐっすり眠れたな。治っちまったんじゃないか」

柿田はあきれた。

不眠症かもしれないという話を聞いたのは昨日のことだ。昨日の今日で、もう治ってしまったという。

さすがにＳＡＴに選ばれるだけあって、図太《ずぶと》い神経をしている。心配をして損をしたと、柿田は思った。

「そりゃよかったな」

柿田は、そう言うとグラウンドに向かった。

いつしか季節が巡り、初夏の気持ちのいい夕暮れだった。柿田だけではなく、数人がランニングをしていた。

たっぷり汗をかいて、今日の訓練の失敗を忘れよう。柿田はそう思い、走り出した。たちまち汗が噴き出てくる。爽快だった。

試験入隊訓練の頃は、毎日くたくたで、訓練後のランニングなど考えられなかった。よく、夕暮れ時にランニングをしている先輩たちを見て、怪物ではないかと思っていた。今では、こうして自分がグラウンドを走っている。

どんなことでも、やってみないとわからない。案ずるより産むがやすしとは、よく言ったものだ。

そういえば、苦痛は半分以上、自分が作り出しているのだと言った医者がいた。半分以上というのは、おおげさかもしれないが、そういうことはあり得ると、柿田は思っていた。

心理的ショックが生き死にまで左右することもあるのだそうだ。これは、何かの本で読んだのだが、ベトナム戦争で新兵が被弾したとき、決して死ぬような傷ではないのに、撃たれたという衝撃で死んでしまうことが少なくなかったという。それを知ったときは、まさかそんな、と思ったが、本当の話だそうだ。

訓練でも、自分で自分を追い込まないことが大切だ。自分で苦しみを増やすことはない。訓練担当や先輩がたっぷり苦しみを与えてくれるのだ。

三十分ほどランニングをして引きあげ、風呂に入って食事をした。

半年ほど前は、夕食後はたちまち眠くなってしまったものだ。何もする気になれず、すぐにベッドにもぐりこんだ。

今では、テレビを見たり、仲間と雑談をする余裕がある。所在なくて、時間を潰すのに困ることさえある。

人間はどんどん変われるものだ。何かやろうと思ったら、たぶん三カ月もあれば、ひととおりのことはできるようになるのではないだろうか。

スポーツも、三カ月もあれば、かっこうがついてくるはずだ。もちろん、選手やプロを目指すのなら、その程度では問題外だが、競技を楽しめるくらいにはなれるはずだ。柿田は経験はないが、楽器も三カ月くらいで、なんとかいじれるようになるのではないだろうか。

だから、何かを始めるのに遅すぎるということはないし、恐れる必要もないと、柿田は考えるようになった。

それも、警察で最も訓練が厳しいＳＡＴに入隊したおかげだろう。どんなことでも、経験して損はない。警察に入って、たった三年しか経っていないが、柿田はそう思えるようになっていた。

24

訓練は厳しいが、ＳＡＴには他の部署にないメリットがある。日勤で、土曜は半ドン、日曜は休み。残業もまったくない。

機動隊も日勤で、滅多に残業はなかったが、重防警備などの当番があった。ＳＡＴには、それもない。

一度出動したら命がけなのだから、それくらいの恩恵があってもバチは当たらないだろう。

いつ出動がかかるかわからないので、基本的には二十四時間、三百六十五日、待機状態なわけだが、それをあまり意識することはない。

土日には遊びにも行くし、若い連中ばかりなので、時には合コンなどもある。柿田も仲間に誘われて、合コンに参加したことがあった。相手は銀行員だという。三対三の合コンだ。

機動隊員やＳＡＴの隊員は、それなりに女性に人気があるのではないかと思っていた。

体を鍛え上げているし、一年中訓練をしているので、真っ黒に日焼けしている。職業は公務員なので安定している。

だが、期待に反して、相手の反応はよくなかった。

席上、こんな会話があった。

「警察官だということですが、どんな部署にいらっしゃるのですか？」

仲間の一人がこたえた。

「警備部にいます」

「警備部って、どんなお仕事をなさるんですか？」

「警備です」

「ＳＰとかですか？」

「ＳＰも警備部ですが、我々は違います」

「では、どんな仕事なんですか？」

「それは言えません」

それでなんだか、場が白けてしまった。

仕事の内容も教えてくれないのに、お付き合いができるはずがない。おそらく、女性銀行員たちはそう考えたに違いない。

もちろん結果は芳しくなかった。

寮に帰ってから、同期のみんなにその話をすると、村川が言った。

「そりゃ、おまえ、相手にされないのが当たり前だよ」

柿田は、村川に尋ねた。

「どうして相手にされないんだ？」

「相手は、銀行員だろう？　自分のことをエリートだと思っているんだ。だから、警察官ならキャリアがお目当てだよ」

それを聞いて、藤堂がうなずいた。

「村川の言うとおりかもしれないな。俺たち、銀行員から見たら、ガテン系にしか見えないぞ」

今どき「ガテン系」などという言葉は死語だが、藤堂の言いたいことはわかった。

真っ黒に日焼けした逞《たくま》しい男は、流行《はや》りではないのかもしれない。そう言えば、テレビドラマなんかで主役をやっているのは、みんな細身で甘いマスクだ。どちらかというと女性的な感じがする。

警察の架空の特殊部隊を題材にしたテレビドラマがあったが、柿田はそれを見て噴き出してしまった。あんなヒョロヒョロしたやつらに特殊部隊がつとまるはずがない。

まあ、ドラマと現実は違うことはわかっているが、あまりに現実味がなさすぎた。

「でもさ……」

桐島が、まったく緊張感のない口調で言う。「キャリアなんて、二年くらいで転勤の繰り返しだろう。引っ越し引っ越しでたいへんじゃないか」

村川が桐島に言う。

「世の中の女子たちは、そういう現実を知らない。キャリアは当然、俺たちよりも出世が早い。そういう一面しか見ないんだ」

柿田は、暗澹《あんたん》とした気持ちになった。

「俺たち、結婚とかできるんだろうか……」

藤堂が笑った。

「心配するな。いつまでもSATにいるわけじゃない。次には、案外楽な部署に異動になるかもしれない」

「異動のことなんて考えたくないな」

村川が言った。「せっかくSATに入隊できたんだ」

桐島がそれを聞いてうなずく。

「俺も、他の部署にはあまり魅力を感じない」

柿田は言った。

「そりゃそうだろう。おまえが狙撃手以外の仕事をしているところは、想像もできないぞ」

柿田の言葉に、村川が言う。

「でもさ、いつまでも狙撃手をやっていられるわけじゃないぞ。異動は警察官の宿命だ」

柿田は言った。

「桐島ほどの逸材を、他の部署で使うのはもったいないじゃないか。桐島が、刑事になっても、彼の射撃の腕を活かすことはできないぞ」

「それでも、異動はある」

藤堂が言った。

「上のほうでも、人材については充分に考えるはずだ。いろいろな経験をさせて人材を育てるという考え方もあるし、特技を活かすことも考えるだろう。おそらく、桐島は将来、警察学校や、特殊部隊の教官になるんじゃないか」

話題にされている本人は、他人事のような顔だ。

村川がその桐島を見て言う。

「教官って柄じゃないなあ……。なんか、いつもぼうっとしてるし……」

柿田は言った。

「たしかに、ぼうっとしている教官は、あまりいないな……」

藤堂が言う。

「桐島だって、それなりの立場になれば、しゃんとするさ」

「うーん」

桐島が言った。「俺、人に何かを教えるなんて、苦手だな」

柿田は藤堂を見て言った。

「藤堂は、いい教官になりそうだな。SATでも、指揮班が向いているような気がする」

「仕事をやっていく上で、向き不向きなんて、あんまり関係ないと思うぞ」

藤堂が言った。「やろうと思えば、どんなことだってできる。自分で可能性を狭める必要はない」

「そういうところが、教官に向いているって言ってるんだよ」

「たしかにな」

村川が言った。「あんたみたいな教官、いそうだよな」

柿田は村川に言った。

「藤堂に何度も助けられた」

すると、藤堂が驚いたように言った。

「え、俺たちは、おまえにずいぶん助けられたと思っているんだぞ」

そう言われて、柿田は戸惑った。

「俺なんて、いつも自分のことで精一杯だよ」

「なんか、がむしゃらでさ。おまえを見ていると、自分もなんとかやれそうな気になってくるんだ」

「なんだか、ほめられた気がしないなあ」

「ほめてるんだよ」

桐島が言った。

「たしかに、習志野ではおまえのおかげで助かったな。俺、完全にびびってたからさ」

「いや、俺、習志野のことを、よく知らなかっただけなんだ」

藤堂が柿田に言う。

「おまえの、そういうところが、救いになるんだよな」

柿田は、どうこたえていいかわからなくなった。いつも自信なんてなかった。ただ前に進むことしか考えていなかった。

村川が顔をしかめて言った。

「仲間内で、そういうこと言い合うの、なんか、気持ち悪くないか？　俺の美意識に合わないんだけど……」

「だからさ」

柿田は言った。「おまえの美意識なんて、どうだっていいんだよ」

藤堂がしみじみとした口調で言った。

「ＳＡＴの面接受けたの、去年の今頃だったなあ……」

柿田はうなずいた。

「俺も面接受けたの、九月だったな」

「あれから、一年経ったんだな」

「ああ。あっという間だったような気もするし、面接受けたのが、ずいぶん昔だったような気もする」

「俺もそんな気がしていた」

村川が言った。

「俺、柿田や桐島は、脱落するんじゃないかって思ってたけどな……」

柿田はこたえた。

「自分のことを棚に上げて、よく言うよ」

藤堂が言う。

「いろいろなことがあったなあ。でも、俺たち、ここまで来たんだな」

藤堂の言葉を聞いて、村川が言う。

「おい、まだたった一年だぞ。ＳＡＴの訓練は、これからもずっと続くんだ」

「わかってるさ」

藤堂が言った。「だけど、一年前とは全然違う。今ならどんな訓練にも耐えられそうな気がする」

村川が言う。

「まあ、訓練が仕事だからな。耐えられるかどうか、じゃなくて、やらなきゃならない」

藤堂たちのやりとりを聞いて、柿田は、これまでのことを振り返っていた。本当にいろいろなことがあった。

所轄の地域課に配属されたとき、小学生三人組が捨て猫を交番に持って来たことがあった。

あのときは、どうしていいかわからず、困り果てた。

休日に映画館で、痴漢を捕まえたこともあった。余計なことをしたのではないかと、ずいぶん考えたものだ。

機動隊に入るまでは、迷いの連続だった。やっぱり、機動隊は水が合ったようだ。こう言っては、他の機動隊員に失礼かもしれないが、柿田は大学時代の部活の延長のような気持ちだった。

近代五種部も、今となってはいい思い出だ。

この一年は、訓練で精一杯で、かつての上司や先輩と、まったく連絡を取っていなかった。

警察学校の川上教官は、今も情熱たっぷりに指導をしているのだろう。ちょっと頼りなかった同期の伊知川は、どこで何をしているのだろう。

もしかしたら、他の部署の連中は、同期会などをやっているのかもしれない。ＳＡＴにいると、そういうものとは疎遠になってしまう。

地域課の曽根巡査部長は、元気だろうか。イタリアンレストランに連れて行かれたときは、ちょっと驚いた。意外にグルメだったのだ。

駅伝特練の和喜多コーチは、今もコーチを続けているのだろうか。がむしゃらな走りは彼に教わったようなものだ。

近代五種部の山城先輩はどうしているだろう。彼がいなければ、射撃がへたくそなままだったはずだ。

かつて世話になった人に会ってみたかった。そんなことを考えるだけの余裕ができたということなのだろう。

だが、村川が言うとおり、この先も厳しい訓練は続く。まだまだ柿田は、ＳＡＴの隊員としては半人前なのだ。

わざわざ会いに行かなくても、どこかで会えるに違いない。警察というのは、そういうところだ。異動も多いし、現場でばったり会うこともある。

そのときには、たくましくなった自分を見てもらえるはずだと、柿田は思った。

25

毎日毎日、訓練の日々だ。

だが、訓練こそが柿田の実戦なのだ。実際に、彼は戦っている。仮想の敵と戦い、容赦ない訓練担当と心の中で戦い、さらに自分と戦っている。

SATで訓練を始めてほぼ一年経つが、まだ出動したことはない。

試合もないのに、練習するのはむなしいだけではないかと考えたこともあった。だが、今は違う。日々実戦だという心構えがある。だから、いつ出動と言われてもうろたえない自信ができつつあった。まあ、実際に出動となると、きっとどきどきするのだろうが……。

テロリストや凶悪犯との対峙。それは想像するだけでも緊張する。だが、恐れる必要はない。

技術支援班が、入念に状況を調べ、その上で、指揮班が的確な判断を下す。遠くから、狙撃班がいざというときに備えて狙いを定めている。柿田たち制圧班は、指揮班の指示どおりに動けばいい。そのための訓練は充分に積んでいる。

だが、柿田たちSAT隊員に求められているのは、兵士のような行動力だけではない。警察官としての、判断力が必要なのだ。

それは、常に意識していなければならない。だからこそ、SATは特別なのだ。柿田にはそれがどういうことなのか実感できていない。

もしかしたら、そういう判断力や分析力は、実戦でしか身につかないものなのかもしれない。

いずれ、柿田たちも実戦を経験するだろう。だが、その機会はそれほど多くはないはずだ。テロや兇悪《きょうあく》事件が頻発するなんてことが、あってほしくないし、あってはならない。そういう事件を未然に防ぐために、警察は日々努力している。

それでも、重大事件は起きる。そのときは、柿田たちの出番だ。ＳＡＴは、最後の砦なのだ。

十月に入ると、隊内が少しばかり落ち着かなくなる。新たに試験入隊訓練を受ける連中がやってくるのだ。

どんな試験入隊員が訓練を受けるのか、やはり無関心ではいられない。

一年先輩の隊員の一人が柿田に言った。

「ようやく後輩が入ってくるな」

「そうですね」

「おまえらが入って来たときのことを思い出すよ。なんだか、後輩ができたというだけで、気が楽になったもんだ」

「入隊したばかりのときは、先輩たちが怪物じゃないかと思っていました。自分らが音を上げそうな訓練も、平気でこなしているし……」

「正直言うとな、かなりやせ我慢だったんだ。後輩の前で情けない姿を見せたくないからな。だが、そういう意地も大切なんだ。やせ我慢も続けていれば、本当の我慢になる」

「そうですね」

「試験入隊員から見れば、おまえも怪物に見えるかもしれないぞ」

そう言われて、柿田は、なるほどそうかもしれないと思った。

一年間の訓練の成果は大きい。機動隊の訓練もたいへんだったが、ＳＡＴは特殊な訓練が多いし、たしかに機動隊時代よりもきつい。習志野の訓練などを通じて、意識もかなり変わった。

たしかに、一年前の自分ではないと、柿田は思った。ともあれ、後輩ができるというのは楽しみなものだ。

柿田は、新試験入隊員たちが来る日を楽しみにしていた。

「おい、来たぞ」

村川が柿田に教えに来た。「試験入隊員たちだ。みんな緊張した顔をしてるぞ」

「去年の俺たちだってそうだったはずだ」

「ちょっと見に行こうぜ」

「おい、もうじき俺たちの訓練が始まるぞ」

「まだ十分間くらいの余裕はあるよ」

村川は、教場のほうに駆けて行った。

「しょうがないな……」

そうつぶやいてみたが、実は柿田自身も興味津々だった。

機動隊の制服を着た試験入隊員たちが、教場の前の廊下に並んでいる。訓練担当から今後の指示を受けているところだ。これから、体力テストが始まるのだ。

柿田と村川はその様子を廊下の角から覗《のぞ》き見していた。

訓練初日のことを思い出し、柿田は懐かしかった。

「あれ……」

柿田は、思わず声を洩らした。村川が尋ねた。

「どうした?」

「知っている人がいます」

「知っている人……?」

試験入隊員たちが、いったん解散となった。これから着替えてグラウンドに移動するのだ。小走りに近づいてきた試験入隊員の一人に柿田は声をかけた。

「池端さん」

彼は驚いたように顔を上げた。

「おお、柿田か」

「本当にSATに来たんですね」

「ようやく念願がかなったよ。おまえ、さすがにたくましくなったな。あ、SATでは先輩だから、おまえはまずいか」

「機動隊では後輩でしたから、いいんですよ。ようこそSATへ」

「まだ、試験入隊だ。入隊できるかどうかわからん。訓練、たいへんなんだろう。なんだか不安だよ」

「だいじょうぶですよ」

柿田は言った。「魔法の言葉を教えてあげます」

［初出］
「朝日新聞」2014年1月4日〜9月30日に連載。
単行本化に際して加筆修正しております。

装　幀　　柳沼博雅
写　真　　表1：ⒸVOTA／PIXTA
　　　　　表4：Ⓒ柳生鉄心斎／PIXTA

今野　敏（こんの・びん）
1955年、北海道生まれ。上智大学在学中の78年に「怪物が街にやってくる」で第４回「問題小説」新人賞を受賞。レコード会社勤務を経て、作家業に専念する。2006年に『隠蔽捜査』で第27回吉川英治文学新人賞、08年に『果断――隠蔽捜査２』で第21回山本周五郎賞、第61回日本推理作家協会賞を受賞。『チャンミーグヮー』『自覚――隠蔽捜査5.5』など著書多数。

精鋭《せいえい》

2015年２月28日　第１刷発行
2015年３月10日　第２刷発行

著　　者　今野《こんの》　敏《びん》
発 行 者　首藤由之
発 行 所　朝日新聞出版
〒104－8011　東京都中央区築地5－3－2
電話　03－5541－8832（編集）
03－5540－7793（販売）

印刷製本　凸版印刷株式会社

ISBN978-4-02-251257-4
定価はカバーに表示してあります

朝日新聞出版の本

今野 敏

TOKAGE　特殊遊撃捜査隊

大手都市銀行の行員が誘拐され、十億円の身代金が要求された。警視庁捜査一課特殊犯係に所属する上野数馬は、バイク部隊「トカゲ」のメンバーとして初の誘拐事件任務に就くが……。本格警察小説の旗手が打ち出す新機軸！

四六判／文庫

今野 敏

天網　TOKAGE2——特殊遊撃捜査隊

同時多発バスジャック事件が発生、警視庁の覆面捜査専門のバイク部隊「トカゲ」に出動命令が下る。犯行に並行するように、ネット上で犯人しか知りえない情報が流通していた。犯人グループの目的は？　本格警察小説、シリーズ第２弾！

四六判／文庫

今野敏

連写　TOKAGE3——特殊遊撃捜査隊

お前たちは犯人（ホシ）を狩る眼となれ！　国道２４６号線に集中する不可解な連続コンビニ強盗発生——。消えた漆黒のライダー追跡のため、警視庁の覆面捜査チーム〝トカゲ〟に出動命令がくだる。　本格警察小説、ますます快調!!

四六判

真保裕一
ブルー・ゴールド
〝青い金脈＝水〟をめぐって、弱小コンサルタント会社が、巨大企業を相手に命がけの戦いを繰り広げる！ 謀略、告発、二重スパイ、真犯人は誰なのか⁉ 息を呑む頭脳戦＆どんでん返しの連続――まさに第一級の謎解きエンターテインメント‼

四六判／文庫

貫井徳郎
乱反射
一人の幼児を死に追いやった裁けぬ殺人。偽善的な主婦、怠慢な医師、自己中心的な学生、高慢な定年退職者……小さなエゴが交錯した果てに、悲劇は起こる。残された父が辿り着いた真相は、法では裁けない「罪」の連鎖だった！ 傑作社会派ミステリー。

四六判／文庫

久坂部 羊
糾弾 まず石を投げよ
外科医の医療ミス告白は究極の誠意なのか。ライター・菊川綾乃は取材に乗り出すが、「あれは殺人だった」と手紙が舞い込む。不倫、自殺、テレビでの医師の心理実験、医療界の隠蔽体質。現代人の心の闇を深々と描く医療ミステリー。

四六判／文庫

久坂部 羊

悪医

治療法がない——患者に死ねというのか⁉ 再発したがん患者と、万策尽きた医師。「悪い医者」とは? と問いかけ運命のラストが待つ。悪の深さを描く著者の傑作。書き下ろし長篇、感動の医療エンターテインメント。

四六判

月村了衛

黒警

あんたは警察の中の〝黒色分子〟だ! トラウマを抱えた無気力警官と武闘派ヤクザ幹部のもとに、黒社会の若き首領がワケありの女を連れて現れた……。『機龍警察』の著者が放つ、書き下ろし長篇警察小説。吉川英治文学新人賞受賞後第一作!

四六判

奥田英朗

沈黙の町で

いじめられっ子の不審死。だが、だれも本当のことを語れない——。静かな地方都市を震撼させる中学生転落死事件の真相は? 被害者や加害者とされる少年とその家族、学校、警察などの視点から描き出される傑作長篇サスペンス。

四六判